京都古典文学めぐり

京都古典文学めぐり

都人の四季と暮らし

荒木 浩

岩波書店

はじめに

四季折々の風景の中で、京都を主な舞台として、さまざまな古典文学作品が生まれ、あざやかに文化史を織りなしてきた。延暦十三年（七九四）の平安京遷都以来、あるいは鴨長明『方丈記』が語るように、この京の始まりを、嵯峨天皇の御代に都と定まった時（大同五年［八一〇］）を指す。本書**序章の2**参照）と捉えて数えても、その濃密な重層は、一二〇〇年以上の時空に拡がる。

本書では、こうした古典の精粋を選んで作品の舞台をたずね、都人《みやこびと》の四季と人生をたどりながら、それぞれの文章を味読してみたい、と考えている。各節には、原稿用紙一枚程度の古典本文を掲げて大意を示し、解説としてエッセイを誌す。そして時には、関連する絵巻などを眺める、という構成だ。全体を四章に分かち、各節相互にゆるやかな連続性を持たせつつ、次のように並べてみた。

＊

序章は**「京都の古典文学――二つのはじまり」**と題して、『方丈記』と『竹取物語』から開巻する。私は、いくつかの理由から、本書全体のゆるやかな案内人として、鴨長明（蓮胤《れんいん》）を指名した。最初は、その役割にふさわしく、長明が軽やかに山里を散策して、彼を取り巻く歌枕や名所を探訪する文章を読む。また、古典の文学史という、本書のもう一つの枠取りを伝えるため、物語の起源として誉れの高い『竹取物語』をその次に繙《ひもと》いてみよう。期せずして、この一節の解説にも、長明が顔を出す。

第Ⅰ章「都の四季のいろどり」は、本編の第一巻である。この章では、季節ごとの彩りを描き出す古典の一節をそれぞれ取り上げ、いにしえの都人の日常の暮らしや、喜怒哀楽の機微をうかがう。

ただし、そのころ、四季の十二ヶ月は旧暦による運行で、季節感は、現代といささか異なる。たとえば、本書でいくどか取り上げる紅葉の場面は、華麗な秋の燦めき感が満載の風情だが、いずれも十月の出来事で、初冬である。

『徒然草』一五五段に名言が載っている。「春暮《く》れてのち、夏になり、夏果《は》てて、秋の来《く》るにはあらず。春はやがて夏の気を催《もよほ》し、夏より既《すで》に秋は通《かよ》ひ、秋はすなはち寒《さむ》くなり、十月は小春の天気、草も青《あを》くなり、梅もつぼみぬ。木《こ》の葉《は》の落《お》つるも、先づ落《お》ちて芽《め》ぐむにはあらず、下よりきざしつはる(=新しい命の胎動)に堪《た》へずして、落《お》つるなり」と。なるほど。ならば本書でも、月ごとの暦の区切りや、春秋の厳密な引き当てにはこだわるまい。むしろ、積極的に現代人の感覚をぶつけて、時の流れを読み込んでいこう。

第Ⅱ章は「移ろいゆく人生と季節」と銘打ち、**第Ⅰ章**を承けて、あらたな四季の運行を古典に追う。清少納言『枕草子』は「ただ過ぎに過ぐるもの」として「帆かけたる舟。人の齢。春、夏、秋、冬」というが、本章に選ばれた古典が描くのは、時の移ろいの中で、大きな人事や事件が起こり、喜びや危うさ、また悲哀が主題となる逸話が、ほとんどだ。その対象はやがて、藤原道長、中宮彰子、紫式部へと向かうだろう。彼らにゆかりの深い「古典の日」の話題から、『源氏物語』主人公のしずかな退場を捉え、歳末から初春へ。そして「雲隠」の数年を経た、光源氏亡き後の『源氏物語』再始動をうかがい、閉じている。本書二回目の季節の循環の中で、古典にひそむ、時代の揺動と振幅を、じっくりと読み解いていきたい。

ところで、先に引用した『徒然草』一五五段は、「迎ふる気、下《した》に設けたるゆゑに、待ち取るついではなはだ速《はや》し」と続けて、時の流れの迅速を警告する。しかし順序《ついで》のある四季はまだ御しやすい。厄介なのは、人間だ。兼好は「生老病死の移り来《きた》ること、又これに過ぎたり。四季は猶《なほ》定まれるついであり。死期はついでを待たず。死は前よりしも来らず、兼《かね》て後《うしろ》に迫《せま》る」と敷衍する。あの柔軟な四季観の叙述は、仏教的な生死の在処《ありか》――無常観を説明するための方便なのであった。本書**第Ⅰ章の3**でも触れる重要章段「花はさかりに、月はくまなきを」の一三七段も、祭見物の滑稽などを織り交ぜながら、最終的に無常を説く。こうした巧みな描写と思想的展開は、兼好得意の論法である。

そもそも、四季の観察から「推移の悲哀」(吉川幸次郎の言葉を借りた)を知り、無常の認識へと連関する視界は、日本古来の自然観であり、中世文学の一大テーマでもある。鴨長明は、どのように四季を捉え、語っていただろう。

第Ⅲ章「時空の境界を超える」は、『方丈記』に見る長明の住まい方と四季、そしてその芸術的生活の幻想風景を読むところから始まる。「四方四季のユートピア」と題して、四季をめぐる総論的問題も考えてみた。鍵となるのは、平安京の四神相応という世界観だ。仏教者蓮胤(鴨長明)の四季観と、その住まい方に見る、マキシマムからミニマムへ、という求心性。五年という、歳月の経過にも注意しよう。**序章の1**でも触れるフルサトという語を追いかけ、極小の庵に、長明の心の遷都をのぞく。

以下は、姿の見えない、神秘なる霊験の所在をめぐり、時空のボーダーを超えた、不思議な数々の体験談を、虚実とりまぜて読んでいく。

最後は、十五世紀の歌人・連歌師の心敬《しんけい》による歴史叙述である。不安定な政治の時代に、飢饉と病いが覆い被さり、まれに見る複合的な災厄となって、応仁の乱の勃発へと続く。神も仏もないものか。そんな時代を描きながら、心敬が印象深く思い出すのが、数百年も「昔」の「鴨長明方丈記といへる双紙《さうし》」だった。

こうして本書は、長明に始まり、長明へと帰還する。できれば続けて、『方丈記』全編を読みたいところだが…、読者も長明も、お疲れだろう。ひとまずここで本書を区切る。『方丈記』については、また別の場所で、私なりのスタイルの本をまとめている。いつかどこかで参照を乞いたい。

*

さて、本書が取り上げた作品には、教科書などで馴染みの章段も多いはずだ。肩肘張らず、斜め読みでもいい。新たな視点で古典文学を読みながら、ゆったりと京都の歴史空間に遊ぶ。それがこの書のささやかな提案であり、目的である。

ちなみに、序～第Ⅱ章までの首尾を読むと、ちょうど二十四節となる。十二ヶ月の二倍で、二十四節気とも符合する、切りのいい数字だ。第Ⅲ章は八節で、こちらはあたかも、四季の倍数になっている。

本書の概要と凡例

一、「はじめに」で示したように、本書は、全四章で展開する。各章の冒頭には、通読の便宜も考え、内容を概観する前文を付した。

二、章の各節においては、まず当該古典作品の内容を翻訳した大意を示し、二重の枠線に囲んでその原文を併載する。続けて、古典本文の読解や、作品世界に関する考察などをエッセイとして書き下ろした解説を読む、という三部構成となっている。

三、大意と書いたが、要約という意味ではない。むしろつとめて古典本文に即して訳している。語順や表現方法、敬語、助詞・助動詞の用法などについても、古文のニュアンスが伝わるように、基本的には原文の言い回しを活かして置き換えている。その一方で、原文そのままでは読めないところや読み取りにくいところ、あるいは誤解を生じかねない箇所などもある。そうした部分については、適宜区切りや表現を変えたり、私なりの解釈や解説を加えたりした部分がある。以上の作業を含めて、あえて「大意」と呼称した。

四、掲げた古典文学の原文は、基本的に岩波書店の新日本古典文学大系(もしくは新大系を踏まえた岩波文庫)による。新大系に含まれない作品については、日本古典文学大系の本文を用いた。最後の『ひとりごと』だけは新旧大系に採られていないので、小学館の新編日本古典文学全集に拠っている。それぞれ厳密な校訂方針に基づく活字本文だが、引用に際しては、他の注釈書などを参看し、読みやすさや解釈も考慮して、通行の字体への変更、仮名遣いの統一や送り仮名の調整、漢字・仮名への引き当て変更など、表記に変更を加えた部分がある。関連する書誌情報については、解説の中で言及する古典作品や歴史的資料の依拠本文等とともに、簡便ながら、巻末の「京都文学年表」に一括して掲げた。なお解説文の中で言及する古典本文などは、説明のための参照でもあり、より柔軟に咀嚼し、私なりの校訂本文や訳文を提示する場合が多いことを断っておく。

五、読解の便宜を考え、適宜漢字に振り仮名を付すが、人名や書名、説明の地の文等においては現代仮名遣いを用い、カッコ付きの引用原文などにおいては歴史的仮名遣いを用いることを原則とする。

六、各節には、ゆかりの絵画資料を掲載し、簡単なキャプションを加えた。掲載する図像については、画像の明確さも考えて模本も対象とし、クリエイティブ・コモンズにより参照と引用が容易な絵図を優先して採択した。本書を起点に、読者それぞれのアナログ／デジタル環境の中で、より豊富で精細な画像を御覧いただければ、と思っている。

六、本書に登場する京都のおもな場所と地名については、巻頭に掲げた「京都文学地図」にも落とし込んである。ヴァーチャルな旅と歴史的空間追体験の案内役として、必要に応じて参照されたい。だが歴史の転変の中で、未詳なものも少なくない。また壇ノ浦や伊勢神宮をはじめとする京都から遠方の地はもとより、浦島神社や明石、福原、交野、そして高安、奈良など近隣の地についても、地図紙面の関係で割愛せざるを得なかったものもある。読者それぞれの関心に応じて、デジタルマップなども活用しながら、より深い追跡や探索も試みてほしい。

七、年齢表記は、基本的に数え年を用いた。なお年次に西暦表記を用いる場合は、煩雑を避け、和暦年を単純に西暦年に換算した数値を示す。あくまで目安としての表記であることを了解されたい。

目　次

第Ⅱ章 移ろいゆく人生と季節

目次

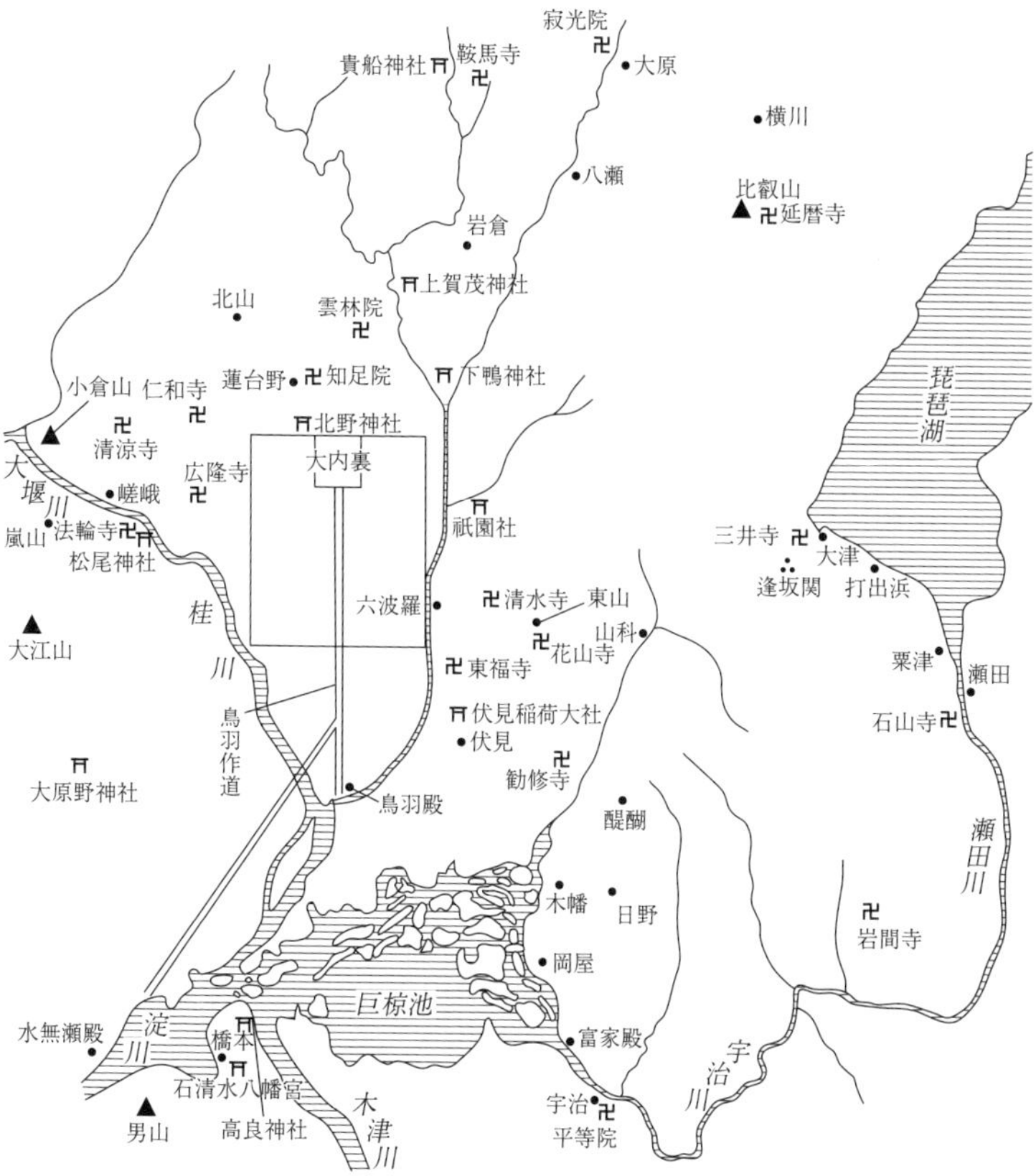
寂光院
貴船神社
鞍馬寺
大原
横川
八瀬
比叡山
延暦寺
岩倉
上賀茂神社
北山
雲林院
蓮台野
知足院
下鴨神社
小倉山
仁和寺
北野神社
清涼寺
大内裏
大
堰
川
広隆寺
嵯峨
琵
琶
湖
嵐山
法輪寺
松尾神社
祇園社
三井寺
大津
逢坂関
打出浜
六波羅
清水寺
東山
桂
川
大江山
山科
花山寺
東福寺
粟津
瀬田
鳥
羽
作
道
伏見稲荷大社
石山寺
伏見
大原野神社
勧修寺
鳥羽殿
醍醐
瀬
田
川
木幡
日野
岩間寺
岡屋
巨椋池
水無瀬殿
淀
川
橋本
富家殿
宇
治
川
石清水八幡宮
宇治
平等院
男山
高良神社
木
津
川

京都周辺

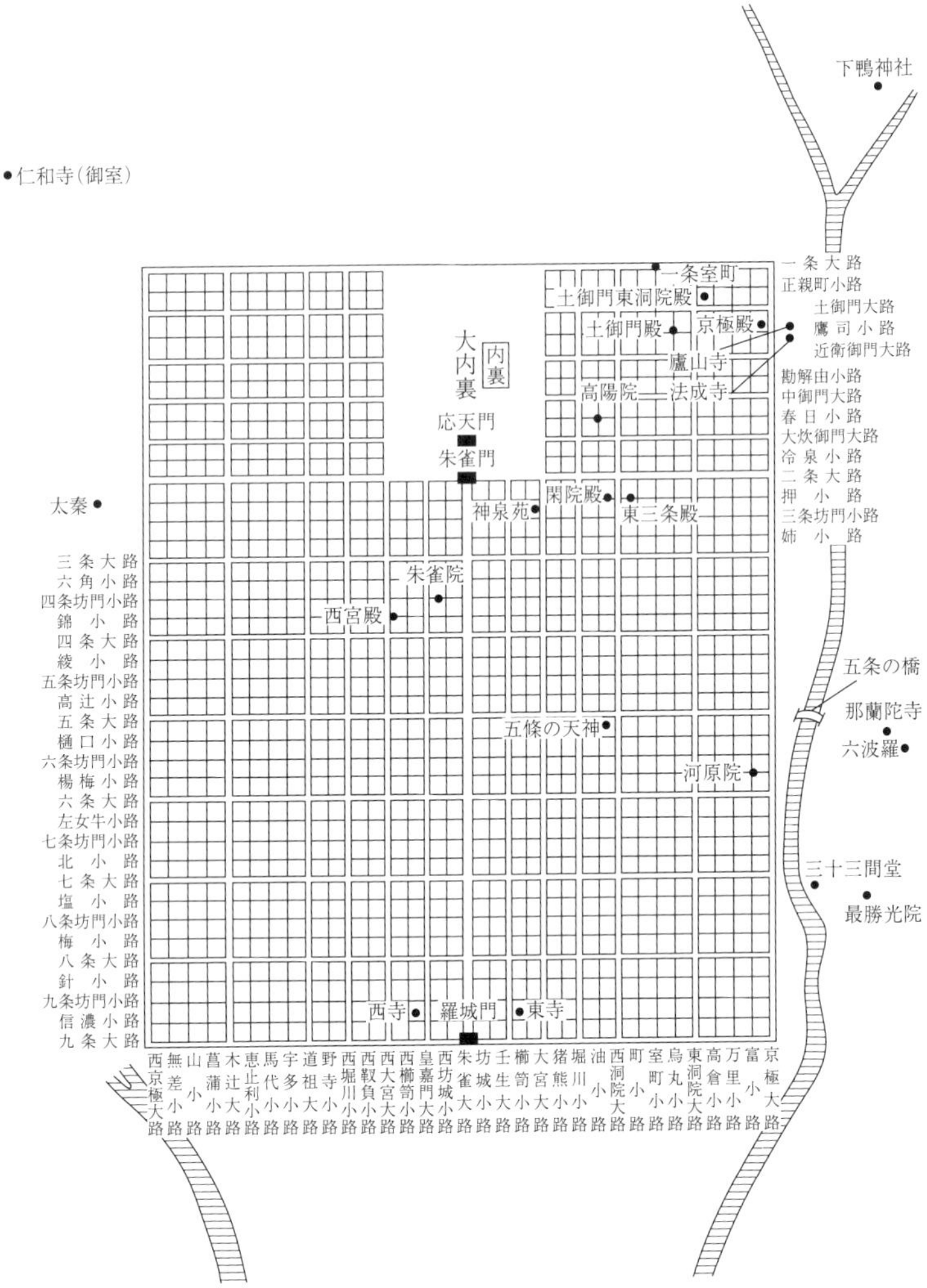
下鴨神社
仁和寺(御室)
一条室町
土御門東洞院殿
京極殿
土御門殿
大内裏
内裏
廬山寺
法成寺
高陽院
応天門
朱雀門
閑院殿
神泉苑
東三条殿
太秦
朱雀院
西宮殿
五条の橋
那蘭陀寺
六波羅
五條の天神
河原院
三十三間堂
最勝光院
西寺
羅城門
東寺
一条大路
正親町小路
土御門大路
鷹司小路
近衛御門大路
勘解由小路
中御門大路
春日小路
大炊御門大路
冷泉小路
二条大路
押小路
三条坊門小路
姉小路
三条大路
六角小路
四条坊門小路
錦小路
四条大路
綾小路
五条坊門小路
高辻小路
五条大路
樋口小路
六条坊門小路
楊梅小路
六条大路
左女牛小路
七条坊門小路
北小路
七条大路
塩小路
八条坊門小路
梅小路
八条大路
針小路
九条坊門小路
信濃小路
九条大路
西京極大路
無差小路
山小路
菖蒲小路
木辻大路
恵止利小路
馬代小路
宇多小路
道祖大路
野寺小路
西堀川小路
西靫負小路
西大宮大路
西櫛笥小路
皇嘉門大路
西坊城小路
朱雀大路
坊城小路
壬生大路
櫛笥小路
大宮大路
猪熊小路
堀川小路
油小路
西洞院大路
町小路
室町小路
烏丸小路
東洞院大路
高倉小路
万里小路
富小路
京極大路

洛中周辺

序章

京都の古典文学——二つのはじまり

本書全体のテーマである、古典文学の世界と四季の彩り。それをめぐる導入として、ここでは二つの作品を取り上げた。まずは本書の案内人、鴨長明『方丈記』の登場だ。長明(鴨長明、長明入道、桑門の蓮胤《れんいん》、などと呼称)は、京都と文学、そしてその四季と人々の人生について、なかなか適任のガイドではないだろうか。『方丈記』の一節を読みながら、そのことを、ここで確認しておきたい。

もう一つは、この本の縦軸のスキームとなる、日本古典文学史である。古来物語は、絵を伴って読まれた(本書**第Ⅲ章の7**参照)。紫式部は『源氏物語』絵合巻で、物語の絵合という、楽しくも本質的なイベントの設定を通じて、ヴィジュアルな古代文学の歴史を語っている。その中で、物語の祖先だと紹介されるのが『竹取物語』である。そこで、この作品の一節も、この序章で読んでおきたい。物語の起源らしく、奈良か京都か、ぼんやりとゆらぐ地名も出てくる。

ただし本書の中で、もっとも古い作品の登場人物は、**第Ⅱ章の2**に引く『万葉集』長歌の浦島である。じつは竹取翁も、かぐや姫の物語とは別伝承ながら、『万葉集』の登場人物の一人である(巻十六、三七九一—三七九三番)。一方、かぐや姫の物語も浦島の伝説も、いにしえの日本の伝承のようにみえて神仙のイメージを内在し、中国的な伝奇小説のひな形を共有していた(小川環樹『中国小説史の研究』、渡辺秀夫『かぐや姫と浦島』など参照)。この二つの作品世界は、そんな相似形をなしながら、日本文学の起源となっている。

ガイド役と、文学のみなもとと。ひとまず本書の出だしを、この二つの古典作品に委ねようと思う。

1　鴨長明という案内人――日野の方丈石（『方丈記』）

また、麓に一軒の粗末な柴の小屋がある。これは、この山の番人が住んでいる所である。そこには子どもがおり、時々やって来ては、私を訪ねる。もし用事もなく所在ない時は、この子を連れて散策する。あちらは十歳、こちらは六十に手が届こうという老人だ、年齢はびっくりするほど離れているが、心を慰める楽しみは、ともに全く同じなのだ。

ある時は、ちがやの花穂《かすい》を抜き、岩梨の実を取り、ぬかごという山芋の芽をもぎ集め、芹を摘む。ある時は、山のふもとの田んぼに行って落ち穂を拾い、それを結って、穂組《ほぐみ》という田の神に供える飾りを作る。よく晴れてうららかな日和のときは、峰によじ登って、遥かに我がふるさと、都の空を眺め、目を転じて、木幡山《こはたやま》、伏見の里、鳥羽、羽束師《はつかし》などの歌枕を観る。白居易が「勝地《しょうち》は本来定主《ていしゅ》なし」（「遊雲居寺贈穆三十六地主」『白氏文集』第十三）と言ったとおり、この美しい名所の景観は、誰の所有物でもないので、私がこんな風に鑑賞して心を慰めることには、何の差し障りもない。道の歩みも調子よく、遠くへ行きたい、と心惹かれる時は、この庵から峰続きに炭山《すみやま》を越え、笠取山を過ぎて、ある時は岩間《いわま》寺《てら》に詣で、ある時は石山寺に参拝する。またある時は、粟津《あわづ》の原を分けて、蟬丸《せみまる》翁の旧跡を訪《おとず》れ、田上川《たなかみがわ》を渡って、猿丸大夫《さるまるだゆう》の墓を訪《たず》ねる。

又《マタ》、フモトニ一《ヒトツ》ノ柴《シバ》ノ菴《イホリ》アリ。スナハチ、コノ山守《ヤマモリ》ガ居《ヲ》ル所也《ナリ》。カシコニ小童《コワラハ》アリ、トキドキ来《キタ》リテ、アヒ訪《トブラ》フ。若《モシ》ツレヅレナル時ハ、コレヲ伴《トモ》トシテ遊行《ユギヤウ》ス。カレハ十歳、コレハ六十、ソノ齢《ヨハヒ》コトノホカナレド、心ヲナグサムルコトコレ同《オナ》ジ。或《アルイ》ハ茅花《ツバナ》ヲ抜《ヌ》キ、磐梨《イハナシ》ヲ採《ト》リ、零余子《ヌカゴ》ヲモリ、芹《セリ》ヲ摘《ツ》ム。或ハスソワノ田居《タヰ》ニイタリテ、落穂《オチボ》ヲヒロヒテ、穂組《ホクミ》ヲツクル。若《モシ》ウララカナレバ、峰ニ攀《ヨ》ヂノボリテ、ハルカニフルサトノ空《ソラ》ヲノゾミ、木幡《コハタ》山・伏見《フシミ》ノ里《サト》・鳥羽《トバ》・羽束師《ハツカシ》ヲ見《ミ》ル。勝地《シヨウチ》ハ主《ヌシ》ナケレバ、心ヲナグサムルニ障《サハ》リナシ。歩《アユ》ミ煩《ワヅラ》ヒナク、心遠クイタルトキハ、コレヨリ峰《ミネ》ツヅキ炭山《スミヤマ》ヲ越《コ》エ、笠取《カサトリ》ヲ過《ス》ギテ、或ハ石間《イハマ》ニ詣《マウ》デ、或ハ石山ヲ拝ム。若《モシ》ハ又、粟津《アハヅ》ノ原《ハラ》ヲ分《ワ》ケツツ、蟬歌《セミウタ》ノ翁《オキナ》ガ跡《アト》ヲ訪《トブラ》ヒ、田上河《タナカミ》ヲワタリテ、猿丸大夫《サルマロマウチギミ》ガ墓《ハカ》ヲタヅヌ。（『方丈記』）

いにしえの京都を語らせたら、鴨長明（一一五五？—一二一六）が抜群だ。彼は、平安京から東北に位置する下鴨神社の正禰宜《しょうねぎ》（最高責任者の神官）の子として生まれ、保元の乱（一一五六）に始まる、源平争乱の時代を生き抜いた中世人である。

長明は、二十代から三十代にかけて、京都を襲った五つの災難（五大災厄）も体験した。「安元三年（＝一一七七）四月二十八日」の大火、「治承四年（＝一一八〇）卯月《ウヅキ》ノコロ」（四月）の辻風（旋風）、同年「ミナ月《ヅキ》ノ比《コロ》」（六月）の都遷《うつ》り、「養和ノコロ」「二年《フタトセ》ガアヒダ」の饑饉と疫病、そして「元暦二年（＝一一八五）七月九日午時バカリ」（慈円『愚管抄』）の大地震である。彼は、平安京を駆けずり回ってさまざまな風聞も取材し、『方丈記』に詳細な災害報告を綴った。治承四年の都遷りの折には、国を越えて摂津《せっつ》の福原（現在の神戸市）まで駆けつけ、その目で、都の優劣を比較していた。

『方丈記』が記す最後の災害である大地震は、長明が数えで三十一歳頃の七夕過ぎに勃発した。長明は十代後半で父を亡くし、「みなし子」（鴨長明『無名抄』『源家長日記』）となって不遇に沈み、その後、あたかも五大災厄が終わった年齢の「三十余《ミソヂアマリ》ニシテ」、先祖伝来の家を出て、独立。下鴨神社とも距離を置くこととなる。長明は、その頃、伊勢に旅をして、『伊勢記』という紀行文も書いている。五大災厄という外界の大異変は、長明の転機と密接に連動していた。

そんな折、孤独な長明を取り立てたのは、『新古今和歌集』撰集へと進んでいく後鳥羽院であった。院は、長明の和歌の才能を高く評価し、建仁元年（一二〇一）には、和歌所の寄人《よりうど》（勅撰集を撰進する役所の職員で、『新古今集』の撰者はこの寄人から選ばれた）に抜擢する。さらに院は、下鴨神社の摂社である河合神社の禰宜（神職）にも推薦したのだが、同族の強い反対に遭って実現はしなかった。長明は「折々《ヲリヲリ》ノ違《タガ》ヒ目、自《オノ》ヅカラ短《ミジカ》キ運ヲサトリヌ」と書くような絶望を経て、五十歳の春に出家。五年ほど洛北大原に隠棲した後、一転、南へ移り、旧宇治郡の「日野山ノ奥《オク》ニアトヲ隠《カク》シテ」方丈の庵を構える。計算上、長明は五十五前後ということになる。

ところが『方丈記』は、この日野山の方丈の庵について「六十《ムソヂ》ノ露消《キ》エガタニ及ビテ、更《サラニ》末葉《スヱバ》ノヤドリヲ結《ムス》ベル事アリ」と表現する。露は、はかない命のたとえである。消ゆ、末葉、宿り、結ぶと縁語を連ね、老境の住まいを語り出す。露命六十と、あえて大数《たいすう》でいうのはなぜか。それは、六十歳が人間の定命《じょうみょう》（定められた寿命）だとする、当時の年齢観に基づくものだ、という指摘がある（佐竹昭広『閑居と乱世』）。

そして「コノ所ニ住ミハジメシ時ハ、アカラサマト思《オモ》ヒシカドモ、今《イマ》スデニ、五年《イットセ》ヲ経《ヘ》タリ」。さらにそれから五年が経ち、建暦二年（一二一二）「弥生《ヤヨヒ》ノ晦《ツゴモリ》コロ、桑門《サウモン》ノ蓮胤《レンイン》、外山《トヤマ》ノ菴《イホリ》ニシテ、コレヲシルス」と『方丈記』は閉じる。長明の死は、それから四年後の建保四年（一二一六）であった。「桑門」とは出家遁世した僧のことだ。晩年の長明が、出家の蓮胤として誌した渾身の『方丈記』は、単なるエッセイとは異なる仏教書である。しかも、寛元二年（一二四四、寛元四年と伝える写本もある）二月、醍醐寺の高僧親快《しんかい》によって「鴨長明自筆也」という「証」文が付された古写本（大福光寺本）が残っている。大福光寺本は、新日本古典文学大系をはじめ、今日のおもな『方丈記』注釈書の原典（底本）である。素性のよい名著なのだ。

日野の地は、奈良街道に所在し、法界寺や親鸞の誕生院もある。長明は、建暦二年に「名ヲ音羽《オトハ》山トイフ」山系の一端にある「外山《トヤマ》」の地で、我が身を省み、生涯を振り返って『方丈記』を書いた。そして「桑門ノ蓮胤」と法名を署名して擱筆《かくひつ》したのである。

『吾妻鏡』によれば、長明は、その前年に鎌倉へ行き、将軍源実朝とも面謁している（建暦元年十月十三日条）。『伊勢物語』の東下りになぞらえるように「あづまへまかりけるに、うつの山を越える時の連歌として、「昔にもかへてぞみゆるうつの山」という句も詠んでいた（『菟玖波集《つくばしゅう》』）。

『方丈記』の愛読者だった十五世紀の心敬《しんけい》（**第Ⅲ章の8**参照）は、後鳥羽院が、長明の庵跡を二度訪ねた、と伝えている（『ささめごと』）。いま日野の山の奥に足を運べば、長明の住居跡と伝える巨岩が鎮座し、「長明方丈石」という碑が立てられている。寛文十年（一六七〇）に「日野のとやまに、鴨長明が方丈を作れる遺跡」を訪ねた中山三柳《さんりゅう》の『醍醐随筆』という記録もある。江戸時代以前より、長明の庵跡だと信じられてきた場所であった（『大日本史料』建保元年十月十三日条、高橋秀城「方丈石と文人」など参照）。この巨岩の由来も、それなりの真実を宿していよう。

『方丈記』には、精細な我が庵の描写がある。それによると、西面には、阿弥陀仏や普賢菩薩の絵像が掛けられて、『法華経』がその前に置いてある。源信《げんしん》『往生要集』の抜き書きもあった。いかにも修行者の住まいだが、一方で、和歌や管絃（＝音楽）の本も揃えてあった。長明の叙述によれば、「クロキ皮籠三合」の中に「和歌・管絃・往生要集ゴトキノ抄物《セウモツ》ヲ入レタリ」という順で、和歌と音楽の本が、むしろ存在感を主張しているかのようだ。続けて「カタハラニ琴・琵琶 各《オノオノ》一張ヲ立ツ。イハユル折《ヲリ》琴・継《ツギ》琵琶、コレ也」という。琵琶や琴という楽器も持ち込んでいたのだ。夜更けには、詩歌を楽しみ、独り楽器を奏でて唄う。庵から眺める風景の叙述も満足げで、極小の暮らしには、あり余る自足があった（**第Ⅲ章の1**参照）。

時折、山守の子どもがやってくる。ややこしい大人でないところが、お気に入りだ。一緒に散歩をしたりして、長明に童心の複眼を蘇らせ、凝り固まった寂しさを癒やしてくれる。天気のいい日は遠出をする。行く先には、歌人ゆかりの名所や、歌枕などがあった。気が向けば、近江の国へと越え行き、岩間寺や石山寺など、観音の霊場に足を伸ばす。長明の心身は、すこぶる健やかで、自在である。歩みの途次には、まるで国見でもするかのように、人生の大半を過ごした都《ミヤコ》を仰ぎ、「故郷《フルサト》の空」と呼んでいる。

のちに**第Ⅲ章の1**「四方四季のユートピア」で少し詳しく考察するが、『方丈記』には「フルサ

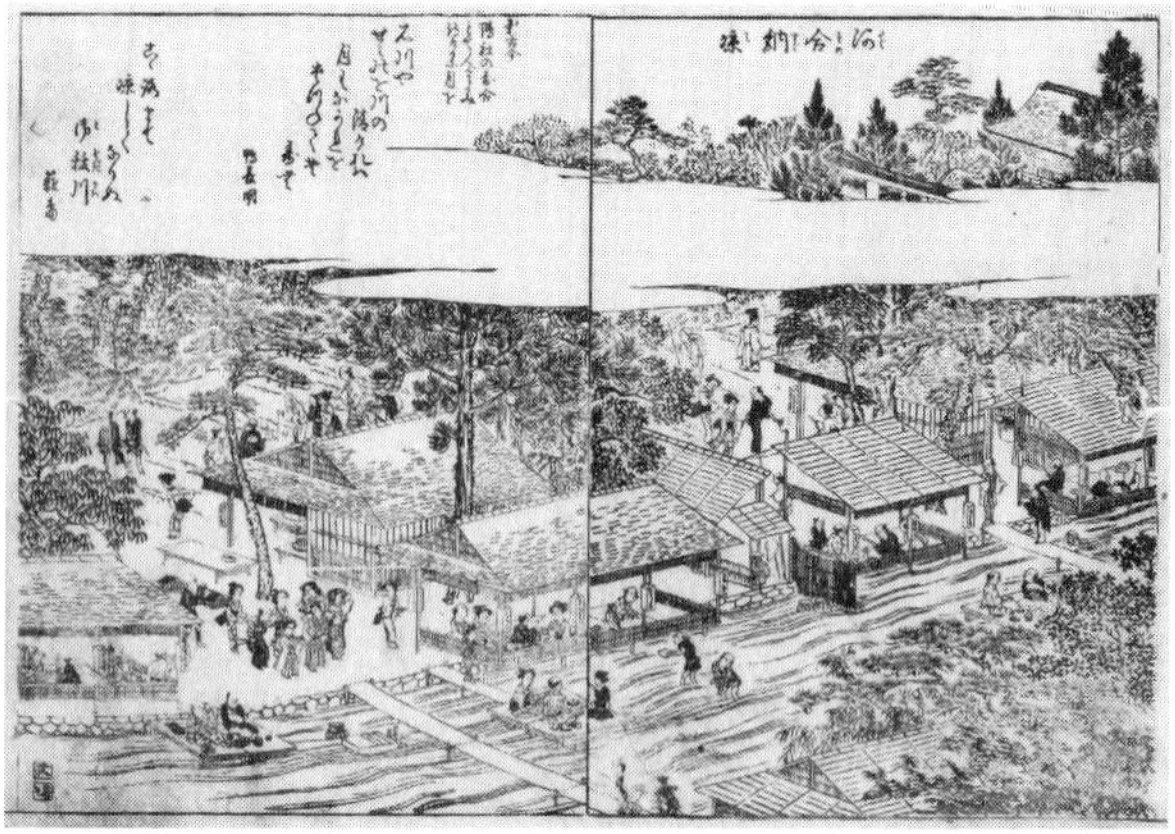

『都林泉名勝図会』の河合納涼（糺《ただす》の納涼）の場面（国際日本文化研究センター［日文研］蔵）．以前はこの糺の森の河合神社の境内に，方丈の庵が復元されて置かれていた．いささか奇妙なその配置を，長明は，自らへの鎮魂と受け止めてくれただろうか．画像は，日文研データベースHPから閲覧可能．

ト」が三例出てくる（大福光寺本原文ではすべてカタカナ表記）。最初は都遷りの時。帝以下、大臣や公卿の貴族達が「ミナ悉《コトゴト》ク」京都を捨て、福原へと「ウツロヒ給ヒヌ」。「世ニ仕《ツカ》フルホドノ人、誰《タレ》カ一人フルサトニ残《ノコ》リ居《ヲ》ラム」と嘆くところだ。「古京ハスデニ荒《アレ》テ、新都ハイマダ成《ナ》ラズ」と記す「古京」を指している。二例目が本節で引いた「フルサトノ空」で、いずれも「ミヤコ」平安京のことである。

ところが「仮《カリ》ノ菴《イホリ》モヤヤフルサトトナリテ、簷《ノキ》ニ朽葉《クチバ》フカク、土居《ツチヰ》ニ苔《コケ》ムセリ。自《オノ》ヅカラ事《コト》ノタヨリニ都《ミヤコ》ヲ聞《キ》ケバ…」とある、最後の用法だけは違う。すでに五年も暮らして、いささか古びた、現在の方丈の庵のことを述べている。この「故郷《ふるさと》」という語の使い方には、白居易の詩の影響があるのだが、それもまた**第Ⅲ章の1**で触れることにしよう。

ともあれ、彼はもはや、都の人ではなくなってしまった。「今、サビシキ住《ス》マヒ、一間《ヒトマ》ノ菴《イホリ》、ミヅカラコレヲ愛ス」。この庵が最上の空間だ、と長明は書く。「自《オノ》ヅカラ都《ミヤコ》ニ出《イ》デテ」――たまたまミヤコへ出て行っても、懐かしく落ち着くどころか、自分の身のみすぼらしさを「恥《ハ》ヅ」ばかり。ここに帰ってきて、ようやく自分を取り戻し、都の人のあくせくとした暮らしを「アハレム」ことができる。

京都を守護する大神社の御曹司だった長明は、いろいろあって俗世を厭い、平安京の郊外を南北するうち、ついに「一間」の山暮らしを「故郷」と感じるようになった。既述のように彼は、伊勢旅行も、また鎌倉への長い東国旅行も、経験している。そうした長明の視点は、縦横に闊達である。洛中洛外を知り尽くし、西は摂津の福原から、東日本の鎌倉まで、日本を広く視野に入れた隠者蓮《れん》胤《いん》。『方丈記』が、京都を描く古典文学として随一であるというのは、聖俗を知悉《ちしつ》する、長明のこうした時空観の経験に拠っている。

2 物語の祖先から——小倉山（『竹取物語』）

石作《いしづくり》の皇子《みこ》は、目端が利く計算高い人で、「インドにたった一つしかないという鉢を、百千万里の遠路を旅して行っても、どうして手に入れることができようか」と考え、かぐや姫のもとには、「いよいよ本日、インドへ石の鉢を取りに出発いたします」と知らせておいて、三年ほど、大和の十市《とおち》郡にある山寺に潜み、賓頭盧《びんずる》尊者《そんじゃ》の像の前にある鉢で、真っ黒に煤墨がついているやつを盗み取って、錦の立派な袋に入れ、造花の枝に付けて、かぐや姫の家に持ってきて見せたので、かぐや姫は不審な面持ちで見ていると、鉢の中に手紙が入っていた。ひろげてみると、

海《うみ》山の道に心を尽《つ》くしはて　ないしのはちの涙ながれき

（海や山の道に精根尽くし［筑紫と掛詞か］果たして泣いた石［「泣《な》いし」と石の掛詞］の鉢の「ち」ではないが、血の涙が流れたものですよ、という和歌が書かれていた。）

かぐや姫は、光があるかしらと見たが、蛍ほどのはかない光さえなかった。それで彼女は、

おく露の光をだにぞやどさまし　をぐら山にて何もとめけん

（置いた露に宿る光ほどのほんのかすかな光ぐらいは宿してほしいものです。小倉山［小暗山の意を掛ける］で何をお探しになったことやら。）

という歌を添えて、返却した。皇子は、鉢を門前に捨てて、この歌に返歌をした。

白山《しら》にあへば光の失《う》するかと　はちを捨ててもたのまるるかな

（加賀の白山のように輝くあなたに会うと、光がなくなってしまうのかと思います。はち〔鉢と恥をかける〕を捨ててもおすがり申すことよ。）

と詠んで、かぐや姫の部屋に届けた。かぐや姫はもはや返歌もしなかった。耳を傾けようとさえしなかったので、皇子は、掛ける言葉も失って、ぶつくさ愚痴りながら帰ってしまった。

例のフェイクの鉢を捨て、それでもさらに（鉢と恥を掛けた）未練の返歌など言いかけた（図々しい）出来事があってから、「面《おも》なき事」――臆面もない恥知らずのことを「恥を捨てる」と言うようになったそうだ。

石作《いしつくり》の皇子《みこ》は、心の支度《したく》ある人にて、「天竺に二《ふたつ》となき鉢《はち》を、百千万里《ばんり》の程行《ゆ》きたりとも、いかでか取るべき」と思ひて、かぐや姫のもとには、「今日なん、天竺へ石の鉢取《と》りにまかる」と聞《き》かせて、三年ばかり、大和国十市《やまとのくにとをち》の郡《こほり》にある山寺に、賓頭盧《びんづる》の前《まへ》なる鉢の、ひた黒《ぐろ》に墨《すみ》つきたるを取りて、錦《にしき》の袋《ふくろ》に入れて、造《つく》り花の枝につけて、かぐや姫の家に持《も》て来《き》て、見せければ、かぐや姫あやしがりて見るに、鉢の中に文あり。ひろげて見れば、

海山《うみ》の道に心を尽《つ》くしはてないしのはちの涙《なみだ》ながれき

かぐや姫、光《ひかり》やあると見るに、蛍《ほたる》ばかりの光《ひかり》だになし。

おく露の光をだにぞやどさまし　をぐら山にて何もとめけん

とて、返し出《い》だす。鉢を門《かど》に捨てて、この歌の返しをす。
白山《しら》にあへば光の失《う》するかとはちを捨《す》ててもたのまるるかな
と詠《よ》みて、入れたり。かぐや姫、返《かへ》しもせずなりぬ。耳《みみ》にも聞き入れざりければ、言《い》ひかかづらひて、かへりぬ。
かの鉢《はち》を捨てて又言《い》ひけるよりぞ、面《おも》なき事をば、「はぢを捨つ」とは言ひける。(『竹取物語』)

竹取の翁が「我子《わがこ》の仏《ほとけ》、変化《へんげ》の人」と呼ぶかぐや姫は、「野山にまじりて竹を取りつつ、よろづの事に使《つか》ひけり」が日常の翁によって見出され、子となった。「もと光《ひか》る竹」が「ひと筋《すぢ》あ」って、「筒《つつ》の中光りたり。それを見れば、三寸《ずん》ばかりなる人、いとうつくしうてゐたり」という。かぐや姫がやってきてから、翁には、不思議な幸福が舞い込むようになった。「黄金《こがね》ある竹を見つくる事かさなりぬ。かくて翁、やうやうゆたかになり行く」。貧しい一家は出世して、いつしか富豪となっていた。

かぐや姫は、翁がリッチになるのと足並みを揃えるように、あっという間に成長した。「三月《みつき》ばかりになる程《ほど》に、よき程なる人に成りぬれば」、髪上げ、裳着《もぎ》という成人の儀式を行った。彼女はもう大人で、「かたち、けうらなる事、世にな」い、光輝く、けがれなき絶世の美人になったのである。石作の皇子《みこ》が「白山」にたとえるように、竹取翁の家は、家中が姫の美の光で満ちあふれ、暗いところがなかったという。噂を聞きつけ、「世界のをのこ、貴《あて》なるもいやしきも、いかでこのかぐや姫を、得てしがな、見てしがなと」求婚に殺到したが、返事もない。完全拒絶に脱落者が相次ぐ中、石作の皇子《みこ》、くらもちの皇子、右大臣阿倍のみむらじ、大納言大伴の御行《みゆき》、中納言石上《いそのかみ》の麻呂足《まろたり》の五人が残った。いずれも評判の色好みである。翁にも諭され、かぐや姫は仕方なく、「ゆかしき物」として「仏の御石《いし》の鉢」（石作の皇子）、「東の海に」ある「蓬萊《ほうらい》といふ山」の「白銀《しろかね》を根《ね》とし、黄金《こがね》を茎《くき》とし、白《しろ》き玉を実《み》として立てる木」の「一枝」（くらもちの皇子）、「唐土《もろこし》にある、火《ひ》鼠《ねずみ》の皮衣《かはぎぬ》」（阿倍の右大臣）、「竜《たつ》の頸《くび》に五色に光る玉」（大伴の大納言）、「燕《つばくらめ》の持《も》たる子安《こやす》の貝《かひ》」（石上の中納言）をそれぞれ指定し、愛情の深さを測りたい。持って来て、と難題を出した。

石作の皇子は「この女見《み》では、世にあるまじき心地《ち》」して「天竺にある物も、持《も》て来《こ》ぬ物かは」と思案をめぐらす。だがこの時代、インドを目指して無事帰国した日本人は、一人もいない。九世紀の初めに、日本から唐へ渡り、さらに天竺に求法して見聞を広めて唐に戻った、金剛三昧という僧がいたようだが（段成式『酉陽雑俎《ゆうようざっそ》』）、詳細は不明。これも例外である。澁澤龍彦『高丘親王航海記』（近藤ようこのコミック版もある）で著名な高丘《たかおか》（法名は真如《しんにょ》）親王（七九九―八六五？）は、晩年、唐に渡り、天竺を目指したが、羅越国（マレー半島南端）で亡くなった、と所伝する（益田勝実「ブッダの国・天竺への欣求」、田島公「真如（高丘）親王一行の「入唐」の旅」、佐伯有清『高丘親王入唐記』など参照）。

そうか。ならば、詐術あるのみ。石作の皇子は、石の上にも三年？と、奈良の山寺に籠もって天竺渡航のふりをした。挙げ句の果てに、仏の弟子である賓頭《びんず》盧長者《るちょうじゃ》の像の前にあった真っ黒に煤けた鉢を盗んで、偽装したのである。

「御石の鉢」は、仏が成道した時、四天王が石鉢を捧げ、仏の専用とした遺物である（詳しくは高陽「仏伝の鉢説話考」など参照）。本物なら、光を放つ。鉢自体の色は「青紺」で、「青玉」もしくは

「青石」だという。あるいは「雑色」で「黒多」との説もあった（田中大秀『竹取翁物語解』参照）。しかしこの偽物には、光のかけらもない。かぐや姫は嘘を見抜き、さては「小倉山」ではなく、「小《を》暗《ぐら》山」にいらっしゃったのね、とからかっている。

＊

通説では、この小倉山は奈良だという。『万葉集』に「夕されば小倉の山に鳴く鹿は今夜《こよひ》は鳴かず寝《い》ねにけらしも」（巻八、秋雑歌、一五一一番）という、「岡本天皇（＝舒明）」の和歌がある。名に負う岡本宮は飛鳥にあった。物語の設定も傍証になるだろうか。江戸時代の地誌には、十市郡の倉橋に小倉山という峰があり、山寺もあったと記している。求婚者の右大臣以下三人は、実在の公卿名を借りている。『日本書紀』持統天皇十年（六九六）十月条には、モデルとなった三人の名前が登場し、さらに丹比真人《たぢひのまひと》と藤原不比等も名を連ねる。丹比真人を石作の皇子に、くらもちの皇子を藤原不比等に比定すれば、『竹取物語』の五人が成り立つ。奈良時代の出来事なら、やはり大和国か。

しかし京都にも、大堰川（桂川）北岸に、嵐山に相対する小倉山がある。『古今和歌集』に「長月《ながつき》の晦日《つごもり》の日、大堰《おほゐ》にてよめる」という詞書《ことばがき》（作歌の事情を記す前文）で紀貫之が詠んだ「夕月夜《ゆふづくよ》をぐらの山に鳴《な》く鹿の声のうちにや秋は暮《く》るらむ」（巻五、秋下、三一二番）という和歌がある。通常はありえない「晦日《みそか》の月」をめぐって、解釈には議論もあるが、ともあれ「夕月夜」は、夕方のほの暗さから、小暗→小倉にかかる枕詞となっている。かぐや姫が、この場面で光と小倉山を対比させ、「小暗山」を響かせたことと連想がつながるだろう。蓮生《れんしょう》・宇都宮頼綱が、藤原定家に、山荘の

「障子」(襖)に貼る「色紙形」(『小倉百人一首』の原型となる)の執筆を頼んだ「嵯峨中院」(『明月記』文暦二年［一二三五］五月二十七日条)も、近隣の定家の庵も、小倉山麓にあった。「小倉山峰のもみぢ葉心あらば　今ひとたびのみゆき待たなむ」と貞信公・藤原忠平が詠んだ一首のとおり、誰もが知る紅葉の名所であった。平安時代以降は、こちらの方がはるかに有名となり、奈良と京都の小倉山が混同されていく。どちらか判然としない和歌も多いようだ。

当時の『竹取物語』読者は、どう解しただろうか。物語の後半には「頭中将」が登場し、事情はさらに複雑だ。蔵人頭で近衛中将を兼ねる者を頭中将《とうのちゅうじょう》という。ただし蔵人は、令外官《りょうげのかん》である。薬《くす》子《こ》の変(平城《へいぜい》大上天皇の変)と称される事態の中、嵯峨天皇が平城上皇側への対応策として、大同五年(八一〇)に任命して始まった。純然たる平安時代の官職なのである。

この大同五年は、平安京にとっても、象徴的な劃期となった。たとえば『方丈記』は、治承四年(一一八〇)六月、平清盛が福原に「ニハカニ都遷《ミヤコウツ》リ」したことを承け、憤りを込めて「オホカタ此《コ》ノ京ノハジメヲ聞《キ》ケル事ハ、嵯峨ノ天皇ノ御時都《ミヤコ》ト定《サダ》マリニケルヨリノチ、スデニ四百余歳ヲ経《ヘ》タリ」といささか熱く語っている。周知のごとく平安遷都は、治承四年から三八六年前の延暦十三年(七九四)のことだ。嵯峨天皇の父、桓武天皇の偉業である。しかし長明は、平安京が都と定まったのは、嵯峨天皇の御代だと叙述し、計算の起点を、大同五年の薬子の変の平定に置いている(『方丈記流水抄』、また新日本古典文学大系脚注参照)。

同年九月六日、嵯峨天皇の兄の平城上皇が、平城京に遷都を企て、「二所朝廷」の事態が出来《しゅったい》した。同月十日に、嵯峨は詔《みことのり》を出した。薬子が「二所朝廷」を「言隔《いひへだ》て、遂には大乱起こすべく、先帝の万代宮と定め賜へる平安京を棄《す》て」、「平城古京に遷《うつ》さむ」と平城上皇に勧めて「天下を擾乱」。人々を苦しめている。なのに薬子の兄仲成《なかなり》は、妹の悪行を正さず、むしろその勢をかって虚詐を重ね、罪悪を連ねている、と帝は告発する。これにより、薬子は官位を解かれ、仲成は佐渡権守に左遷された。翌十一日、平城は、一行とともに東国へ向かうが、坂上田村麻呂が邀撃《ようげき》――迎え撃って、夜には仲成が左近衛府の禁所で射殺される。十二日、平城はあきらめて平城宮に戻り、剃髪入道。薬子は自害した(『日本後紀』)。この内乱を治めた嵯峨天皇の時代に、京都は真の意味で「万代の宮」となる(橋本義彦「〝薬子の変〟私考」)。

ここにはもう一つ、鴨長明とのゆかりがあった。賀茂斎院設置の伝説である。薬子の変に際し、嵯峨天皇は「賀茂皇太神へ勅使をたて」、「ねがはくは官軍に神力をそへられ、天下無為《ぶゐ》(=平穏)に帰せしめ給へ」と祈った。もしそうしてくださったら、「皇女を奉りて御宮づかへ申さすべし」と。祈りが通じて、乱は平定。そこで有智子《うちこ》内親王を「斎王になし給ひて、弘仁元年(=大同五年)四月に賀茂皇太神へ参らせ給ふ」。これが賀茂斎院の起源である、との言い伝えだ(『賀茂皇太神宮記』)。『賀茂斎院記』や『一代要記』などにも略述される著名な伝承である。

これについて「平安京を永住の都と定めた嵯峨天皇が、地主神的な賀茂大神に皇女を奉ったことが恒例化したもの」とする説がある(『国史大辞典』「斎院」所功)。たとえば「この薬子の乱が、摂関政治への端緒ともなり(蔵人所の設置)、南都との因縁を絶って、以後の平安朝の基礎を固めた事件であることから考えると、この時に斎院が奉仕するようになったのは歴史的に興味が深い。(中略)元来は賀茂氏の祖神に過ぎなかった賀茂神社が、京という土地の守護神としての性格を帯びて来、後年盛大な賀茂祭として都市の景観を添える」。「嵯峨天皇の戦勝祈願は、即ち京都の安寧を保持することに眼目があったのである」(高橋和夫「朝顔斎院」)という。また「遷都の決った延暦三年六月、朝廷ではまず賀茂の神にその旨を告げた」――参議近衛中将の紀船守《ふなもり》を「賀茂大神社」に遣わし、奉幣して「告二遷都之由一」(『続日本紀』)。「嵯峨天皇の御代に至り、永住が確認されるに及んで」、「皇女が斎院として賀茂の神に奉仕することとなった」(坂本和子「「朝顔斎院」論」)と説明される。

前節で触れたように、長明は下鴨神社の正禰宜《しょうねぎ》の子であった。父を早く失って不遇の時期にも、下鴨神社の神職の地位に恋着があった。だから長明がこの大同五年を平安京の起点とする見識もよくわかる。大同五年から、長明が『方丈記』を書き上げる建暦二年(一二一二)まで、差し引き四〇二年となる。文字通りの「四百余歳」だ。ちなみに、インドへ向かった古代の先例として挙げた高丘親王は、平城天皇の第三皇子で、前年の大同四年四月に、父の桓武への譲位を承けて皇太子となるが、薬子の変で廃太子となった人だ。薬子は若き日の高丘と「添臥《そいぶし》」をした、との推測もある(佐伯有清前掲『高丘親王入唐記』)。廃太子後、高丘は十数年経って出家し、空海に仕えて高僧となる。還暦を過ぎてから入唐。そして天竺を目指した。

この古都・平城京から、新都・平安京への遷都をめぐって、前節(**序章の1**)で『方丈記』について見た、ミヤコをめぐる「フルサト」という認識についても、興味深い先例がある。たとえば『伊勢物語』は「平城《なら》の京、春日《かすが》の里《さと》」を「古里《ふるさと》」と呼んでいた(**第I章の7**参照)。そして「ならの京は離《はな》れ、この京は人の家まださだまらざりける時」(同第二段)と続く。平城天皇の孫である在原業平《ありわらのなりひら》(八二五―八八〇)を主人公に擬する『伊勢物語』は、実際より半世紀ほど時代を遡った、時代劇になっているのだ。この『伊勢物語』第二段の表現をもとにして、『方丈記』は、福原遷都の混乱を「古京ハスデニ荒《アレ》テ、新都ハイマダ成《ナ》ラズ」と誌している。

＊

『源氏物語』絵合巻は「物語の出《い》で来《き》はじめのおやなる竹取《たけとり》の翁《おきな》」と『竹取物語』を紹介する。先に見た、奈良と京都という両京のダブルイメージも、作り物語の祖先ならではの趣きだ。そんな起源にふさわしく、竹取翁とかぐや姫の物語には、多くの伝承と類話がある（『今昔物語集』の説話など、多くの関係資料については、旺文社文庫『竹取物語』に簡便な一覧がある）。物語の冒頭も「いまは昔、竹取《たけとり》の翁《おきな》といふものありけり」と伝説・説話の語り口で始まっていた。史実めいた伝説のよそおいと、フィクションとしての作り物語という、飛躍と娯楽。そのあわいの中で『竹取物語』は、物語の祖型をめぐる遊びを、そこかしこに潜ませている。話題の区切りに頻用する、ダジャレのような語源譚もその一つだ。本節の求婚話も「かのハチ（鉢）を捨てて又言ひけるよりぞ、面《おも》なき事をば、「ハヂ（恥）を捨つ」とは言ひける」と、もっともらしい、しかしすぐに嘘っぱちだとわかる起源説で閉じていた。

こうした仕組みや構造は、物語の最終場面で集約的に現れる。かぐや姫の激動の命運を駆け足でたどり、そのことを確認しておこう。

難題で五人の貴公子をはねのけ、帝の求婚さえ拒んだかぐや姫だが、彼女には大きな秘密があった。ちかごろ彼女は「月の顔《かほ》」ばかり眺めてばかり。憂えがちだ。縁起が悪いと制されると、人のいない間《ま》にこっそりと月を見ては、ひどく泣いたりして…。そして初秋の七月十五日。かぐや姫は、月を見上げて「せちに物思《おも》へる気色《けしき》なり」。側近から事情を聞いた翁は、月を見るのはおやめなさい、と言うのだが、「いかで、月を見《み》ではあらん」とかぐや姫は聞かない。夕闇はそうでもないのに、月が出ると嘆きを募らせる。八月十五日の中秋の満月の夜が近づくと、とうとう激情を抑えきれず、彼女は、人目もかまわず号泣しながら、翁に、自分は「月の都《みやこ》の人」だと打ち明ける。「昔の契《ちぎ》りありけるによりなん、この世界に」参りました。でも今月十五日、「迎へに人々」がやってきます。ちょっとの間と思って、この地球に来たのだけれど、思いがけず長居をしてしまった…。月には「父母《ちちはは》あり」。私は宇宙人なの。かぐや姫は、そう告白したことになる。

そんな馬鹿な。どんな敵が迎えに来ても許さない。おまえがいなくなるなら「われこそ死《し》なめ」と翁は叫ぶ。私だって同じ気持ち。でも仕方がないの…。かぐや姫は一緒に泣いて、一家は悲しみに暮れる。その嘆きを知った帝の賛同を得て、挙国体制で「六衛《ろくゑ》の府《つかさ》あはせて二千人」の精鋭兵が配備された。かぐや姫の困惑をよそに、翁は「つゆも、物、空《そら》にかけらば、ふと射《い》ころしたまへ」――もし空を飛ぶ物があれば、すぐ射殺せ。針のような小さい物さえ逃さず、すぐ殺せ、と意気込んで待つ。

やがて「宵《よひ》うち過ぎて、子《ね》の時ばかり」の真夜中に、あたり一面、昼より明るく照り輝く。「望《もち》月の明《あ》かさを十合《あ》はせたるばかりにて」、「人の毛の穴《あな》さへ見ゆるほど」のまばゆい光のスペクタクルとして、月の天人たちが降臨したのだ。事前の準備万端で、いざ迎え撃つ日本国の防衛軍だが、なぜか「物におそはるるやうにて」――物の怪に襲われたかのごとく、戦う心も気力も消え失せ、どうにもならない。なんとか弓矢を取ろうとするが「手に力《ちから》もなくなりて、萎《な》えかかり」、気丈な「心さかしき者《もの》」がかろうじて放つ矢も、よれよれの的外れ。みな心神喪失となった。

月の使者は、美しい装束で立ち並ぶ。天蓋をかざした、貴人の乗る「飛ぶ車」を帯同して、「王とおぼしき人」が翁に事情を伝える。翁は必死で拒絶するも、空しい。かぐや姫は、泣きながら翁をかき口説き、手紙を渡して、「月の出《い》でたらむ夜は」見上げて私を思い出してね、と告げた。そして「壺《つぼ》」に入った「不死《ふし》の薬」を翁へ捧げ、身にまとうと「心異《こと》になるなりといふ」「天《あま》の羽衣《はごろも》」を着せられる。かぐや姫は、瞬時に翁を「いとほしく、かなし」と思う心も失せはてて、「車に乗りて、百人ばかり天人」を伴なって、月へと昇っていった。

もう、かぐや姫はいない。翁は悲しみ「なにせむにか、命《いのち》もをしからむ」と「薬《くすり》もくはず」。使者は、かぐや姫の手紙を添えて、不死の薬を帝へと運んだ。だが帝も、対象喪失の悲しみは、翁と同じ。何も召し上がらず、中秋の名月なのに、詩歌管絃の遊びもない。「いづれの山か、天に近《ちか》き」。ふと帝が尋ねると、「駿河《するが》の国にあるなる山なん、この都《みやこ》も近《ちか》く、天も近く侍る」とある人が奏上した。帝はそれを聞いて「逢ふことも涙《なみだ》にうかぶ我が身には」――姫に逢うこともなく、泣きくれて、流れる涙に浮かぶ私には「死なぬくすりも何にかはせむ」――薬など不要だ、と和歌を詠み、勅使に「不死の薬」と「壺」を持たせ、「駿河の国にあなる(＝駿河国にあるとか聞く)山の頂《いただき》に」、帝の手紙と「不死の薬の壺ならべて、火をつけて燃《も》やすべきよし、仰せ給ふ」。

では、そのなんとかいう、日本一の高さ(＝天に近い)の駿河の山の頂上で、みんな燃してしまえ、と帝はいう。だが物語は、なかなか、山の名を「富士」と呼ばない。「駿河の国になんあるなる山」、

「駿河の国にあなる」と伝聞の「なり」を繰り返して、最後まで引っ張る。そうか。「不死」＝ふし＝富士なのだな。鴨長明作と仮託された歴史を持つ中世の紀行文『海道記』では、かぐや姫伝説の終わりに「薬モ書《ふみ》モ煙ニムスボホレテ空ニアガリ」、「是《これ》ヨリ此嶺《このみね》ニ」は「恋煙《こひのけぶり》」が立ち上る。「仍此《よりてこの》山ヲバ不死峰《ふじのみね》ト云《い》ヘリ」と書いてあり、「富士」と書くのは「郡《こほり》ノ名」(古代より駿河国に「富士郡」があった)を取ってのことだろうか、と誌している。『竹取物語』は、この語源譚で作品全体を締めたいために、「富士」の名を、あえて最後まで取って置くのか。この物語の読者には、もうお馴染みのやり口だ…。

ところが、違った。物語は「そのよしうけたまはりて、士《つはもの》ども、あまた具して、山へ登《のぼ》りけるよりなん、その山を「富士の山」とは名づける」と「富士」の命名を説く。繰り返された「不死」はいつしか肩透かしを食らい、肝心の語源説は、つはもの(士)どもあまた(富)具して――つまり、士に富む山の〈富士〉となっていた。そして『竹取物語』は「その煙《けぶり》、いまだ雲の中へたち昇《のぼ》るとぞ、言《い》ひつたへたる」と閉じる。当時の富士は、噴火を繰り返す活火山であった。

『竹とり物語』(全3巻, 国立国会図書館蔵). 石作の皇子が「仏の御石の鉢」を翁に届けた場面である. この絵巻は近世のものだが, 物語は本来, たとえばこんな絵を見ながら楽しむ, ヴィジュアルな文芸であった. 画像は国立国会図書館デジタルコレクション HP から閲覧可.

「今は昔」と始まって「とぞ言ひ伝へたる」と枠取るのは、伝承説話の定番だ。しかしここは、その紋切り型につられて読み飛ばしてはいけない。煙が今も立ち上り、かぐや姫の住む月の都へ、永遠の未練を伝えている、という一節には、煙が尽きず、という意味で「不尽」の語が隠れている。「不尽山」は『万葉集』にも用いられ、伝統ある富士山の表記であった。最後の最後に、また語源譚だが、「富士」「不死」「不尽」とまとまりがない。研究史を一覧すると、この背景には『竹取物語』の成立過程やら異本やら、複雑な事情もあるらしく――先の推理のとおり、「不死の薬」を焼いたので「ふじの山」と名づけられた、と記す写本もある――、ハジメのオワリ、「物語の出《い》で来《き》はじめのおや」の終末をめぐる整合的な読解は、なかなかに手強い。

第I章

都の四季のいろどり

序章を承けて、これからまずはひとめぐり、四季の移り変わりを追っていこう。この章には『伊勢物語』から『徒然草』まで、古代から中世にわたる、季節感の色濃い風情を描写する古典作品を集めている。

『伊勢物語』の春の桜は、京都を離れ、惟喬《これたか》親王の別荘での花見である。ただしここにも、政治の影が潜んでいた。そして都の花がすっかり散るころ、北の山では桜がようやく盛りとなる。療養の旅でその地を訪れた光源氏は、長編物語の大事な女主人公たちを知り、また出会っていくのである。

初夏の四月は、賀茂の祭り。しかし兼好法師は、祭のあとに着眼した。枯れてたそがれる葵の行方に、都人の真価をさぐる。

本当に暑い京都の夏だが、南の宇治には、鴨長明も眺めた、巨椋池《おぐらいけ》があった。南に池とは、平安京の四神相応にふさわしい光景だ（**第Ⅲ章の1**参照）。巨椋池には宇治川が流れ込み、水運も豊か。避暑には格好の土地柄である。ほど近く、美しく尊い平等院の傍らで、源隆国《たかくに》（一〇〇四―七七）という貴紳が、五月から八月まで、都の暑さをわびてこの地に籠もり、不思議な聞書《ききがき》の物語を編纂していた。芥川龍之介が『竜』という短編でも描く「宇治大納言物語」である。いまはなき、この隆国の物語の直系を名乗るのが『宇治拾遺物語』の序文なのだが、その冒頭話は、なんともまあ…。性神の道祖神《どうそじん》が、男女の閨を覗き、顔を出す。そして道命《どうみょう》という僧侶の横に寝るのは、かの和泉式部なのであった。

巨大な説話集『今昔物語集』も、隆国の物語の流れを汲む作品だ。陽の長い、おそらくは夏の夕暮れ。都大路《みやこおおじ》の果ての羅城門で、摂津《せっつ》国から上洛した盗賊が、やりきれない所業に及び、闇《やみ》を闊歩する話がある。都へ、あるいは都から、旅人の往来盛んな宇治の地では、人気があった話柄かも知れない。こちらも芥川龍之介が愛読し、『羅生門』という小説にした掌編である。

せっかくだから、最初の勅撰和歌集の『古今和歌集』も読んでみようか。たぶん秋の名月のころ。男の心も知らずに？　女は、こんな晩に、遠い山を越えるあなた、としのび、ねぎらう和歌を詠んだ。さて男は…。そして晩秋の九月。『うつほ物語』冒頭のような、藤原高藤《たかふじ》という若い貴族と、鄙《ひな》なる少女の出会いが語られる。これも隆国が聞いた話であったようだ。ただし、高藤が父に叱られた痛恨は、予期せぬ出世の予兆であった。彼は、やがて帝の外祖父《がいそふ》(母方の祖父)となり、伝説は、ある大寺の縁起となっていく。

住まいは、夏を基調に定めよ。冬など、いかようにも住めるではないか。『徒然草』が言うように、震え上がるような底冷えでも、京都の人は、案外、平気である。清少納言も、沁み入る寒さの中で、臨時の祭を、追っかけまでして愛でている。東国から上ってきた文学少女は、右も左も知れない京洛の住まいで、師走の初め、なによりも先ず、物語を見せて！　と連呼した。まあ、少し落ち着いて。最後は、兼好が描く、歳末の内裏《だいり》や京洛の、いかにも静謐な描写を読んで、この章を閉じようと思う。

1　桜の花ざかり――水無瀬、交野、渚の院(『伊勢物語』)

昔、惟喬《これたか》親王という方がいらっしゃった。山崎の向こうにある、水無瀬《みなせ》というところ(現在の大阪府三島郡島本町水無瀬)に、離宮があった。毎年の桜の花盛りには、その離宮へお越しになったものである。そういう時は、右の馬頭《うまのかみ》(左右あった馬寮《めりょう》の長官)であった人をいつもお連れでいらっしゃった。もう世を隔てて、時も経って久しいので、その人の名前は忘れてしまったよ。鷹狩りの方はそこそこに、酒ばかり飲みながら、和歌の詠作に熱中していた。いま狩りをする交野《かたの》の、淀川沿いのなぎさにある、渚《なぎさ》の院(現在の大阪府枚方市)という家の桜が、とりわけ素晴らしい風情で咲いている。そこで、その桜の木のもとに、馬から下りて腰をおろし、花の枝を折って髪飾りに挿して、身分の上下を問わず、みな和歌を詠んだ。あの馬頭が詠んだ歌は、

世の中に絶《た》えて桜のなかりせば　春の心はのどけからまし

(この世の中にもし桜というものがまったく無かったならば、春の人の心はどれほど長閑《のどか》でおだやかだったろうか。)

と詠んだのであった。別の人の歌は、

散ればこそいとど桜はめでたけれ　うき世になにか久しかるべき

(散るからこそ、いっそう桜の花は称讃に値するものだ。このつらい世の中に何が永遠であろうものか。)

と詠み交わし、その木のもとを立ち去って帰途につく頃には、日暮れ時になってしまった。

むかし、惟喬《これたか》の親王《みこ》と申す親王《みこ》おはしましけり。山崎のあなたに、水無瀬《みなせ》といふ所に宮ありけり。年ごとの桜《さくら》の花ざかりには、その宮へなむおはしましける。その時、右の馬頭《むまのかみ》なりける人を、常に率《ゐ》ておはしましけり。時世《ときよ》へて久《ひさ》しくなりにければ、その人の名忘《わす》れにけり。狩《かり》はねむごろにもせで、酒をのみ飲みつつ、やまと歌《うた》にかかれりけり。いま狩《かり》する交野《かたの》の渚《なぎさ》の家、その院の桜ことにおもしろし。その木のもとにおりゐて、枝を折りてかざしにさして、上中下《かみなかしも》みな歌よみけり。馬頭なりける人のよめる。

　世中《よのなか》に絶《た》えて桜のなかりせば春の心はのどけからまし

となむよみたりける。又人《またひと》の歌、

　散ればこそいとど桜はめでたけれうき世になにか久しかるべき

とて、その木のもとは立ちてかへるに、日ぐれになりぬ。（『伊勢物語』八二段）

花は桜。しかし『万葉集』の時代は、梅である。「ももしきの大宮人はいとまあれや　梅をかざしてここに集《つど》へる」という万葉歌がある（巻十、一八八三番）。宮廷貴族が梅を髪飾りにして、のんびりとここに集う。ただそれだけの、長閑《のどか》な春の光景を謳《うた》っている。原典は漢文で「百礒城之大宮人者暇有也　梅乎挿頭而此間集有」と表記されている。ところが、この歌を再録した『新古今和歌集』では、下二句が「桜かざしてけふも暮らしつ」（巻二、春歌下、一〇四、赤人）となっている。ある日の花見を詠んだ『万葉集』の写生歌は、今日もまた過ぎてしまった、という、都人の懶惰《らんだ》な日常への嘆息と転じ、梅も桜に変わってしまった。時代と風土の違いが、古歌の世界まで、いつしかリニューアルしてしまう。

『伊勢物語』のこの段では、桜なんぞ、この世になければ…。さぞかし春は「のどけからまし」と詠じている。「いとまあれや」と花を愛でる歌と対極のようだが、「まし」は現実にないことの仮想である。逆接の賛嘆で、平安人らしい、屈折した修辞なのだ。散ればこその桜さ。そう強がる別の人の歌も、紀友則《きのとものり》の「久方《ひさかた》の光のどけき春の日に静心なく花の散るらん」(『古今和歌集』巻二、春歌下、八四番)という名歌とは裏返しの物言いで、レトリカルな讃辞である。そのはかなさが、憂き世の無常を教えると、仏教色も織り込む。あにはからんや。『伊勢物語』では、次の八三段で、惟喬親王(八四四―八九七)は出家してしまうのだ。

右の馬頭《うまのかみ》なる人物は、在原業平《ありわらのなりひら》(八二五―八八〇)その人である。「世の中に」の和歌も、業平を作者として『古今和歌集』に載っている(巻一、春歌上、五三番)。業平は、貞観七年(八六五)に右馬頭に就く。その頃、文徳天皇の第一皇子・惟喬親王は二十代前半で、不遇であった。

嘉祥三年(八五〇)十一月二十五日、惟喬の弟、惟仁《これひと》親王が皇太子となる。『古事談《こじだん》』は、「誕生の後、纔《わづか》に九ヶ月なり」(巻一―三、原漢文)と、ことさら「わずかに」という形容句を付して、その事情を伝えている。後の清和天皇である。

正史『日本三代実録』によれば、その頃、世の中に「大枝《おほえ》を超えて走り超えて躍《を》どり騰《あ》がり超《こ》えて、我《われ》や護《ま》もる田にや捜《さぐ》りあさり食《は》む鴫《しぎ》や、雄々《をを》しきや」(大きな枝を走って超え、躍り上がって超えて、私が守っている田んぼで餌を探しあさって食べているらしい鴫よ、勇ましいことよ)などと歌う「童謡《わざうた》」(諷《ふう》喩《ゆ》や予言を含む、作者不明のはやり歌)が流行した、という。この歌を聞いて、時の「識者」は次のように考えた。「大枝謂大兄也」、大枝は「大兄《おほえ》」のことをいうのだろう。文徳天皇には四皇子がいた。第一は惟喬、第二は惟条《これえだ》、第三は惟彦《これひこ》親王。しかし皇太子となったのは、第四皇子の惟仁である。三兄を超えて、末弟の惟仁が立太子した故に、この「三超の謡」が、あるいは「天意」として伝えられたのだろうか、と(『三代実録』清和即位前紀、原漢文)。

「惟喬親王の東宮あらそひ」(『大鏡』)があった、とも伝える。文徳天皇の愛情は惟喬に注がれたが、末弟があっさりとその地位を奪って、皇太子となってしまった。文徳は、ならば惟喬を太子にして先に即位させ、幼い惟仁が成長の後に、天皇の位を譲ればいいではないか、と考えた。しかし惟仁の祖父は、時の権力者で、後に太政大臣となる藤原良房《よしふさ》である。そこで源信《まこと》が間に入って帝を説得。帝はやがて崩御した(『大鏡裏書《うらがき》』)と。

この時、もっと生々しい争いがあった、という伝承も残る。帝は位を惟喬に譲りたい。だが良房は「天下の政《まつりごと》」を総括する「第一の臣」である。帝は「憚《はばか》り思《おぼ》して口より出ださざる間、漸《やうや》く数月を経たり」。双方の陣営は「あるいは神祇《じんぎ》に祈請《きしやう》し、また秘法を修し、仏力に祈る」と神仏にすがる。真済《しんぜい》僧正(紀氏、柿本僧正)が惟喬の「祈師」となり、「真雅《しんが》僧都は東宮」惟仁の「護持僧」として「おのおの祈念を専《もは》らにし、互ひに相猜《うら》ましむ」という(『江談抄《ごうだんしょう》』第二―一、原漢文)。

このことは、清和の御代、業平が馬頭となった翌年の貞観八年の応天門《おうてんもん》の変で、伴大納《ばんだいな》言善男《ごんよしお》が、左大臣源信を犯人として告発した因縁へと波及する(『大鏡裏書』)。この出来事については、本書第

『伊勢物語図屛風』左隻（部分，国文学研究資料館鉄心斎文庫蔵）．屛風中央下に，八二段の渚の院の花見を描く．高坏《たかつき》を前に２人の男性が談笑している．左の艶やかな装束の男性が惟喬親王．右は業平だろう．後世，鷹狩りの名手だという伝承があった業平の左手には，鷹が据えられている．画像は，国文学研究資料館の国書データベースHPから閲覧可．

Ⅲ章の3であらためて取り上げよう。

『平家物語』巻八「名《な》虎《とら》」では、文徳崩御後、後継争いが発生し、競馬《くらべうま》や相撲《すまい》などをさせて対決した、と伝える。惟高（惟喬）には東寺の信済《しんぜい》（真済）が、惟仁には、『江談抄』とは異なって、外祖父忠仁公（藤原良房）の護持僧という、比叡山の恵良《えりょう》（恵亮）が付き、激しい祈禱合戦を繰り広げたという。相撲では惟喬側に「名虎の右兵衛督《うひやうゑのかみ》とて、六十人」力の男が登場。惟仁側は「能雄《よしを》の少将とて」背が低く非力そうな男が「御夢想の御告《つげ》ありとて」対峙した。すると恵亮は、仏具の独鈷で自分の脳髄を突き砕き、「乳和」して護摩に炊く秘法で能雄を勝たせ、清和天皇が誕生した、と『平家物語』は語る。名虎は紀氏で、惟喬の母の父であった。能雄は不明だが、伴大納言善男のイメージが漂う。荒唐無稽の底流に、真実のかけらが光る。

『伊勢物語』のこの章段の直前には、河原院《かわらのいん》の源融《とおる》を描く八一段がある。同段には、業平を韜晦《とうかい》的に投影した「かたゐおきな」が登場する。本段に続く八三段にも、惟喬が水無瀬で「例の狩《かり》しにおはします供に、馬の頭なる翁仕《つか》うまつれり」という。八一段の翁、八二段の馬頭、そしてこの八三段の「馬の頭《かみ》なる翁」。「時世《ときよ》へて久しくなりにければ、その人の名忘れにけり」なんて、とぼけるのも怪しい。これが業平であることは、むしろ読者には自明であった。こうした呼称のあり方は『伊勢物語』を考える上でとても重要なので、**本章の8**で、八一段を読みながら、あらためて考えてみたい。

さて馬頭の翁は、八三段で親王を京の邸宅に送り、そのまま「とく去《い》なんと思ふに」、引き留められて酒を飲み、夜を明かした。時は三月尽《やよいのつごもり》である。本八二段も、この後「御供なる人、酒をもたせて野より出で来たり」。さあ飲もうと「よき所を求めゆくに、天の河といふ所にいたりぬ」。宴《うたげ》の後、離宮に戻り「夜ふくるまで酒飲み物語して」、親王はすっかり酔っ払ってしまった。それで寝室へ入ろうとすると、馬頭は、惟喬を山に沈み行く月に喩え、「あかなくにまだきも月のかくるるか　山の端《は》にげて入《い》れずもあらなん」――まだいいじゃないですか、と引き留めたのだった。

ところが八三段の後半で、親王は「思ひのほかに」出家し、「比叡の山の麓」の「小野」(京都北東部の修学院《しゅうがくいん》、八瀬《やせ》、大原一帯を指す)に隠棲してしまった。正月に、雪深い小野を訪ねた業平は、「公《おほやけ》事《ごと》どもありければ、えさぶらはで、夕暮《ゆふぐれ》に帰る」。今度は自分が公務のために、そそくさと早退しなければならない。あの時とは、正反対の情況となってしまった。文字通りの隔世の感に、業平は「忘《わす》れては夢かとぞ思ふ　思ひきや　雪《ゆき》ふみわけて君を見むとは」と詠んで、ひたすら泣いた。

2　山の桜のころ――鞍馬寺（『源氏物語』）

（北山のなにがし寺は）少し山深く入った所であった。三月の末なので、京の桜の花盛りは、どこも時期を過ぎてしまった。山の桜はまだ盛りで、奥へと進んでいらっしゃるにつれて、霞の立つさまもひとしお風情を増して見えるので、このような遠出もお慣れになっておらず、高貴ゆえに窮屈不自由な身の上でいらっしゃる光源氏は、新鮮な感動を覚えて目をとめて、嘆賞していらっしゃった。寺の様子も、まことに、しみじみと心にしみるたたずまいだ。

峰高く、岩に囲まれた奥深いところにその聖《ひじり》は籠《こ》もり、端座しておられた。光源氏は、そこまでお登りになり、自分が誰とも知らせず、たいそうひどく身をやつしていらっしゃったけれど、それとはっきりわかる尊く美しいご様子なので、「ああ恐れ多いことよ。先日私をお召しくださった方でいらっしゃるようですな。今は現世のことを考えておりませぬので、験者《げんざ》としてのつとめもすっかり捨て置き怠って、忘れておりますのに、どうしてこんなところまで、お越しになられたことでしょうか」と驚き騒いで、微苦笑を浮かべて拝顔申し上げる。なんともまあ尊い高僧であった。しかるべき護符《ごふ》など作って源氏に飲ませ申し上げ、加持祈禱などなさるうちに、すっかり日が高くなってしまった。ちょっと外へ出て、あたりをはるかに展望なさると、そこは高く見晴らしのいい場所で、あちらこちらに点在する僧坊もすっかり見下ろされ、目に入ってくる。

やや深《ふか》う入《い》る所なりけり。三月《やよひ》のつごもりなれば、京の花盛《ざか》りはみな過ぎにけり。山の桜はまだ盛《さか》りにて、入《い》りもておはするままに、霞《かすみ》のたたずまひもをかしう見《み》ゆれば、かかるありさまもならひ給はず、ところせき御身にて、めづらしうおぼされけり。寺のさまもいとあはれなり。峰高《みねたか》く深《ふか》き岩《いは》の中にぞ聖《ひじり》入りゐたりける。のぼり給ひて、たれとも知《し》らせ給はず、いといたうやつれ給へれど、しるき御さまなれば、「あなかしこや。一日《ひとひ》召し侍《はべ》りしにやおはしますらむ。いまはこの世の事を思ひ給へねば、験方《げんがた》のおこなひも捨《す》て忘《わす》れて侍るを、いかでかうおはしましつらむ」とおどろきさわぎ、うち笑《ゑ》みつつ見たてまつる。いとたふとき大徳《だいとこ》なりけり。さるべきもの作りてすかせたてまつり、加持《かぢ》などまゐるほど、日高《ひたか》くさし上《あ》がりぬ。すこし立ち出《い》でつつ見《み》渡《わた》し給へば、高き所にて、ここかしこ僧房どもあらはに見おろさる。（『源氏物語』若紫巻）

『源氏物語』桐壺巻で生まれた光源氏は、幼くして母の桐壺更衣と死別。占いを踏まえた父桐壺帝の判断で皇籍を離れ、賜姓《しせい》源氏（源という姓を賜わり臣籍に降下すること。**本章の8**参照）となった。亡妻を恋慕し、似た人を求めて父帝が得た藤壺は、血縁もないのに、桐壺更衣にそっくりと評判だ。光源氏の五歳上だったが、母代わりにもと、父は源氏を、藤壺の御簾《みす》の内にまで入れてしまう。源氏は、刷り込まれるように「影だにおぼえたまはぬ」母と藤壺の面差しを重ね、ひそかに恋心を抱き始める。

美しい二人は、光る君（「光君《ひかるきみ》」）、輝く日の宮（「かかやく日の宮」）と双称された、と物語は伝えている。数え十二で元服した源氏は、藤壺より一つ年下の葵の上と結婚。それでも彼は、依然、藤壺へ禁断の情愛を募らせ、想いは留まることがない。ところが、桐壺巻に続く帚木《ははきぎ》巻は「光源氏、名のみことごとしう」と始まり、すでに色好みとして「名」の広まった光源氏の恋愛を描く。続く空蟬、夕顔という二帖も、この段階では、外伝短編集の趣きだ。彼の初恋の問題は、ひとまず棚上げされていた。それがこの若紫巻に至って、物語は、ようやく長編小説の企図をあらわにする。「わらは病《やみ》」(瘧《おこり》)という熱病にかかった源氏は、昨年夏の流行にも効験あった「北山」「なにがし寺」の「かしこきおこなひ人」に加持を頼むのだが、聖は「老いかがまりて室《むろ》の外《と》にもまかでず」と応じてくれない。ならばみずから参ろうと、親しい一行四、五人で、まだ暗い内に、お忍びでやって来たのであった。

さて高い所から、そこかしこに点在する僧房をすっかりあらわに見下ろした光源氏は、「ただこのつづらをりの下《しも》に」、「うるはしくしわたして、きよげなる屋《や》、廊《らう》などつづけて、木立《こだち》いとよしある」小柴垣の瀟洒《しょうしゃ》な住まいに気づき、「何人《なに》の住《す》むにか」と問うている。そこは「なにがし僧都《そうづ》の二年籠《ふたとせこも》り侍る方《かた》」であった。「きよげなる童《わらは》など」たくさん出てきて、閼伽《あか》棚《だな》(仏に供える水や花を置く棚)に水を供え、花を折る姿が見える。「かしこに女こそありけれ」、「僧都は、よもさやうには据《す》ゑ給はじを」、「いかなるひとならむ」と御一行の人々も騒ぎだし、「下《お》りてのぞくもあり。「をかしげなる女子ども、若き人(=女房)、童《わらは》べなん見ゆる」と言ふ」。この僧都こそ、若紫の祖母の尼君の兄なのであった。そう、やがて「雀《すずめ》の子《こ》をいぬきが逃《に》がしつる」と泣きながら登場する、若紫との出会い場面の伏線であった。

ところで往時の北山は、京都の北の山々を広く指す呼称である。なにがし寺とぼかしているが、古来ここは、鞍馬寺を当てて読むのが通例だ。ただし近年は、この「北山」を大北山と呼ばれた紙屋川上流域に比定したり、岩倉の大雲寺になぞらえるなど、諸説がある。しかし、先ほどの情景描写で、「ただこのつづらをりの下《しも》に」と叙述されていたことに注意したい。

『枕草子』は「近《ちか》うて遠きもの」に「鞍馬のつづらをりといふ道《みち》」を挙げている。「しがの山ぢのつづらをり」と謳われた（『古今和歌六帖』）大津の志賀寺（崇福寺跡）とともに、くねくね続く九十九折《つづらおり》の坂道は、鞍馬の代名詞であった。三月末に咲き誇る桜も、鞍馬の晩春をかざる雲珠桜《うずざくら》として平安時代から知られていたものだ。若紫巻が繰り返し描く霞の風情も、鞍馬の名物だった。

無動寺蔵本『鞍馬縁起』（本文の内題は「鞍馬蓋寺縁起」。叡山文庫寄託、西口順子が発見・紹介）という本がある。これまで知られていた『鞍馬蓋寺縁起《くらまがいじえんぎ》』相当部に加え、新たに鞍馬寺の古い姿や状況を伝える記述を有する重要な資料だ。そしてこの書は、『源氏物語』の読解に多大な情報と示唆を提供するのだが、これまではあまり参照されてこなかった。この『鞍馬縁起』によれば、紫式部の時代、鞍馬寺は天台宗で、毘沙門天を安置する本堂の他、「法華三昧の道場、一切経蔵、護摩堂、金堂、講堂、鐘楼《しょうろう》堂、五重の搭婆、二階の楼門、念仏三昧の道場、観音堂、阿弥陀堂、文殊堂、釈迦堂、薬師堂、地蔵堂、大日堂、二八（＝十六）の律院、五八（＝四十）の房舎、十王堂」など「仏閣甍《いらか》を并《なら》べ」る有力な大寺院であった（原漢文）。若紫巻にも「阿弥陀仏ものし給ふ堂」（＝阿弥陀堂）、「法花三昧おこなふ堂」（＝法華三昧の道場）が描かれる。一方、従来の『鞍馬蓋寺縁起』が誌す鞍馬寺成立伝説にも、この寺が「北山」にあると記されている（その詳細と以下の一連については、荒木『かくして『源氏物語』が誕生する』第Ⅰ部第三章参照）。比定関係はゆるがない。

さて光源氏は、春霞に煙る都の方角を眺めながら、絵画のようだ、と思う。物語の原文には「後《しりへ》の山に立ち出でて、京の方《かた》を見たまふ。はるかに霞みわたりて、四方《よも》の梢《こずゑ》そこはかとなうけぶりわたれるほど、「絵にいとよくも似たるかな…」とのたまへば」とある。この「北山」に「王朝人は鞍馬寺の風景を想像したことであろう」と述べる国文学者の小山利彦は、「北山のなにがし寺を鞍馬寺と想定」する『河海抄《かかいしょう》』など中世の古注釈の理解こそ「物語に描かれる風景」と「最も近似しているように思われる」と考察しつつも、右の記述について「鞍馬寺の都方向には山が立ちはだかっていて、都を見ることはできない」と注意する。その上で「ただ『源氏物語』の風土はあくまで文芸としての虚構表現であり、自然風土との全面的な合致は求め得ない。むしろ北山という空間が集合して表出する風景として、認識するのが当たっていよう」と論じた（「紫上と朝顔斎院」）。もっとも『源氏物語』は、京をながめ、とは言わず、「京の方を見」る、という言い方をして「絵」になぞらえている。その嘆賞の対象は、京の方角を仰いで揺らめく、北山の春霞の美しさと、そのあなたに絵画的に幻想する、わが都の光景であった。

光源氏は、こんな地に住む人は、心に思い残すことはないだろうな、とつぶやく（「…「絵にいとよくも似たるかな。かかる所に住む人、心に思ひ残すことはあらじかし」とのたまへば」）。いやいや、京以外の海山や、地方の国々をご覧なさい。絵も上達なさいますよ。「富士の山、なにがしの嶽《たけ》」と、お付きが口をはさむ。「西国」にも「おもしろき浦うら」があります。「近き所には、播磨の明石の浦こそ、なほことに侍れ」と述べ、明石の入道とその娘のことを語り始める人もいた。

この後、光源氏は、垣間見した若紫に一目惚れすることになる。たくさんの絵が描かれ、高校の教科書などでもお馴染みのあの場面は、まるで少年の初恋の純愛だが、その深層には、永遠の思い人、藤壺との相似があった。そのことに、彼は自ら気付き、愕然とする。この時の光源氏はあずかり知らぬことながら、若紫は、じつは藤壺の姪にあたる「ゆかり」の人で、その類似には根拠があった。

そして光源氏は、まさにこの若紫の巻で、藤壺と密通を遂げる。初めてのアヴァンチュールではなかったようだが、この晩は特別であった。光源氏は、その夜の短さに、鞍馬山の異名「くらぶの山」に宿も取りたいと嘆きつつも、秘密の子を授かるからだ。

中島荘陽画・江馬務詞書『都年中行事画帖』(昭和3年[1928]江馬務跋，国際日本文化研究センター蔵)の「鞍馬寺花供養」．鞍馬花供養は，江馬の解説では雲珠桜が咲きほころびる4月18日から6日間行われる仏事という．晩春の季語でもある．若紫巻冒頭では旧暦の弥生の末の風景が描かれる．本文でも触れたように，「北山」という舞台の同定には諸説あるが，私は，鞍馬寺説を採りたい．画像は，日文研データベースHPから閲覧可．

若紫巻は、この密通の前に、光源氏と正妻葵の上との不仲を描く。また密通の後には、気まぐれで、六条御息所《みやすんどころ》らしき女性に逢いに行こうとする光源氏の行動が、若紫の祖母の家を見出す契機となったことも誌されている。やがて彼は、やや強引に若紫を掌中にする。この若紫巻に張り巡らされた因果の糸は、盛り込みすぎなくらい、周到で濃密なのだ（荒木『日本文学　二重の顔』など参照）。

六条御息所は、『源氏物語』を通貫する問題人物であった。巻を重ね、葵巻に入ると、賀茂祭（葵祭）で、葵の上と六条御息所と、一条大路での車争いが起こる。これもよく絵に描かれる場面だ。御息所は、衆目の辱めを受けて深く傷つき、それが発端となって葵の上は、六条御息所の物の怪（生霊《いきすだま》）に苦しめられることになる。そして、一子夕霧を残し、若くして逝ってしまうのだ。

妻の死を父桐壺帝と藤壺に報告した光源氏は、四十九日を終えて、久しぶりに白邸に帰る。するとそこには、「いとこよなう」大人びた若紫がいた。彼女を見つめる光源氏のときめきと、ある朝、若紫がなかなか起きてこない場面があって…、『源氏物語』の読者は、二人の初枕を知ることになる。

3　枯れたる葵──一条大路（『徒然草』）

「賀茂祭が終わってしまえば、その後《のち》の葵《あおい》は用済みだ」といって、ある人が、御簾《みす》に飾り付けた双《ふた》葉葵《ばあおい》をすべて取らせてお捨てになられたが、なんとも情趣のないことよ、と感じ、残念に存じていたのだけれども…、いや、立派な方のなさることだから、そういうしきたりなのかなと思っていたところ、周防《すおう》の内侍《ないし》が、

掛《か》くれどもかひなき物は　もろともにみすのあふひの枯葉《かれは》なりけり

（いくら懸けても甲斐のないものは、一緒に見ることのなかった、御簾《みす》「見ず」との掛詞」の葵の枯れ葉であることよ）

と詠じている。これも母屋の御簾に懸かった葵の枯れ葉を詠んだものだ、という由来が、彼女の私家集『周防内侍集』にも書いてある。

古い歌の詞書《ことばがき》（『実方集《さねかたしゅう》』か）にも、「枯れた葵に差し挟んで贈った」などと記されている。『枕草子』にも、「過ぎ去った昔が恋しく偲ばれること　枯れた葵」と書いてあるのは、たしかにそのとおりだと、たいそう心惹かれて共感する。鴨長明の『四季物語』にも、「美しい玉簾に後《のち》の葵が留まっている」と詠んでいる。自然と枯れて朽ち果てるのさえ惜しまれるのに、未練も名残もなく、どうしてわざわざ取って捨てるようなことをなすべきか（決してすべきではない）。

「祭《まつり》過《す》ぎぬれば、後の葵《あふひ》不用《ふよう》なり」とて、ある人の、御簾《みす》なるをみな取《と》らせられ侍りしが、色もなく覚《おぼ》えしを、よき人のし給ふことなれば、さるべきにやと思《おも》ひしかど、周防《すはう》の内侍《ないし》が、

掛《か》くれどもかひなき物はもろともにみすのあふひの枯《かれ》葉なりけり

とよめるも、母《も》屋の御簾に葵の掛かりたる枯《かれ》葉をよめるよし、家の集にも書《か》けり。古《ふる》き歌の事書《ことがき》に、「枯れたる葵に挿《さ》してつかはしける」とも侍り。枕草子にも、「こし方《かた》の恋しきこと、枯《か》れたる葵」と書けるこそ、いみじくなつかしう思ひ寄《よ》りたれ。鴨の長明《ながあきら》が四季の物語にも、「玉垂《だれ》に後のあふひはとまりけり」とぞよめる。をのれと枯るるだにこそあるを、なごりなく、いかが取り捨《す》つべき。（『徒然草』一三八段）

この『徒然草』本文は、冷泉派の歌人正徹《しょうてつ》（一三八一―一四五九）が書写した、上下二冊の最古写本を底本として作られている。正徹は、本書の最後（**第Ⅲ章の8**）に登場する、心敬《しんけい》の師匠でもあった。この『徒然草』正徹本は、末尾に永享三年（一四三一）四月十二日に写し終えたと誌し、正徹の自署と花押《かおう》がある。『徒然草』が今日まで伝わる、起源のような伝本である。その下冊は「花はさかりに、月はくまなきをのみ、見る物かは」（一三七段）と始まっている。正徹が兼好の天才の証しと褒めた一節だ（『正徹物語』）。本書「はじめに」でも触れたので、少しこの章段も読んでおこう。

一三七段は「すべて、月・花をば、さのみ目にて見る物かは」、「月の夜は、閨《ねや》のうちながら」その月姿を想像するだけでいい、と続ける。そもそも「よき人は、ひとへに好《す》けるさまにも見えず、

興ずるさまもなほざり」なものだ。執着のない、さりげない鑑賞こそ都人の美徳だと、兼好は説いている。それに比べて「片田舎《かたゐなか》の人こそ、色濃《こ》く」楽しみをむさぼり過ぎだ。花見に殺到しては酒を飲み、雪が降れば勇んで降り立ち、べたべたと足跡を付けたりする。よき都人のように「よそながら見る」スタンスがとれない…。「さやうの人の祭見《まつりみ》しさま」など、珍妙で目も当てられぬ、と兼好は辛辣だ。

京都で「祭」といえば、賀茂社の葵祭のことである。『枕草子』「正月一日《むつきついたち》は」の段（「比《ころ》は」の段にまとめる本もある）が描くように、「四月、祭の比《ころ》いとをかし」。「木々の木の葉まだいと繁《しげ》うはあらで、若《わか》やかに青《あを》みわたりたるに、霞も霧もへだてぬ空の気色」も一興。少し曇った夕刻から夜にかけ、ほととぎすが、まだたどたどしい忍び音を届ける。もう最高の心持ち、と清少納言は祭の季節を讃えている。

ところが兼好の目に映る「片田舎」の連中ときたら…。桟敷《さじき》に席取りの人を置き、行列見物までのつなぎに奥で酒宴をしたり、囲碁や双六に興じたり。やれ来たぞ。行列が見頃の時分になると、今度は大騒ぎで桟敷に押し寄せる。「一事《ひとこと》も見洩《も》らさじと」凝視し、「とあり、かかり」と物ごといちいちに声をかけ、「ただ、物をのみ見むとする」。

対照的に、やんごとなき都人は「眠《ねぶ》りていとも見ず」。若い下々も、後ろの列にいる人も「わりなく見んとする人もなし」。そもそも祭の風情とは、行列を「見る」ことではない。「何《なに》となく葵掛《か》けわたして、なまめかしきに」、暗いうちから、ひっそり道ばたに到着する牛車を見て、はて、どなたがお乗りか。そんな思案をめぐらしていると、見知った「牛飼《うしかひ》、下部《しもべ》」の姿など目にして、気付くこともある。「をかしくも、きらきらしくも、さまざまに行《ゆ》き交《か》ふ、見るもつれづれならず」――それを見るだけで十分楽しい。

いずれ、隙間もないほどぎっしり立て並べられる貴族たちの車だが、やがて祭も、終わりの時が来る。日暮れ時には「何方《いづかた》へか行《ゆ》き帰《かへ》るらむ」、いつしかみな退去して、閑散となってしまう。やがて桟敷の簾《すだれ》も畳も取り払われ、「目の前にさびしげになりゆくこそ、世の例《ためし》も思ひ知られてあはれなれ」。この哀愁こそ「祭見たるにてはあれ」と『徒然草』一三七段は、その美意識を強調して語る。そして話題は、独特の論法で、無常論へと向かう。ここでは割愛するが、兼好の真骨頂だ。どこかでぜひ、続きをお読みいただければ、と思う。

その次段にあたるこの一三八段では、祭の本質が推移の美学にある、と知悉《ちしつ》するはずの「よき人」が、祭の後の葵は不用だと、さっさと取り捨ててしまう。いかがなものか。兼好は、そう問うて考証し、批判している。「侍り」という丁寧語が交じるのは、批評対象が「よき人」貴顕であることへの気づかいだろうか。歌人の兼好らしく、平安時代の和歌の詞書を二つ示し、おなじみの清少納言『枕草子』、そして鴨長明の『四季物語』を挙げて詰めていく。

『四季物語』だが、鎌倉時代の十三世紀ころの成立という『本朝書籍《しょじゃく》目録』に「四季物語　四巻　鴨長明作」とある。今日、『四季物語』、『歌林四季物語』という二種の書物が伝わっている。『四季物語』の方には、和泉式部が「小野の大将」に忘れられた時、「水無月の中の七日」(六月十七日)に、童部に託して「かなぐりふて(＝棄て)たりし葵の枯葉に添へて」、「玉《たま》だれに後のあふひはとまりけり　かれてもかよへ人のおもかげ」という和歌を詠じた、と書いている。『徒然草』には引用しない下の句もわかる…。ところが、この「玉だれ」の和歌は、日本の和歌を集成した『新編国歌大観』にも他出が見当たらない、未詳歌らしい。内容の異なる『歌林四季物語』にも「葵かづらは、かれゆくまでも久しくかけをかれて、かうがうしく相見えたり」として「玉だれに…」の和歌を引くが、第四句は「かれてものこれ」と変わっており、和泉式部の名前は見えない。

『四季物語』は「小(古)六帖」、『歌林四季物語』にも「古六帖」と出典を記すが、『古今和歌六帖』には収載されず、もっともらしい偽名のようだ。『歌林四季物語』は貞享三年(一六八六)の刊記を伝える板本などで伝来し、『四季物語』は写本で伝わるが、どうやらいずれも、後世の仮託で、偽書らしい。とりわけ『四季物語』の方は、『徒然草』の影響も多面的に看取される「擬作《ぎさく》」(なぞらえ仮託した書物)である(以上については、稲田利徳『徒然草論』参照)。

『枕草子』の方も、少し注意が必要だ。多くの注釈書が底本とする『徒然草』流布本の烏丸本《からすまる》には「来しかた恋しきもの、枯れたる葵」とある。『枕草子』には「過ぎにし方恋しきもの　枯れたる葵…」とあって、表現がそれぞれ微妙に重なり、違っている。兼好が直接見た典拠について

『異形賀茂祭絵巻』(部分．京都産業大学図書館蔵)．葵祭の行列を異形異類に見立てて描いた趣向の絵巻．本図は模本である．原本は19世紀前半成立で，出光美術館所蔵．葵祭に何を見るか．この絵を兼好が見たら，なんというだろう？　画像は，京都産業大学図書館「貴重書電子展示室」HPから閲覧可．

は、いささか不明な部分が残る。

　ところで、人間の精神病理と時間との関係を、祝祭に対する期待や失望、そして熱狂になぞらえて、「前夜祭的《アンテ・フェストゥム》」／「祭のさなか《イントラ・フェストゥム》」／「祭のあと《ポスト・フェストゥム》」と区切る議論がある（木村敏『時間と自己』）。「片田舎の人」は、「祭のさなか」を興ずる心性だ。兼好は「祭のあと」の精神か。確かに『徒然草』は「何事も古き世のみぞ慕はしき。今様《いまやう》はむげにいやしうこそ成りゆくめれ」（二二段）と書き、「祭のあと」に過去を慕う。そして七一段では、「ただ今《いま》、人の言《い》ふことも、目に見ゆる物も、わが心の中に、かかる事のいつぞやありしはと覚えて」、「まさしくありし心ちする」兼好自身を振り返り「我ばかりかく思ふにや」と問いかけていた。いろんな出来事に、いつも既視感《デジャビュ》を覚える、敏感すぎる自画像。恍惚と不安？　これって私だけ？　『徒然草』理解に示唆的な視座がここにある。

4　暑さをわびて──五条の道祖神(『宇治拾遺物語』)

今となってはもう昔のことだが、こんな話がある。傅殿《ふどの》・藤原道綱の子に、道命阿闍梨《どうみょうあじゃり》という好色な僧がいた。和泉式部を愛人として、彼女のもとへ通っていた。経文の読誦に優れた人であった。この道命が和泉式部のところへ行って、同衾《どうきん》していた夜、ふと目覚め、心を澄まして『法華経』を読み始めるうちに、ついに全八巻を読み終えて、未明に眠気を催し、そろそろ休もうとうとした時に、人の気配がしたので、

「そこにいるのは、誰だ」と問うたところ、

「私めは、五条西洞院《にしのとういん》のあたりにおります老翁でございます」と答えたので、

「これは何事か」と道命が言うと、

「このお経を今晩聴聞《ちょうもん》申し上げたことが、今後、未来永劫、いくど生まれ変わりましても忘れがたく存じます」と言ったので、道命は、

「『法華経』を読誦申し上げるのは、いつものことだ。どうして今宵ばかり、そう言われるのか」と言うと、五条の斎《さい》の神(道祖神《どうそじん》)は、

「身を清めて読誦なさる時は、梵天《ぼんてん》や帝釈天《たいしゃくてん》をはじめとするそうそうたる神々が聴聞なさいますので、この翁などは、お側に近づいて拝聴することが叶いません。今宵は、不浄の後、行水もなさらず

読経申し上げなさったので、梵天・帝釈天も御聴聞なさらぬ間隙でして、この翁も、おそばに参じて、お声を承ることができました。そのことが、忘れがたく、尊く存じます」とおっしゃった。

> 今《いま》は昔《むかし》、道命阿闍梨とて、傅殿《ふどの》の子に、色にふけりたる僧ありけり。和泉式部に通《かよ》ひけり。経を目出《めでた》く読みけり。それが和泉式部がりゆきて、臥したりけるに、目さめて、経を心をすまして読みける程に、八《や》巻《まき》読みはてて、暁にまどろまんとする程に、人のけはひのしければ、「あれは、たれぞ」と問ひければ、「おのれは、五条西洞院の辺《ほとり》に候《さうらふ》翁に候《さうらふ》」とこたへければ、「こは何事ぞ」と道命いひければ、「この御経をこよひ承《うけたまは》りぬる事の、世々生々《せぜしやうじやう》、忘れがたく候《さうらふ》」といひければ、道命「法花経を読みたてまつる事は、常の事也。など、こよひしもいはるるぞ」といひければ、五条の斎《さい》いはく、「清くて、読みまゐらせ給ふ時は、梵天《ぼんでん》、帝尺《たいしやく》をはじめたてまつりて、聴聞せさせ給へば、翁などは、ちかづき参りて、うけ給はるに及び候《さうら》はず。こよひは御行水も候はで読みたてまつらせ給へば、梵天、帝尺も御聴聞候《さうら》はぬひまにて、翁、まゐりよりて、うけたまはりさぶらひぬる事の、忘れがたく候《さうらふ》也」とのたまひけり。（『宇治拾遺物語』第一話「道命阿闍梨於和泉式部之許読経五条道祖神聴聞事」）

宇治は古来、交通の要衝であった。応神天皇も、近江行幸の途次、宇治川北岸の宇治野から葛野《かづの》（後の平安京北西）を国見して歌を詠み、木幡《こわた》で、麗しい宮主宅媛《みやぬし(す)やかひめ》と出会う。二人の間に菟道稚郎子《うじのわきいらつこ》が生まれ、末弟ながら皇太子になると、異母兄大山守《おおやまもり》（母は高城入姫《たかきのいりひめ》）は逆順を怨み、父の死後、謀

叛を計画した。兄の不穏を察知した大鷦鷯尊《おおさざきのみこと》（母は皇后の仲姫）が弟の皇太子に通報。太子は、宇治川の渡し船を転覆させて、大山守を殺してしまった。しかし太子は、遂に即位せず、大鷦鷯（仁徳天皇となる人だ）に皇位を譲るべく自殺…（『古事記』および『日本書紀』参照）。宇治の文学史の原像となる悲劇である。菟道稚郎子を祀る宇治神社は、宇治上神社とともに、離宮《りきゅう》明神の別称を持つ。彼の離宮の旧跡らしい。葬地と伝える、宇治墓も近くにある。

菟道稚郎子の残像は、『源氏物語』宇治十帖の八の宮に投影する。八の宮は、朱雀帝と光源氏の異母弟だが、朱雀の母・弘徽殿《こきでん》の女御一派が、異母弟の皇太子（後の冷泉帝、母は藤壺。実父は光源氏）から皇統を簒奪しようとする陰謀に巻き込まれて、挫折。その後は、愛妻を失い、邸宅も火事に遭って、二人の娘と、僧正喜撰《きせん》が「世をうぢ山と人はいふ」（『古今集』『百人一首』）と詠った、この宇治の地に移住した。そして聖《ひじり》のように日々を送る。

この八の宮に心酔するようになるのが、光源氏の子・薫（本当の父は柏木）であった。薫は、やがて八の宮の娘たちの魅力に気付いて愛着し、光源氏の孫の匂宮と、恋の鞘当てを演じることになる。やがて彼女たちの異母妹である浮舟も登場し、都の東南《たつみ》宇治の地は、俄然、華やぐトポスとなっていく。

時代が移って、『平家物語』に二度の宇治川の戦い（橋合戦と宇治川の先陣争い）が描かれ、宇治の文学史は、大きな転換期を迎えることになる。しかし『源氏』と『平家』に挟まれた十一世紀後半に、もう一つ大事な文学の風景があった。源隆国《たかくに》（一〇〇四―七七）の「宇治大納言物語」編纂である。

十三世紀の『宇治拾遺物語』序文は、宇治大納言源隆国が醍醐天皇の曽孫で源高明《たかあきら》――第Ⅱ章の3に登場する、安和《あんな》の変の当事者――の孫にあたる、とその系譜を紹介し、物語作成の逸話を語る。隆国は、高齢となった後、「あつさをわびて」――京都の暑さはかなわんと「五月より八月までは」休暇をとって宇治に在り、「平等院一切経蔵《いつさいきやうざう》の南の山ぎはに、南泉房《なんせんばう》と云ふ所に、こもりゐられけり」。それで宇治大納言という呼び名が付いた。隆国は、避暑のつれづれに、身分の「上中下《かみなかしも》をいはず」、宇治を往来する人々を「よびあつめ、昔物語をせさせて」、自分は寛いだ珍妙な姿で部屋の中に寝そべり、「語るにしたがひて、おほきなる双紙《さうし》に書かれけり」。そして「さまざま様々《やうやう》な」る、伝承の聞書《ききがき》を蒐集した、というのだ。

残念ながら「宇治大納言物語」は、『今昔物語集』以下に説話を提供して役目を終え、散逸して、今に伝わらない。しかし序文で、隆国の物語の末裔を自称する『宇治拾遺物語』が、天竺・大唐（中国）から日本まで、古今東西、豊富な話柄を二百近く収め、その面影を偲ばせている。『宇治拾遺物語』は、多くの話を『今昔』と重ねながら、芥川龍之介『鼻』の原話や、瘤取り爺、わらしべ長者、舌切り雀の類話で腰折れ雀など、お馴染みの昔話の類話や異伝を載せ、浦島の弟も出てくる。そしてその掉尾を、秦代中国への仏教非伝来譚（始皇帝による、天竺から来た仏教使徒への迫害・入獄と、金色の釈迦出現による救済）、荘子の貧しさ（後の千金）、孔子の失錯（孔子の倒《くじ》れ）という独特のネガティブ三話で括って閉じる。中世の混沌を照らし出し、読者の知と連想を刺激してやまない作品である。

さて、この道命（九七四―一〇二〇）と和泉式部の説話は、芥川の小説『道祖問答』の原話で『宇治拾遺』巻頭に位置している。説話の構成は、芥川が「問答」と名付けたとおり、よくできた会話劇となっている。

道命は声が優れて尊く、中世には「読経道」の達人とも評された人物である。嵐山の法輪寺で読経した時には、金峰山の蔵王、熊野権現、住吉大明神、松尾大明神などの神々が聴聞に来て、その功徳を讃えた、という逸話が伝わっている(『今昔物語集』巻十二第三十六、出典は『本朝法華《ほっけ》験記《げんき》』)。なかなか立派な僧侶なのだ。ところが本話の道命は、心は清浄、だが体は女色に穢れて、尊貴な神々に忌避され、性神の道祖神だけが喜んで登場し、聴聞している、というていたらくだ。

昔の五条通は、今の松原通に当たる。松原道祖神社があり、かつては五條天神社と西洞院の通りをはさんで向かい合っていた。醍醐天皇の時代、このあたりに実の成らぬ柿の木があって、糞鳶《くそとび》(のすりという、ずんぐりした中型のタカ)の化けた偽仏が出現した。『今昔』巻二十第三話が伝える説話では、そこが五条道祖神の在所だと述べるのだが、ほぼ同文の『宇治拾遺』三二話は、「五条の天神のあたり」だと描いている。だから無住(一二二六—一三一二、『沙石集』作者)の『雑談集《ぞうたんしゅう》』は、本話と同じ説話を引いて、道命と問答したのは「五条ノ

『都名所画譜』宇治橋(国際日本文化研究センター蔵).『都名所画譜』は明治27年(1894)に大阪の青木恒三郎(青木嵩山堂)によって編輯・出版された,上下2巻の画譜である.「古今諸名家図画」を集めたと銘打つ作品だ.この絵は上巻第一図を飾り,円山応挙の落款がある.画像は,日文研データベースHPから閲覧可.

天神」だと記す。

道命は、『蜻蛉日記』作者の愛息・藤原道綱の子で、生没年未詳の和泉式部と同年代だと推定されるが、御伽草子の『和泉式部』では、和泉式部が橘保昌との間になした子、という設定になっている。橘道貞と藤原保昌との混淆があるようだが、道命は、和泉式部が五条の橋に捨てた遺児だという。そして道命は、母と知らずに和泉式部を見て、恋心を抱く。禁忌の近親相姦のテーマを内在する物語だとして、以前より注目されてきた作品である。

同時代人の紫式部によれば、複雑な男性遍歴で色好みと評判の和泉式部だが、天性の歌人で、手紙や散文の名手であった(『紫式部日記』)。後世の人々にも長く愛され、多面性を有するこの和泉式部については、語るべきことがたくさんある。本書でも、あらためて取り上げることにしよう(第Ⅱ章の4)。しかし本話の和泉式部は、道命の〈女〉という設定のみ。饒舌な道祖神と道命の傍らで存在感を消し、不気味な沈黙の中にいる。「暁」は、今よりずっと夜深い時間を指す語で、あたりはまだ真っ暗なはずだ。こんな和泉式部の扱いは、〈男〉の文学の限界だろうか。あるいは…。

5　盗みをせんと京に上る——羅城門（『今昔物語集』）

今は昔、摂津《せっつ》の国のあたりから、盗みをする目的で上京した男が、日がまだ明るかったので、羅城門の下の物陰に身を隠していた。都の朱雀大路《すざくおおじ》の方に人が盛んに行き交っていたので、人の往来が静まるまで待とうと思って、門の下に佇《たたず》んでいると、京の外の南山城《みなみやましろ》の方から数多くの人々がやって来る音がしたので、「奴らに姿を見られたくない」と思って、門の上の階へとおもむろによじ登ったところ、ふと見れば、火がほのかに燃えている。

盗人の男は、怪訝に思って、連子窓《れんじまど》から中を覗くと、若い女が死んで、寝転がっていた。その枕上に火を灯して、ひどく年を取り、白髪で頭《かしら》が真っ白な老女が、その死人の枕上にしゃがみ込んで、死体の髪をぐいぐいと荒々しく引き抜いて取っているのであった。盗人はこれを見て、状況が飲み込めず、「これはもしかすると鬼であろうか」と思って恐ろしかったが、「もしかしたら、ただの死人であるのを、俺が怖がっているからそう見えるだけかも知れぬ。ひとつ脅かして試してみよう」と思って、そっと戸を開け、刀を抜いて、「こいつめ、こいつめ」と言って走り寄ったところ、老女はあたふたと慌てふためき、手を擦って拝むので、盗人が「この老婆め、おまえは一体何者だ、ここで何をしているのか」と問うたところ……

今昔《いまはむかし》、摂津《つ》ノ国辺《わたり》ヨリ、盗《ぬすみ》セムガ為ニ京ニ上《のぼり》ケル男ノ、日ノ未《いまだ》ダ明《あか》カリケレバ、羅城門《らせいもん》ノ下《した》ニ立隠《たちかく》レテ立テリケルニ、朱雀《しゆじやく》ノ方《かた》ニ人重《しげ》ク行《あり》ケレバ、人ノ静マルマデト思《おもひ》テ、門ノ下ニ待立《まちた》テリケルニ、山城《やましろ》ノ方ヨリ人共《ども》ノ数《あま》来《た》タル音《おと》ノシケレバ、「其《そ》レニ不見《み》エジ」ト思《おもひ》テ、門ノ上層《うはこし》ニ和《やは》ラ掻《かか》ヅリ登《のぼり》タリケルニ、見レバ、火髴《ほのか》ニ燃《とも》シタリ。

盗人、怪《あやし》ト思《おもひ》テ、連子《れんじ》ヨリ臨《のぞき》ケレバ、若キ女ノ死《しに》テ臥《ふし》タル有リ。其ノ枕上《まくらがみ》ニ火ヲ燃《とも》シテ、年極《いみじ》ク老《おい》タル嫗《おうな》ノ白髪《しらが》白キガ、其《そ》ノ死人《しにん》ノ枕上ニ居《ゐ》テ、死人ノ髪ヲカナグリ抜キ取ル也《なり》ケリ。盗人此《こ》レヲ見ルニ、心モ不得《え》ネバ、「此《こ》レハ若《も》シ鬼ニヤ有ラム」ト思《おもひ》テ怖《おそろし》ケレドモ、「若《も》シ死人ニテモゾ有ル。恐《おど》シテ試《こころみ》ム」ト思テ、和《やは》ラ戸ヲ開《あけ》テ、刀ヲ抜《ぬき》テ、「己《おのれ》ハ、己ハ」ト云《いひ》テ走リ寄《より》ケレバ、嫗、手迷《まど》ヒヲシテ、手ヲ摺《すり》テ迷《まど》ヘバ、盗人、「此《こ》ハ何ゾノ嫗ノ、此《かく》ハシ居《ゐ》タルゾ」ト問《とひ》ケレバ…

（『今昔物語集』巻二十九「羅城門ノ上層ニ登リテ死人ヲ見タル盗人ノ語《こと》第十八」）

平安京の中央を貫く朱雀大路。羅城門――らせいもん、らいせいもん、らじょうもん、らしょうもんなどの読みがある――は、その南端を区切る。羅生門とも字を宛てるこの門は、天元三年（九八〇）に倒壊して以来、再建は叶わなかった。本話は、古代末期の都市の境界に蠢《うごめ》く、荒涼かつ幻想的な情景となっている。暗がりにぼんやり火影が揺れ、死骸《しがい》の髪を引き抜く白髪の老婆が浮かび上がる。羅城門には鬼が棲むとの噂だが…と怯えつつも、自らの志で盗人となった男は、落ち着け、鬼などの恐ろしい化け物じゃなく、単なる「死人」かも知れぬ――「もぞ」は不安や恐怖を内在する表現である。なお「人」と言うべきを、「死人」と誤写した可能性も推測されている――、まずは、敵の正体を見極めよう。そう思った男が誰何《すいか》したところまでが、掲出した原文に載る場面である。

骸《むくろ》は、私が仕えたお方です。葬儀など後始末をする人もいないので、こうして棄《す》て置くのです、と嫗《おうな》は応《こた》えた。そして「其《そ》ノ御髪《みぐし》ノ長《たけ》ニ余《あまり》テ長《なが》ケレバ、其《それ》ヲ抜取《ぬきとり》テ鬘《かづら》ニセムトテ抜ク也」――背丈より長く伸びた御髪を、鬘《カツラ》にしようと抜くのです。そう説明し、「助ケ給ヘ」と懇願した。すると男は「死人ノ着タル衣ト、嫗ノ着タル衣ト、抜取《ぬきとり》テアル髪トヲ奪取《うばひとり》テ、下走《おりはしり》テ逃《にげ》テ去《さり》ニケリ」。死人と老婆の着物を身ぐるみ剝ぎ、（おそらく売りさばくために）かもじにしようと抜いた髪まで奪って、盗人は姿を消していった。

羅城門の二階には、死骸や骨がごろごろ転がっていた。この嫗がそうしたように、「死《しに》タル人ノ葬《はうぶり》ナド」できない遺体を運んで捨て、「此《こ》ノ門ノ上ニゾ置《お》ケル」故だと『今昔』は説き、門の荒廃を伝えている。

『今昔物語集』は、源隆国「宇治大納言物語」のもう一つの直系である。十二世紀の成立で、全三十一巻。釈迦の誕生から仏教の成立と伝来を基軸に、天竺（インド、巻一―五）、震旦《しんたん》（中国、巻六―十巻）、本朝（日本、巻十一―三十一）の三国世界を説話集として描き出す大作だ（ただし八、十八、二十一の三巻は欠巻）。三国それぞれの後半部には、国の歴史や世俗の諸相を映し出す。本話が載る巻二十九には「悪行《あくぎやう》」の副題が付いている。芥川龍之介が、晩年に「三面記事に近い」と愛した巻の一つである（「今昔物語鑑賞」昭和二年［一九二七］）。

芥川は、本話を素材に『羅生門』を構想し、「ある日の暮方」、「下人が羅生門の下で雨やみを待っていた」と起筆している。「朱雀大路にふる雨の音」が背景に響く。しかし『今昔』では、盗人が、日の名残に乾く明るさを避け、門下に隠れるところから始まっている。陽の長い様子は、夏の夕刻か。芥川の雨は、明らかに意図的な変改だろう。また『羅生門』は、「下人の行方《ゆくえ》は、誰も知らない」と閉じて余情を添えているが、これも芥川の作為で、『今昔』の常套句を借りてのアレンジである。例えば同じ巻二十九の第三十話で『今昔』が、双六の揉《も》め事から人を殺した小男の逃亡を「此《こ》ノ小男ノ行方ヲ更《さら》ニ不知《しら》デ止《やみ》ニケリ」と記すように。

芥川最後の王朝物『藪の中』も、同巻第二十三話が出典である。京の男が妻を馬に乗せ、彼女の里、丹波の国へと向かう。道中、大江山の辺《ほとり》──老ノ坂の大枝山で、現在の亀岡市と京都市西京区の境──で若い男と知り合った。男は言葉巧みに、自分の太刀と夫の弓を交換し、昼食のため藪の中に入ると、より深くへと誘う。さらに矢を二本せしめ、夫が妻を馬から抱き下ろすと、態度豹変。弓矢で夫を脅して山奥へ連れ込み、太刀を取り返して、馬を繋ぐ指縄《さしなわ》で、夫を木に縛り付けた。男は若い。ふと「年二十《はたち》余許《あまりばかり》ノ女ノ、下衆《げす》ナレドモ愛敬付《あいぎやうづき》テ糸清気《いときよげ》」なる妻を見て、すっかり心を奪われる。男は、夫の前で彼女を求め、女もそれに従った…。

「其ノ後」立って身繕いし、「馬ニ這乗《はひの》」った男は、女に優しく因果を含める。お前を「糸惜《いとほし》トハ思ヘドモ」、やむなく俺は「去《い》ヌル也」。お前の夫も「免《ゆる》シテ不殺《ころさず》ナリヌルゾ」。馬はもらっていくと告げ、「馳散《はせちら》シテ」「行《ゆき》ニケム方《かた》ヲ不知《しら》ザリケリ」。二人を残して立ち去り、姿を消した。

呆然とする夫に、妻は「汝ガ心云フ甲斐《かひ》無シ。今日ヨリ後モ、此《こ》ノ心ニテハ、更ニ墓々《はかばか》シキ事不有《あら》ジ」となじった。「夫、更ニ云フ事無クシテ」、とぼとぼ妻の後を追い、夫婦は再び、丹波へと歩みを進めた。『今昔』の語り手は、夫の迂闊をそしり、その一方で「女ノ着物ヲ不奪取《うばひとら》ザリケル」男の心を褒めている。死人の衣まで剥ぎ取って逃げた、本話の盗人の非情に、おのずと対比されるだろう。

先年、百歳で亡くなった橋本忍は、若き頃、芥川の全集を繰って『藪の中』を選び、『雌雄《しゆう》』という脚本を書いた。思いがけず、黒澤明による映画化が決まる。「昭和二十四年の浅春」、初対面の黒澤は「これ、ちょっと短いんだよな」と言い、橋本はとっさに「じゃ、『羅生門』を入れたら、どうでしょう?」と答えたという(『複眼の映像』)。こうして生まれた映画『羅生門』は、半ば崩れた門の下で雨宿りするシーンで始まる。そして回想の『藪の中』証言劇の錯綜を描き、最後にカメラは門に戻る。赤児がやがて泣き止んで、いつしか空も、雨あがる。――『雨あがる』というのは、黒澤が最後に残した映画脚本の題名だ。没後に映画化されている。ちなみに以上は、荒木『古典の中の地球儀』第5章で論じたことと、一部重なるところがある。テーマが異なるので、併読してもらうと嬉しい。

月岡芳年『羅城門渡邉綱鬼腕斬之図』(部分，国際日本文化研究センター蔵)．大判錦絵2枚物の1枚．突き出た刃は，この下の2枚目に描かれる源頼光四天王の一人，渡辺綱が，豪雨の中，鬼と対峙してかざしたもの．画像は日文研データベースHPから閲覧可．

6　面白き月の夜に――高安（『古今和歌集』）

題知らず、読み人知らずの歌

風ふけば沖《おき》つしら浪《なみ》たつた山　夜半《よは》にや君がひとり越《こ》ゆらむ

（風が吹くと沖の白波が立つ、その〈たつ〉を名に負う竜田山を、いまこの夜中に、あなたはひとり越えているのだろうか。）

ある人が言うには、この歌には、由来があって、

昔、大和国に住んでいた人の娘に、ある男が通い、長く一緒に暮らしていた。ところがこの女は、親も亡くなって、家の経済や暮らしぶりもどんどん悪くなっていく、そのうちに、この男は、河内国で、新しい女性と知り合って通うようになり、もとの大和の女のところへは、足が遠のくばかりになっていった。

それでも女は、つらそうなそぶりも見せずに、男が河内へ行くたびごとに、いつも彼の思うようにさせて、送り出してやったので、男は不審に思い、もしや自分がいない間に他の男と浮気でもしているのではないかと疑って、月が風情ある様子で照っている夜に、河内へ行くふりをして、前庭の草木の中に隠れて様子をうかがっていると、女は、夜が更けるまで琴をかき鳴らしながら、思い嘆いてため息をつき、この「風吹けば…」の和歌を詠んで寝てしまったので、

男はこれを聴いて、それ以降は、二度と他の女のところへは行かないようになってしまった、と言い伝えているという。

題しらず　　　　　　　　　　　よみ人しらず

風ふけば沖《おき》つしら浪たつた山夜半《よは》にや君がひとり越《こ》ゆらむ

ある人、この歌は、昔、大和の国なりける人の女《むすめ》に、ある人、住《す》みわたりけり。この女《をんな》、親もなくなりて、家も悪《わる》くなり行く間《あひだ》に、この男《をとこ》、河内の国に、人をあひ知りて通《かよ》ひつつ、離《か》れやうにのみ成《な》り行《ゆ》きけり。さりけれども、つらげなる気色《けしき》も見えで、河内へ行《い》くごとに、男の心のごとくにしつつ、出《いだ》しやりければ、怪《あや》しと思ひて、もしなき間《ま》に異心《ことごころ》もやあると疑《うたが》ひて、月の面白《おもしろ》かりける夜、河内へ行《い》く真似《まね》にて、前栽《せんざい》の中《なか》に隠《かく》れて見ければ、夜更《ふ》くるまで、琴《こと》を掻《か》き鳴《な》らしつつうち嘆《なげ》きて、この歌をよみて寝《ね》にければ、これを聞きて、それより、又他《またほか》へもまからず成《な》りにけりとなむ言《い》ひ伝《つた》へたる。（『古今和歌集』巻十八、雑歌下、九九四番）

「和歌」という言葉は、本来、答える歌という意味の漢語である。『万葉集』でも同様で、「和《こた》へる歌」「和する歌」などと訓読すべき例ばかり。和歌の「和」と日本は関係ない。『万葉集』が、漢詩に対する日本の歌をいう時には「倭歌」と表記して、「やまとうた」と訓《よ》む。山上憶良《やまのうえのおくら》の例があり（巻五、八七六番詞書《ことばがき》）、「倭歌」と書いた木簡も発掘されている。「倭」は、日本の古い国号であった。

一方『古今和歌集』は、巻頭に紀貫之の仮名序を置き、「やまとうたは」、天地開闢《かいびゃく》以来の日本の伝統であると、高らかに説き起こす。真名序はそれを「夫和歌者《それわかは》」と漢文表記している。つまり『古今和歌集』の「和歌」は、やまと・歌であり、文字どおり日本の歌の意である。そうした画期的な意味転換をともなう、言挙《ことあ》げだったのである。そして仮名序は、『古今集』が「万葉集に入《い》らぬ古《ふる》き歌」から当代の和歌まで、「古《いにしへ》」「今《いま》」の和歌を「後の世にも伝はれとて」、延喜五年(九〇五)四月十八日、今上の醍醐天皇が臣下に撰集を命じて誕生した勅撰集だと、誇らしげに謳い上げる。それは、国風文化の繁栄を象徴する、一大国家事業であった。

さて、原文で仮に示したように『古今集』では、主役の和歌の文字を高く台頭して書き、詞書と作者名は字を下げて記している。この歌の詞書は「題しらず」、作者名も「よみ人しらず」で事情は不明だが、歌の後に左注として、ある人の言い伝えが載っている。左注とは、歌の成り立ちについての一説や伝承などが誌される場で、これもまた、字を下げて誌される。ただし歌の右側に書かれる詞書とは異なり、係助詞「なむ」を用いるのが特徴だ。「なむ」を使い、話し手が聞き手に確認しながら語る叙法は、『伊勢物語』や『大和物語』などの歌物語と重なるものである(阪倉篤義『文章と表現』)。ただし、歌が詠まれた由来を物語伝承で説明する歌物語の方は、物語の散文が主で、和歌の方が文字を下げて記されるのが約束だった。

この歌の左注は『古今集』の中でも異例の長文である。『古今集』で長い詞書や左注が付く場合、『伊勢物語』と関係のあることが多い。両作品の先後関係には議論があるが、この歌にもやはり、『伊勢物語』二三段と『大和物語』一四九段に異聞がある。『伊勢物語』では、親が「田舎《ゐなか》わたらひ」（地方回り）で、井戸のあたりで遊んでいた男女の幼馴染みが、大人になって恋に目覚め、筒井筒《つついづつ》の物語――男は「筒《つゝ》井つの井筒にかけし（＝円筒状の井戸の囲《かこ》いで背丈《せたけ》くらべをした）まろがたけ　過ぎにけらしな妹《いも》見ざるまに」と問い、女は「くらべこしふりわけ髪も肩過ぎぬ　君ならずして誰《たれ》かあぐべき」と応え、互いのほとばしる成長をぶつけ合う恋歌を贈答する――を経て結ばれる。ところが年を経て女の親が亡くなり、経済的にも逼迫すると、このままでは共倒れだ。そう男は打算し、河内の高安《たかやす》（現在の大阪府八尾市東部）に新しい通い先ができたと『伊勢物語』は事情の推移を語っていく。以下の経緯は『古今集』と同然だが、細かな相違点として、男を想う女は「いとよう化粧《けさう》じてうちながめ」、「風吹《ふ》けば沖つしら浪」の和歌を詠んだという。女は本当に何も知らないのか？秘められたその底意は、ちょっとあやしい。

『大和物語』の方は、大和国葛城郡を舞台とし、前半の筋立ては、こちらも『古今集』と大差ない。だが、女が和歌を詠んだ後に、大きな違いが発生する。「この女、うち泣きて臥《ふ》して、金椀《かなまり》に水をいれて胸になむ据《す》ゑたりける」。女はいったい、何をしようというのか。不審がって男が見ていると「この水、熱湯《あつゆ》にたぎりぬれば」――胸の熱で、お椀の水は沸騰してしまった。女は熱湯を棄《す》て、また水を入れる。男は「見るにいとかなしくて走りいでて、「いかなる心地《ここち》し給へば、かくはしたまふぞ」といひて、かき抱《いだ》きてなむ寝にける」。男を突き動かしたのは和歌ではない。むしろ、けなげな妻が内に秘めた嫉妬の激情だったと『大和物語』は解くのである。しっかり化粧をして和歌を詠み、男の視線を奪った『伊勢物語』の女の心の中の読み解きにも示唆的だ。

後日譚がある。女の心の闇《やみ》を思い知った『大和物語』の男は、高安の女が、月日を経て「かく行かぬを、いかに思ふらむ」と気になり出し、尋ねて行った。しかし久しぶりで、きまりが悪い。男は、ぐずぐず門前に立ちすくみ、こっそりと垣間見すれば――旅立ちを装い、ひそかに隠れて「風ふけば」の歌を聞くことになった、あの仕草とちょっと似ている――、昔は小綺麗に見えた高安の女が、今はたいそう粗末な衣をまとい、「大櫛《おほぐし》を面櫛《つらぐし》にさしかけてをり、手づから飯《いひ》盛りをりける」。前髪を上げて大きな櫛を挿し、自分で飯《めし》をよそっていた…。男の途絶に油断して、地金をあらわにした女。それをこっそりのぞき見して、男はすっかり興ざめし、そのまま帰ってしまったというのである。「この男は王《おほきみ》なりけり」と『大和物語』は終わる。この話の主人公が、平城《へいぜい》天皇の王孫であった在原業平であるとのほのめかしだろうか。

『伊勢物語』にも、おおむね同趣の逸話が続く。男が「まれまれかの高安に来て見れば、はじめこそ心にくもつくりけれ」――最初のころ、奥ゆかしく装っていた振る舞いやお行儀はどこへやら、女は「今はうちとけて、手づから飯匙《いひがひ》とりて、笥子《けこ》のうつは物に盛《も》りけるを見て、心うがりていかずなりにけり」という。ただしこちらは、垣間見とは書いてない。男は直接、対面で女を見て、来し方行く末、女の素振りをじっくりと見透かした結果の判断だ、とも読める。

ところで、この『伊勢物語』の校訂本文は、「けこ」とある原文の仮名書きに「笥子」と漢字を宛てている。この「器物《うつはもの》」の「けご」なら、家で用いる食器、という意味になる。『万葉集』有間皇子の名歌「家にあれば笥《け》に盛る飯を　草枕旅にしあれば椎《しひ》の葉に盛る」(巻二、一四二番)を踏まえて「又けごのうつはものなどおきつつ、しひの葉にももらぬにや、すみなれたるさまどもしたるに」と詞書に記した『殷富門院大輔集《いんぷもんいんのたいふ》』の用例が参考になるだろう。

『伊勢物語図屏風』右隻(泉屋博古館蔵). 宗達派制作と伝える，17 世紀の名品だ. 画面右上に，高安の女が描かれている. 『伊勢物語』では，男が「まれまれ」「高安に来て見れば」，女は「今はうちとけて」，自分で飯匙《いいがい》を取り器に盛るさまを見る. この絵のように，『伊勢物語』同段の絵画化で，男が女を垣間見する場面を描く図柄は鎌倉時代に遡るが，厳密に言えば『伊勢』にはない描写である. 『大和物語』の影響だろう.

その一方で、これは「家子《けご》」で「一家眷属の者」を意味する、という解釈も古くからあり、有力であった。これならば『伊勢物語』は、女が自ら飯杓子《めしじゃくし》(シャモジ)を取って、家の従者たちに飯を取り分ける様子を描いている、ということになるだろうか。そんな絵画化もなされている(山本登朗『伊勢物語の生成と展開』参照)。この解釈には、ちょっと違和感もあるが…。

ところで『大和物語』とは異なり、『伊勢物語』には、もう一段落の後日譚が付されている。こちらは和歌が主題である。男の訪問が途絶えた高安の女は、大和国の方角を見やって「君があたり見つつを居《を》らん生駒山　雲なかくしそ　雨は降るとも」と歌を詠んだ。でも男は、「来む」と返事をしながら、来てくれない。そこでもう一首、「君来むといひし夜ごとに過ぎぬれば　頼《たの》まぬものの恋ひつつぞふる」と詠嘆し贈ったのだが…、男の心は、ついに戻らなかった。

7　晩秋の運命の出会い――山科(『今昔物語集』)

さて、この君(藤原高藤《たかふじ》)が十五、六歳ぐらいの頃、晩秋の九月の時分に、鷹狩りにお出かけになった。南山科《みなみやましな》という所の渚《なぎさ》の山のあたりを、鷹を使って狩りをして歩き回っていらっしゃったところ、夕方、申《さる》の時(午後四時前後)のころに、急に空がかき曇って時雨の驟雨《にわかあめ》が降り、たいそう風が吹いて、雷が鳴り稲妻が光ったので、供の者どもは、それぞれ走って散り散りに行き別れ、「雨宿りをしよう」と皆《みな》足の向く方角へと去って行った。主君の高藤は、西の山のほとりに「人の家があるぞ」と見付けて、馬を走らせて行く。お供の舎人《とねり》の男が一人だけ、付き従ったのである。

(高藤が)その家に行き着いて様子を御覧になると、外構に檜垣《ひがき》を立てめぐらした家で、小さい唐門《からもん》(屋根が唐破風《からはふ》仕立ての門)の入口が有ったのでそれをくぐり、馬に乗りながら中へ馳せ入った。板葺《いたぶ》きの寝殿(母屋)の端に、三間《さんげん》(一間は柱と柱の間)ほどの小さな廊(渡り廊下)があったので、馬を乗り入れて降りた。馬は廊の端の直ぐ側の所に引き入れて、馬飼《うまかい》の舎人の男はそこに待機して居た。主君の高藤は、廊の縁側の板敷《いたじき》に軽く腰を掛けて座っておられた。

そうする間も、風は吹き雨も降って、雷も鳴り稲妻も光って、恐ろしいほどの荒れ模様だが、帰宅する術《すべ》もないので、そのままそうしていらっしゃる。そのうちに、日もだんだんと暮れてしまった。高藤は「どうしたらよかろう」と心細く恐ろしく思われて、そこに座って佇んでいらっしゃると……

而《しか》ル間《あいだ》、年十五六歳許《ばかり》ノ程ニ、九月許ノ比《ころほひ》、此《こ》ノ君、鷹狩《たかがり》ニ出《いで》給ヒニケリ。南山階《やましな》ト云フ所《ところの》渚《なぎさ》ノ山ノ程ヲ仕《つか》ヒ行キ給ヒケルニ、申時許《さるのときばかり》ニ俄《にはかに》掻暗《かきくら》ガリテ時雨《しぐれ》降リ、大キニ風吹キ、雷電霹靂《らいでんへきれき》シケレバ、共《とも》ノ者共《ども》モ、各《おのおの》ノ馳散《はせちり》テ行キ分レテ、「雨宿《あまやどり》ヲセム」ト皆《み》ナ向《むき》タル方ニ行《ゆき》ヌ。主《あるじ》ノ君ハ西ノ山辺《やまのほとり》ニ、「人ノ家ノ有《あり》ケル」ト見付ケテ、馬ヲ走《はしら》セテ行ク。共《とも》ノ舎人《とねり》ノ男一人許ナム有リケル。

其《そ》ノ家ニ行着《ゆきつき》テ見給ヘバ、檜《ひ》垣《がき》指迴《さしめぐら》シタル家ニ、小サキ唐門屋《からもんや》ノ有ル内ニ、馬ニ乗乍《のりなが》ラ馳入《はせいり》ヌ。板葺《いたぶき》ノ寝殿ノ妻《つま》ニ三間《さんげん》許ノ小廊《ちひさきらう》ノ有ルニ、馬ヲ打入《うちいれ》テ下《お》リヌ。馬ハ廊ノ妻ノ直《すぐ》ナル所ニ引入《ひきいれ》レテ、馬飼《うまかひ》ノ男居《を》リ。主ハ、板敷ニ尻ヲ打懸《うちかけ》テ御《おは》ス。

其ノ程、風吹キ雨降《ふり》テ、雷電霹靂シテ、怖シキマデ荒《ある》レドモ、可返《かへるべ》キ様無ケレバ、此《かく》テ御ス。而ル間、日モ漸《やうや》ク暮《くれ》ヌ。「何《いか》ニセム」ト心細ク怖シク思《おぼ》エテ居給ヘルニ…（『今昔物語集』巻二十二「高藤ノ内大臣ノ語《こと》第七」）

「この君」は、藤原北家冬嗣《ふゆつぐ》の孫で内舎人《うどねり》良門《よしかど》の次男、高藤（八三八—九〇〇）である。人臣初めての摂政となり、太政大臣にまで昇った良房《よしふさ》は、高藤の父の兄で、伯父にあたる。

父の嗜好を受け継ぎ、幼い頃から鷹狩りを好んだ高藤は、この日の狩りで、雷電霹靂《らいでんへきれき》する激しい風雨に襲われた。雨宿り先を求めて、山里の瀟洒《しょうしゃ》な邸宅にたどり着く。四十過ぎの家主は、高藤の素性を聞いて驚き、雨が止むまで中へどうぞ。濡れた衣も乾かしましょうと「高麗端《かうらいべり》ノ畳」を敷いた室内に招き入れた。

本話も、これまでしばしば話題にしてきた、源隆国《たかくに》の「宇治大納言物語」を出典とする可能性が高い説話である。

藤原忠実《ただざね》（一〇七八―一一六二、頼通の曽孫）の談話録『富家語《ふけご》』一三三（応保元年[一一六一]談）にも、簡略な同話が載っている。忠実は、別の談話録『中外抄《ちゅうがいしょう》』下三一（久安六年[一一五〇]八月二十日談）で、子どもの頃、女房に読んでもらった「大納言物語」という本の印象を語っているが、書名と内容から、「宇治大納言物語」のことだと考えられている。忠実は、散佚《さんいつ》したこの重要説話集の大事な初期読者であった。

そこで『富家語』の語りによって、その後の展開を概観しておくと、「家主《いへあるじ》」は、くたびれ果てた高藤に「若き女童《めのわらは》して物を参らせ」る。「これを食《じき》し」て人心地が付いた高藤は、「童女の顔のよかりければ、寝給ひにけり」という。

『今昔』では、ディテールが精彩に語られる。少女は十三、四の年頃で、鄙《ひな》なる家主の子とは思えないほど「極メテ美麗」であった。恥じらいがちで、馴れない給仕の手際も可愛い。たらふく食べ、酒も飲んだ高藤は、夜更けの床には就いたものの、さっきの娘が心に残って眠れない…。「独リ寝タルガ怖シキニ」、「此《ここ》ニ来テ有レ」と娘を呼び、「此寄《こち》レ」と「引キ寄セテ抱《いだ》キテ臥《ふ》シ給ヒヌ」。抱きしめて間近で観れば、より美しく愛おしい。想いは燃える。眠れぬ秋の夜長に一睡もせず（「長月ノ夜モ極《きはめ》テ長キニ、露不寝《つゆいね》ズシテ」）、高藤は、二人の未来について、繰り返し固く契った。しかし無情にも、長い夜が明けてしまう。高藤は仕方なく、形見の太刀を残して、立ち去った。

帰らぬ息子を、父良門は「終夜《よもすがら》思ヒ明シテ」待った。高藤は、父から幼さを叱られ、無断外出は禁止。鷹狩りも止められてしまう。でも逢いたい。高藤は、ひたすらあの子が恋しいのだが、同行した馬飼の舎人は暇をとって不在で、誰もあの家の場所を知らないのだ…。

いつしか四、五年が過ぎ、父良門は、あっけなくこの世を去った。しかし高藤は「形モ美麗ニ、心バヘモ微妙《めでた》クアリケレバ」、伯父の良房が、後見となってくれた。それでも彼は、依然「彼《か》ノ見シ女ノ事ノミ心ニ懸《かか》リテ、恋シク思《おぼ》エ給ヒケレバ、妻《め》ヲモ儲《まう》ケ不給《たまは》ザリケル程ニ、六年許《ばかり》ヲ経ヌ」――恋慕止まず。未婚のまま、六年が過ぎた。

そしてようやく「馬飼ノ男、田舎ヨリ上リテ参リタリト聞キテ」、あの時の馬飼の舎人に命じて、娘の家に再訪を果たす。彼女は「見シ時ヨリモ長《おとな》ビ増《まさ》リテ」、別人の様に美しくなっていた。ただ、その傍らに、綺麗な「五六歳許ナル女子《をむなご》」がいる。この子は？

娘は貞淑だ。あなたの子です、と家主は言う。枕上にはあの太刀が置かれ、よく見れば「我ガ形ニ似タル事、露許《つゆばかり》モ不違《たがは》ズ」――女児は自分にそっくりだ。「前世ノ契深クコソ」と詠嘆した高藤は、妻の列子《れっし》と子の胤子《いんし》を車に乗せて連れ帰り、生涯、精誠を尽くしたという。列子は「男子《をのこ》二人」を続けて「産ミ」、胤子は宇多天皇の「女御」となって「醍醐ノ天皇ヲバ産」んだ。そして高藤は、大納言を経て、内大臣にまで昇るのだ。

数えの十五、六歳は、元服を終えて間もない頃で、恋愛のとば口に立つ若者だ。『伊勢物語』の初段も「昔《むかし》、男《をとこ》、初冠《うひかうぶり》して」、奈良の春日の里に「狩《かり》に往《い》にけり」と始まっている。この「狩」も鷹狩りである。在原業平を彷彿とさせる青年は、その「古里」の狩場で「思《おも》ほえず」「いとなまめい

『勧修寺八幡宮縁起』(国文学研究資料館蔵).「勧修寺八幡宮」の由来を語る彩色の絵巻である. 元禄 8 年(1695)8 月下旬に従二位源(庭田)重条が書いたと誌す奥書がある. この絵は, 文徳天皇の仁寿 3 年(853)9 月 21 日, 南山科に影向した八幡大菩薩を, 新たに築いた社壇へと遷宮の儀を行う場面である. 同社は現在「八幡宮」として勧修寺の南に存している. 画像は, 国文学研究資料館の国書データベース HP から閲覧可.

たる女《をんな》はらから」に遭い、大人の恋の「いちはやきみやび」を体験する。「みやび」なる「男」と「女」の歌物語、『伊勢物語』の開巻である。

業平は、十七歳で右《う》近衛《こんえ》将監《しょうげん》(三等官)に任官したが、高藤は出世が遅く、二十五歳で、ようやく右近衛将監となった。それ故か、鎌倉時代の『世《よ》継《つぎ》物語』――これもまた「宇治大納言物語」系譜にある作品だ――の同話では、この時の高藤の年齢を「二十ばかり」と伝えている。そもそも、高藤伝説総体が「虚構」の枠組みで粉飾されている、との指摘もある(池上洵一「説話の虚構と虚構の説話――藤原高藤説話をめぐって」)。本書で後に取り上げる『うつほ物語』の俊蔭《としかげ》の娘(**第Ⅲ章の2**)にもよく似た設定があり、散佚『交野《かたの》少将物語』や『源氏物語』の明石一族の造形との関連も注目されている。高藤の僥倖は、フィクショナルでロマンチックな、物語的なつくりとして形成され、また伝承されていったようだ。

列子の父の家主は「其ノ郡ノ大領宮道《みやぢ》ノ弥益《いやます》」と

いい、四十過ぎの妻がいた。この「弥益ガ家ヲバ寺ニ成シテ、今ノ勧修寺」となる。本話全体が、勧修寺《かじゅうじ》（かんじゅじ、かんしゅうじなどとも読む）という、寺院創設の由来譚でもあり、じじつ『勧修寺縁起』ともなっていく。『今昔物語集』によれば、弥益の妻は「向《むかひ》ノ東ノ山」のあたりに「堂ヲ起《た》て、「大宅《おほやけ》寺ト云フ」。こちらにも寺院の縁起が寄せられる。曽孫の醍醐天皇は「弥益ガ家ノ当《あたり》ヲバ、哀レニ睦《むつ》シク思食《おぼしめ》シケルニヤ」、この地を愛し、陵墓の後山科陵《のちのやましなのみささぎ》も「其ノ家ノ当《あ》タリニ近シ」とのことだ。天皇が深く帰依した醍醐寺も、遠からず。すぐ側には随心院もある。真言密教の聖地であった。

　ただし「渚の山」は不明である。『世継物語』は「ないしやの岡」と記すが、こちらも未詳。山科には似た地名の梛辻《なぎつじ》があり（日本古典集成頭注）、「南木辻」「なきの辻」とも表記した。南西に勧修寺、東には大宅があってロケーションは申し分ないのだが、あいにく地勢は平坦で、「山」でも「岡」でもないようだ。

8　菊から紅葉へ――河原院(『伊勢物語』)

昔、左大臣がいらっしゃった。その方は、鴨川のほとりの、六条あたりに、邸宅をたいそう趣深く造築してお住まいになっていた。旧暦十月の末頃、菊の花の色が変わりはじめる美しいさかりであるのに加え、紅葉がさまざま、あでやかな色合いに見える時節に、自邸にいらっしゃるように親王たちを呼び集めなさって、夜一晩、酒を飲んで音楽を奏で楽しみ、夜が更けて、ようよう明け行く頃に、このお屋敷の風情溢れる様子を賞める和歌を詠むことになった。その場にいた乞食《こつじき》翁も、板敷の縁側の下を、腰をかがめ、這うようにやって来て、人々がみな、和歌を詠み終わったことを確認した後に、詠んだ歌。

塩竈《しほがま》にいつか来《き》にけむ　朝なぎに釣《つり》する舟《ふね》はここに寄《よ》らなん

(塩竈にいつやって来たことであろう。朝凪の海で釣りをする船はここに立ち寄ってほしい。)

とね、詠んだのであったよ。(翁が)かつて陸奥《みちのく》に行ったところ、都では想像できないほど風情のある名勝がたくさんあった。我が帝が治める日本六十余国の中に、塩竈という所ほど素晴らしい歌枕はないと気付いて感動したのである。だからこそ、この翁は、よりいっそうここの風情を賞めて、はて(都にいるはずの私は)、いったい、いつ塩竈に来てしまったことか(こんな絶景を一望できるなんて)、と詠んだのであった。

むかし、左の大臣《おほいまうちぎみ》いまそがりけり。賀茂《かも》河のほとりに、六条わたりに、家をいとおもしろく造《つく》りて住《す》み給《たま》ひけり。神無《かんな》月《づき》のつごもりがた、菊《きく》の花うつろひざかりなるに、紅葉《もみぢ》の千種《ちぐさ》に見ゆるをり、親王《みこ》たちおはしまさせて、夜ひと夜酒《よさけ》飲みし遊《あそ》びて、夜《よ》あけもてゆくほどに、この殿《との》のおもしろきをほむる歌よむ。そこにありけるかたゐおきな、板敷《いたじき》の下《した》にはひありきて、人にみなよませはててよめる。

塩竈《しほがま》にいつか来《き》にけむ朝なぎに釣《つり》する舟《ふね》はここに寄《よ》らなん

となむよみけるは。みちの国にいきたりけるに、あやしくおもしろき所々《ところどころ》多《おほ》かりけり。わがみかど六十余国《よこく》の中に、塩竈といふ所に似《に》たるところなかりけり。さればなむ、かの翁《おきな》さらにここをめでて、塩竈にいつか来《き》にけむとよめりける。（『伊勢物語』八一段）

舞台となる「六条わたり」の「家」とは、河原院《かわらのいん》。「左大臣」は、源融《とおる》（八二二—八九五）である。「河原の院は融の左大臣の家なり」（『宇治拾遺物語』一五一）。当時の人にはよく知られたことで、名前がなくとも、同定は自明だ。河原院は、六条坊門（現在の五条通）よりは南、六条よりは北、万里小路よりは東、鴨川の河原よりは西に拡がる四町四方の豪邸（鎌倉初期の顕昭《けんしょう》『古今集注』）であった。陸奥の歌枕である塩竈の浦、浮島《うきしま》、籬《まがき》の島を模し（平安時代の『安法《あんぼう》法師集』——安法は融の曽孫である）、池には「潮ノ水ヲ湛《たた》ヘ汲ミ入レ」（『今昔物語集』巻二十四第四十六）、「塩を焼かせ」（『宇治拾遺』）る風流を尽くしたという。紀貫之は「君まさで煙《けぶり》絶えにし塩竈《しほがま》の…」（『古今集』巻十六、哀傷歌、八五二番）

と詠み、融の死を悼んでいる。

「塩竈に…」の和歌を詠んだ翁は、融より三つ年下の在原業平(八二五―八八〇)である。この歌は『業平集』にも載っている。融が左大臣に昇ったのは貞観十四年(八七二)のことで、その時、業平は数えで四十八歳であった。享年も五十六だが、**第Ⅰ章の1**で見たように『伊勢物語』は、いくどか、業平に相当する男を「翁」と呼んでいる。ここでは、卑屈に板敷の下を這い回る「かたゐおきな」という形象で、滑稽なほどの蔑称だ。まるで語り手の業平が、韜晦《とうかい》する自称表現を行っているのではないか、と疑われるくらいに。先に読んだ八二段には「時世《ときよ》へて久しくなりにければ、その人の名忘れにけり」などという、そらっとぼけもあった。

『伊勢物語』には、業平の自記だとの伝承があり、『狭衣物語』は「在五中将の日記」と称《よ》んでいる(**第Ⅱ章の3**参照)。そして『伊勢物語』成立の背景には、パトロンとして、源融が控えていたのだろう、という説もある(日本古典集成の渡辺実「附説」)。いずれにせよ、融と業平の立場の対極を、かくも強調演出する本段と前後一連の章段は、『伊勢物語』の成立を考える上でも、重要な位置付けにある。

融の父、嵯峨天皇の後宮《こうきゅう》は、皇后以下二十九人という大所帯であった。その結果、二十三人の皇子と二十七人の皇女が出来て財政を逼迫。皇子十七人、皇女十五人が臣籍降下《しんせきこうか》する事態となった。融もその一人で、嵯峨源氏という、賜姓《しせい》源氏の濫觴《らんしょう》である。ちなみに、その造形に融のイメージが投影する、とも説かれる光源氏も、賜姓源氏であった。業平も皇孫の臣籍降下で、祖父は、嵯峨の兄、平城天皇だった――薬子の変の上皇である。

先例を知らぬ賜姓源氏の融には、地位への不満が渦巻いていた。十代の帝王・陽成の不行跡が咎められ、退位に追い込まれる陣定《じんのさだめ》（公卿の会議）で、即位の「御心ふかく」秘めていた左大臣の融は、「いかがは。ちかき皇胤《くわういん》をたづねば、融らもはべるは」――近しい天皇の御子というのなら、俺もいるぞ、と申し出た。ところが、太政大臣藤原基経《もとつね》は「皇胤なれど、姓給はりてただ人にてつかへて、位につきたる例やある」、賜姓の臣下が即位した例などないと一刀両断。融の八歳年下で五十半ばと高齢の光孝天皇が擁立された（『大鏡』太政大臣基経）。次代はその子宇多天皇（仁和三年［八八七］即位）だが、『大鏡』によれば、じつは十代の頃の宇多も賜姓源氏で、源定省《さだみ》となり、殿上人として陽成天皇の「神社行幸には舞人《まひびと》など」していた時期がある。『大鏡』はそれを「陽成院の御時」のこととする。だから陽成院は、宇多天皇の行幸を観て「当代は家人《けにん》にはあらずや」――天皇面《ヅラ》をしているが、あいつは俺の家来じゃないか！　と吐き捨てたという（『大鏡』五十九代宇多天皇）。だが実際には宇多の賜姓は元慶八年（八八四）四月で、陽成退位（元慶八年二月）より後のことだ。ずっと左大臣だった融はどう思ったことだろう。

融の没後、河原院は宇多の所有となった。次男の大納言源昇《のぼる》が献じたものだが、この委譲は、融の宿恨を爆発させる次第となった、と想像され、伝説が蓄積していく。

史実としては、延長四年（九二六）六月二十五日、融の霊が女官に憑いて、堕地獄の苦を訴えている。昔の愛執で、時折、この河原院を訪れて休息するばかりだと、霊は救済を求めたという。翌月四日、宇多院は布施を捧げ、融供養の法会《ほうえ》を行う。その際の文章が残っており、経緯を伝えている（『本朝文粋《ほんちょうもんずい》』巻十四、紀在昌「宇多院の河原院左大臣の為に没後諷誦を修する文」原漢文）。

『伊勢物語絵巻』(国文学研究資料館鉄心斎文庫蔵)八一段．塩竈の場面．本絵巻の巻頭に「伊勢物語第四」とあるが，一巻分のみが伝わる．江戸時代前期写．濃彩で上下に金の切箔を蒔く．嵯峨本の挿絵に基づきつつ，工夫をこらした美しい絵巻である．画像は，同館国書データベース HP から閲覧可．

説話では、さらに話が膨らむ。宇多院が河原院に住んでいた頃、融の霊が出現し、私の家だと主張した、というのだ。宇多は、お前の子孫から譲りを受けている。押し取ったものではない。礼儀知らずめ、と一喝し、融は瞬時に姿を消した(『今昔』『宇治拾遺』)。

霊は、宇多法皇が京極御息所と河原院で房事に及んだ時に出た、という説話もある。融は、一喝にひるまず、法皇の腰を抱く。御息所は気絶してしまった。法皇は、我は前世の行業で日本の王となった。退位後も神祇《じんぎ》が守護しておるわと説破し、霊を追い払った(『江談抄《ごうだんしょう》』他)という。能の『融《とおる》』の淵源に、こうした逸話に由来する「融の大臣の能」があったらしい(『申楽《さるがく》談儀』)。

ところが『源氏物語』の注釈書『河海抄《かかいしょう》』(十四世紀)では、この「江談」を引きながら、霊が抱くのは御息所の腰と変わり、「なにがしの院」で夕顔を襲う物の怪と、夕顔の死になぞらえて、『源氏物語』の准拠を解いている。これでは『源氏』に寄せすぎだ。『河海抄』という注釈書は、『源氏物語』注解の歴史の中でも屈指の大著なのだが、こんな風に『源氏物語』の文脈に合わせて、出典をいじって引用することがある。宇治十帖で、浮舟の人生に大きな影響を及ぼす横川《よかわ》の僧都の設定についても、実在の恵心《えしん》僧都源信《げんしん》の伝記を用いて、同じような操作をした例に接したことがある（本章の2、前掲荒木『かくして『源氏物語』が誕生する』第Ⅲ部第八章参照）。

ところで、別名を東六条院と称する河原院は、光源氏の豪邸・六条院にも投影される。この六条（の）院は、物語の中で、光源氏の通称ともなった。

また融は、宇治にも「別業」があった。藤原道長が、宇多の孫だった源重信《しげのぶ》の未亡人から買い取り、宇治平等院の前身ともなる宇治殿《うじどの》は、融のこの別荘だといわれている。

『源氏物語』宇治十帖の椎本《しいがもと》巻で、光源氏の孫の匂宮は、初瀬参りに託《かこつ》けて宇治に寄り、「六条の院」すなわち光源氏から夕霧が伝領した、別荘に泊まった。宇治の姫君たちの八の宮邸（本章の4参照）とは対岸にある、広く風雅なその邸宅の准拠は、道長の宇治殿に比定されている（一条兼良《いちじょうかねよし（ら）》『花鳥余情《かちょうよせい》』）。

融は嵯峨にも、棲霞観《せいかかん》という別荘を持っていた。没後寺院となされ、清凉寺の起源となった邸宅である。これもまた、光源氏晩年の隠居所に擬えられている（本書第Ⅱ章の11）。

現在の五条大橋西詰南の榎《えのき》（榎木大明神《えのきだいみょうじん》）のもとに「源融河原院址」の石碑が建っている。近辺には庭園遺構の発掘もあった。岩崎均史は、塩竈町の本覚寺に着目している（「河原院の塩竈」新日本古典文学大系月報71）。周囲には塩小路、塩屋など、塩にまつわる、ゆかりの地名が残っており、塩竈《えんそう》山《ざん》上徳寺も河原院跡と伝えている。伝承地の点在は、かつての広大さの傍証だろう。

9　賀茂の臨時の祭――上賀茂神社（『枕草子』）

見物に値するすばらしい行事は、臨時の祭、帝の行幸（天皇が皇居から外出すること）、（賀茂祭の翌日の）斎王の還御《かんぎょ》、そして（賀茂祭前日の）摂政・関白の賀茂詣だ。

賀茂社（上賀茂神社と下鴨神社、二つの総称）の臨時の祭は、空が曇り、寒そうであるところに、雪がちらちらと降って、冠に付けた挿頭《かざし》の造花や（舞人《まいびと》が着る）青摺《あおずり》の袍《ほう》の装束などに散りかかっているのは、たとえようもないほど素敵！（舞人が帯びた）太刀の鞘《さや》がくっきり黒く、（鞘を包む）毛皮の袋の尻鞘《しざや》には、まだらの模様があって、幅広く見えているところに、（袍の下に着た）半臂《はんぴ》の腰の小紐から垂らす飾りの緒が、みがいたようにつやつやと掛かっている様子、（舞人が着《つ》ける、生地に摺《す》り文様を施した）地摺《じずり》の袴の中から見える、氷かしらとびっくりするほどつややかな砧《きぬた》の打ち目の絹の光沢など、なにもかも、とても見事である。

もう少し大勢の人たちを行列として渡らせたいものだが…、勅使はかならずしも高貴な身分の人ではなく、受領などであるのは、見るかいもなく、にくたらしい感じさえするものの、挿頭に挿した藤の花に隠れて顔が見えない間は、趣がある。すでに通り過ぎてしまった行列のゆくえを名残惜しく見送っていると、お供する陪従《べいじゅう》で品のない連中が、柳襲《やなぎがさね》の下襲《したがさね》という装束に身をつつみ、山吹の花の挿頭を付けているのは、分不相応で釣り合わぬように見えるが、泥障《あおり》という泥よけの馬具を音高く鳴らして、古い恋の歌「ちはやぶる神《かみ》の社《やしろ》の木綿《ゆふ》だすき　一日《ひとひ》も君をかけぬ日はなし」（神社で神事に住持するとき、必ず木綿襷《ゆうだすき》を「かける」ように、私だって一日たりとも、あなたに思いをかけない日はないよ）という一節（ちなみに「神の社」を「賀茂の社」とする異文が『古今和歌集』『枕草子』ともにある）を歌っていたのは、とても風情のあることよ。

見物《みもの》は　臨時《りんじ》の祭《まつり》。行幸《ぎやうかう》。祭の還《かへ》さ。御賀茂詣《かもまうで》。
賀茂《かも》の臨時《りんじ》の祭《まつり》、空のくもり、寒《さむ》げなるに、雪《ゆき》すこしうちちりて、挿頭《かざし》の花、青摺《あをずり》などにかかりたる、えもいはずをかし。太刀《たち》の鞘《さや》のきはやかに、黒《くろ》うまだらにて、ひろう見《み》えたるに、半臂《はんぴ》の緒の、瑩《やう》じたるやうにかかりたる、地摺《ぢずり》の袴《はかま》のなかより、氷《こほり》かとおどろくばかりなる打目《うちめ》など、すべていとめでたし。
　いますこしおほくわたらせまほしきに、使《つかひ》はかならずよき人ならず、受領《ずりやう》などなるは、目《め》もとまらずにくげなるも、藤《ふぢ》の花《はな》にかくれたるほどはをかし。猶《なほ》すぎぬるかたを見おくるに、陪従《べいじゅう》の品《しな》おくれたる、柳《やなぎ》に挿頭の山吹《ぶき》わりなく見ゆれど、泥障《あふり》いとたかううちならして、「神のやしろのゆふだすき」とうたひたるは、いとをかし。（清少納言『枕草子』「見物は」）

「臨時の祭」は、賀茂社と石清水八幡宮とで、それぞれ行われた盛儀である。石清水の臨時祭は、旧暦三月午《うま》の日の春の祭。賀茂の臨時祭は、十一月後半（下《しも》の酉《とり》の日）の冬の祭であった。その間に、夏四月中頃（中《なか》の酉の日）の賀茂祭（葵祭）と、八月十五日中秋の石清水放生会《ほうじょうえ》がある。それぞれ朝廷の大祭として、平安朝の四季を飾った。

この『枕草子』の本文は、賀茂臨時祭の見物記ともなっている。この祭の起源は、前節本章の8で言及したように、宇多天皇が、源の姓をたまわって臣下として仕えていた時代のことだ。賀茂の明神から宇多に、祭の開催を求める託宣があり、即位後に実現した、という。宇多天皇自身が日記に記し、『大鏡』にも描かれた逸話である。それは、帝位と密接に関わる勅祭であった。

賀茂臨時祭の行列は、清少納言の時代には、四位の勅使一人、帯剣の五位（もしくは六位）の舞人十人、歌に堪能な陪従が十二人供奉するのが標準だ。彼らは騎馬。その回りを徒歩の従者たちが付き添い、内裏から一条大路を東に進む。路頭の儀で、見物のしどころである。行列は、鴨川を渡って下鴨神社、そして上賀茂神社へと向かう。殿上人が多いので、清少納言にはおなじみの顔ぶれが連なっていた。だから評点は辛い。顔が見えないうちは、ましなんだけど、などと、シビアな皮肉も織り込まれる。

『枕草子』は「臨時の祭」に続けて「行幸《ぎやうかう》。祭の還《かへ》さ。御賀茂詣《かもまうで》」を列挙する。本章段は後に「行幸にならぶものはなにかあらん」以下の説明がある。行幸が最高！と手放しで言挙《ことあ》げし、明け暮れいつもお側に仕えている帝が、神々しく御輿に乗って現前する威容への感激が描かれる。ただし清少納言は「五月こそ、世に知らず、なまめかしきものなりけれ。されど、この世に絶《た》えにたる事なめれば、いとくちをし」と続けている。もはや廃絶した、端午節・五月五日と翌六日の武徳殿行幸を慕い、「昔語《むかしがた》りに人の言ふを聞き思ひあは」せて「げにいかなりけん」と、失われた往事を惜しむ。

しかし『枕草子』は、「行幸は、めでたきものの、君達《きんだち》車などの、好ましう乗りこぼれて、上下《かみしも》走《はし》らせなどするがなきぞ、口惜しき」と、不満も付記する。帝が宮中を出て現前する行幸の荘厳・静粛さと裏腹に、若き貴公子達が飾り立てた車に乗って衣装をきらびやかに簾の外に出し、賑わしく都大路《みやこおおじ》の南北を往来するような、ノリノリのグルーヴ感がないのが残念、というのだ。「さやうなる車の、おしわけて立ちなどするこそ、心ときめきはすれ」——そういう華やかな車が、我先にと割り込んで、いい場所を取ろうとするのがワクワクするのに、と述べ、「祭の還《かへ》さ、いとをかし」と話題を転ずる。

「祭の還《かへ》さ」は、賀茂祭（葵祭）の翌日、斎王が紫野の斎院に還御する行事である。清少納言は、「昨日（＝祭の当日）は車一つにあまた乗りて、二藍《ふたあゐ》のおなじ指貫、あるは狩衣《かりぎぬ》など乱《みだ》れて、簾解《すだれと》き下《お》ろし、もの狂ほしきまで見えし君達の、斎院の垣下《ゑが》（＝斎院帰還後になされる饗応のお相伴）にとて、日の装束《さうぞく》うるはしうして、今日は一人つづ、さうざうしく乗りたる後《しり》に、をかしげなる殿上童《てんじやうわらは》乗せたるも、をかし」と誌し、行幸では満たされなかった、貴公子の牛車のきらめきを描き出す。昨日の本祭では、思い思いの服装で、一つ車に大勢で乗って見物し、あんなに羽目を外したのに。打って変わって今日は、みな束帯に威儀を正し、一人ずつ車に乗って、その後ろの座席に、可愛らしい童など乗せたりして。祭の狂乱と、翌日の静粛を象徴的に対照する。このほかにも本段は、祭の還さをめぐる、様々な見物車の描写に余念がない。

もう一つの「御賀茂詣《かもまうで》」は、賀茂祭前日、申《さる》の日に、摂政や関白が賀茂詣を行う行事であるが、この段では特に、詳述されない。ただこう連なると、文脈上「行幸」も、賀茂社行幸という、歴代

『加茂臨時祭図巻』(部分．京都産業大学図書館蔵)．文政 7 年(1824)制作．江戸時代後期に復活した祭礼を描いている．賀茂臨時祭は「臨時」の名称を持つ祭だが，恒例行事で，いわゆる冬祭に当たる．画像は，京都産業大学図書館「貴重書電子展示室」HP で閲覧可．

天皇にとって重要な行事に焦点が当たる。

本祭とは異なり、臨時祭に斎王は出御しない。摂政や関白もまた、賀茂臨時祭には登場しない。またそもそも帝は、祭では、一行を内裏で見送るのみ。つまり、四月の賀茂祭（葵祭）の本祭の美を暗黙の大前提として、清少納言が挙げた「見物」四つが相補い、いつしか賀茂社をめぐる高貴な理想的見物対象——葵祭、臨時祭、天皇の行幸、斎王還御、摂政・関白参詣の美が成就《コンプリート》する、ということにもなろう。清少納言ならではの物尽くしの巧みである。

清少納言は、じっさい、臨時祭が大好きだった。『枕草子』「なほめでたきこと」の章段でも、彼女は「臨時の祭」を挙げ、宮中の「清涼殿のおまへ」の儀式を、記憶をたどって再現している。その叙述自体は、春の石清水臨時祭の様子なのだが、「賀茂の臨時の祭は、還立《かへりだち》の御《み》神楽《かぐら》などにこそ、なぐさめらるれ」と、冬祭である賀茂の臨時祭の情景への言及も忘れていない。冬至前後の季節柄、京都はとても寒いのだが「さむく冴《さ》えこほりて、うちたる衣《きぬ》もつめたう、扇持《も》ちたる手も、ひゆともおぼえず」。その冷たさも感じないほど、祭の素晴らしさには、すべてが吹き飛ぶ。清冽な寒冷の中の華麗であった。

　そして清少納言は、宮中を離れた里居の時、「ただわたるを見るがあかねば、御社《やしろ》までいきてみるをりもあり」とも書いている。行列見物では満足せず、牛車を走らせ、上賀茂神社までついて行ったというのだ。大木のもとに車を止めて、社頭をのぞめば、たいまつの煙がたなびき、火影に、舞人の「半臂《はんぴ》の緒《を》、衣《きぬ》のつやも、ひるよりはこよなうまさりてぞ見ゆる」。そして「声あはせて、舞ふ」姿を楽しむ。境内の夜の光景は、また格別。まさしくなんとも素晴らしい、「なほめでたきもの」なのであった。

　しかし臨時祭は、今日、もう観ることができない。古式は応仁の乱（一四六八―七七年）で中絶。数百年経って、文化十一年（一八一四）に光格天皇が復興したが、明治維新の東京奠都《てんと》で、帝は東京に遷幸する。賀茂社とは遠く地を隔て、祭は完全に廃絶した。葵祭や石清水放生会のように、復活も果たされなかった。右ページに掲げた図は、復原された江戸期の姿を伝える、貴重な彩色絵巻である。

10　東国からの上洛――三条の宮（『更級日記』）

東国からの道中、多くの国々を通り過ぎてきたが、駿河の国の清美《きよみ》が関（現在の静岡市清水区）と、近江の逢坂《おうさか》の関（現在の滋賀県大津市）ほど素晴らしいところはなかった。たいそう暗くなってから、三条の宮の西隣にある家に着いた。

広々とはしているが荒れた住まいで、通り過ぎてきた山々にも負けないほど、大きくて恐ろしげな、深山木《みやまぎ》のような樹木が生い茂り、都の内とも見えない邸宅のありさまである。（京都に着いたばかりで）まだ落ち着かず、ずいぶんと物騒がしい状況だけれども、はやく見たい、はやく読みたいと待ち望んでいたことなので、さっそく「物語を探して持ってきて見せて！　見せてよ」と母にせがむと、三条の宮に、親類にあたる人で、衛門《えもん》の命婦《みょうぶ》と呼ばれて伺候《しこう》していた方がいるのを尋ねて、母が手紙を送ってくれた。すると先方でも、久方ぶりの音信を珍しがって喜び、宮様が御所持のお下がりだと、格別に装幀した立派な本を何冊か、硯《すずり》の蓋《ふた》に入れて届けてくれた。

嬉しいことこの上なく、夜も昼も、この物語を見ることから始めて、もっともっと別の物語も読みたいのだけれど、縁もゆかりも無く、住み慣れない都の隅っこにいる私に、いったい誰が物語を探し求めて、見せてくれる人などあろうものか。

ここらの国々をすぎぬるに、駿河《するが》の清見《きよみ》が関と、相坂《あふさか》の関とばかりはなかりけり。いと暗《くら》くなりて、三条の宮の西《にし》なる所につきぬ。

ひろびろと荒れたる所の、過《す》ぎ来《き》つる山々にもおとらず、おほきにおそろしげなるみやま木どものやうにて、都《みやこ》の内とも見えぬ所のさまなり。ありもつかず、いみじうものさわがしけれども、いつしかと思ひし事なれば、「物語もとめて見せよ、見せよ」と母をせむれば、三条の宮に、親《し》族《ぞく》なる人の、衛門の命婦《みやうぶ》とてさぶらひける、たづねて、文《ふみ》やりたれば、めづらしがりてよろこびて、御前《おまへ》のをおろしたるとて、わざとめでたき冊子《さうし》ども、硯《すずり》の箱《はこ》のふたに入《い》れておこせたり。

うれしくいみじくて、よるひる、これを見るよりうちはじめ、又々《またまた》も見まほしきに、ありもつかぬ都のほとりに、たれかは物語もとめ、見する人のあらむ。（『更級日記』）

『更級日記』の伝来には、藤原定家の存在が大きい。『更級日記』に言及する最古の記録は、定家の日記『明月記』の寛喜二年（一二三〇）六月十七日条であり、最重要写本の「御物本更級日記」も定家筆である。同書は、江戸時代初期に御物《ぎょぶつ》（天皇の所有物）となり、明治にいったん東京へと移動。そして京都御所内の東山御文庫《ひがしやまおぶんこ》に所蔵の後、宮内庁三の丸尚蔵館へ。国宝指定となった。

御物本には定家の奥書があり、作者について大事な情報を摘記している。それによると『更級日記』は「ひたちのかみすがはらのたかすゑのむすめの日記也」——菅原孝標女《たかすえのむすめ》（一〇〇八―？）が作者である。父孝標は、上総介《かずさのすけ》（一〇一七―一〇二〇）、常陸介（一〇三二―一〇三六）を歴任した。先祖に菅原道真がいる。京都在住の「母」は、藤原「倫寧朝臣女《ともやすのあそんのむすめ》」で、彼女の娘・孝標女《むすめ》は「傅《ふ》のとののははうへのめひ也」と定家奥書は誌している。藤原倫寧の娘で、傅殿《ふどの》藤原道綱（九五五―一〇二〇）の母なる人物とは、**第Ⅱ章の3**で詳しく考察する『蜻蛉日記』の作者である。彼女は『更級日記』作者の母方の伯母であった。ちなみに『宇治拾遺物語』第一話で和泉式部と同衾《どうきん》した道命《どうみょう》（**本章の4**参照）は、道綱の子であった。

『更級日記』は、五十代の作者による回想記《メモワール》で、「あづま路《ぢ》の道《みち》のはてよりも、なほ奥《おく》つかたに生《お》ひ出《い》でたる人」と自伝風の生い立ちから始まる。紀友則《きのとものり》――**本章の1**に「久方《ひさかた》の光のどけき春の日に…」を引いて言及した歌人である――の和歌「あづま路の道のはてなる常陸帯のかごとばかりも逢ひ見てしがな」（『古今和歌六帖』）の一節を踏まえ、常陸よりまだ奥の、上総国育ちだと表明しているのだ。父の上総介赴任に伴った故の東国育ちだが、上総からは下総をぬけて武蔵・相模へと続く。常陸を通ることはないはずなのに、あえて上総（千葉）を常陸（茨城）のさらに奥にある、などと記述する。方向感覚をゆがめてまで常陸を持ち出すのは、再婚した母と常陸へ下った『源氏物語』宿木《やどりぎ》巻の浮舟を意識した表現だろう。

　彼女にとって物語は、生きる指針、あるいは人生そのものであった。東国の幼き日、「世中《よのなか》に」あると聞く「物語といふ物」を「いかで見ばやとおもひ」、姉や継母《ままはは》――この人は、上総に同行したのだが、帰京後、父とは離別してしまった――などから「その物語、かの物語、光源氏のあるやうなど、ところどころ語《かた》るをきく」。だが、うろ覚えで物足りない。そこで「等身の薬師仏《ほとけ》をつくりて」、「京にとくあげ給ひて、物語のおほく候《さぶら》ふなるを、あるかぎり見せ給へ」とひたすら祈った。

そして「十三になる年」、父の任が果て、京に「のぼらむとて、九月三日門出して」、三ヶ月後「師走《しはす》の二日、京に入《い》る」。ちなみに京都の家にたどり着く時間を「いと暗《くら》くなりて」とことさらに描くのは、『土佐日記』に「夜になして、京には入《い》らむ、と思《おも》へば」とあるのを想起させよう。暗くなって、闇《やみ》に紛れて京の住まいに転居する、というのは、都人の世間の目を気にして、との含意がある。

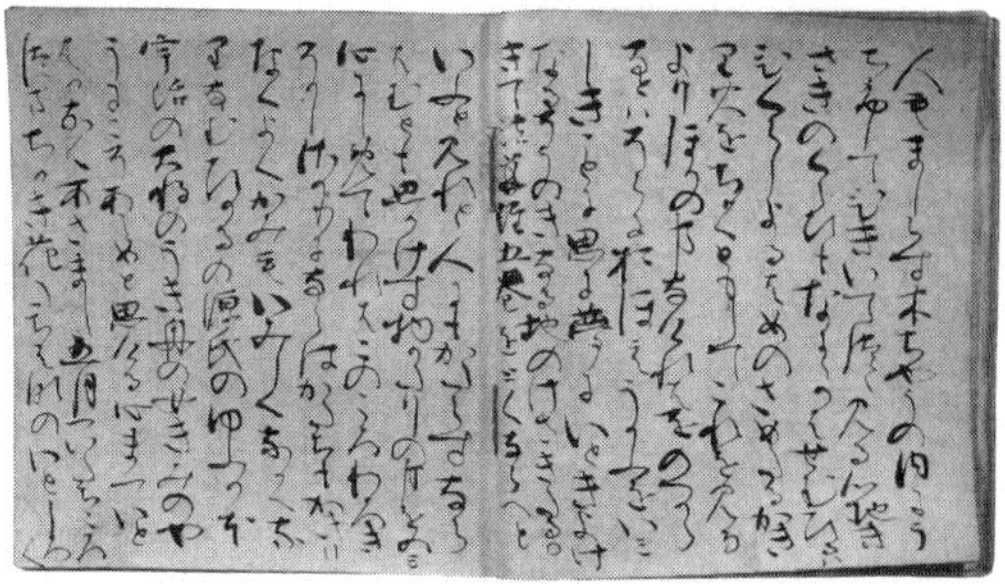

『更級日記』(三の丸尚蔵館蔵)．「御物本」である．藤原定家の特徴ある筆蹟(後に定家流や定家様《ていかよう》と呼ばれるスタイルとなる)で写され，勘物(注記)，奥書を記す．今日の『更級日記』の源流だ．『源氏物語』を始め，多くの古典作品が定家の手を経て伝えられた．本作も「国宝」の名にふさわしい文化財である．

東隣の三条の宮は、先ほど触れた御物本に付された定家の本文の勘物《かんもつ》（注記）によると、脩子《しゅうし》内親王（一条天皇第一皇女、母は定子）の居所であった。竹《たけ》三条邸がそれだとだとする説（角田文衞『王朝の映像』）もあるが定まらない。三条通の南向かいには、在原業平邸跡があった。鴨長明『無名抄《むみょうしょう》』に「業平中将の家は、三条坊門よりは南、高倉面《おもて》に近くまで侍りき」とある。

定家奥書は「よはのねざめ、みつのはままつ、みづからくゆる、あさくらなどは、この日記の人のつくられたるとぞ」と書いて閉じる。どうやら彼女は、物語作家となったようだ。『みづからくゆる』と『あさくら』は散佚してしまったが、『よはのねざ

『ねさめ物語』(国立国会図書館蔵)巻頭．大和文華館蔵の国宝『寝覚物語絵巻』の模本で，『夜の寝覚』の末尾(現在は欠失)の一部かという．花びらは桜．国宝の原本では満開である．本図とほぼ同じ構図の東京国立博物館蔵の模本は，花びら以外の枝を淡くピンクに描き出す．季節は異なるが，孝標女が不安な心持ちでたどり着いた三条の大邸宅は，たとえばこんなイメージか．画像は，国立国会図書館デジタルコレクションHPから閲覧可．

め』は『夜の寝覚』『寝覚物語』などとも呼ばれる名作古典である。ただし完本は伝わらず、絵巻や中世の改作本などで補いながら読解することになる。

『みつのはままつ』とは『浜松中納言物語』のことだ。この物語の伝本を発掘し、巻頭の欠損を推定して作品研究の基盤を築いたのは、学習院の松尾聰《さとし》(一九〇七―九七)であった。三島由紀夫(一九二五―七〇)は、松尾が注釈を付けた日本古典文学大系の『浜松中納言物語』(一九六四年刊)を愛読し、最後の長編『豊饒の海』(一九六五―)を発想している(三島「豊饒の海について」)。三島によれば『浜松中納言物語』は「唐に転生した亡き父を慕うて渡唐する美しい貴公子にまつはる恋物語」(「豊饒の海」について」)で、「『豊饒の海』は『浜松中納言物語』を典拠とした夢と転生の物語」(『豊饒の海』第一巻『春の雪』末尾注)だという。

　三島は、その日本古典文学大系『浜松中納言物語』の月報に「夢と人生」という文章を寄せ、「松尾先生には、学校では、国文法を教はつてゐた」と告白している。学習院中等科二年から、高等科でのことであった。平岡公威《きみたけ》少年は、満十六歳(一九四一年)で三島由紀夫を名乗る小説『花ざかりの森』を『文藝文化』(清水文雄他主宰)に発表。松尾は同誌『文藝文化』に「みつの浜松」他の散佚物語研究を連載していた(松尾聰『平安時代物語の研究』に再録)。三島は「その一つ「朝倉の物語」から、先生の考証をたよりに、小さな自分用の「朝倉」といふ物語を組立てたりした」と、先の月報で語っている。二十歳前(一九四四年)の作品だ。

三島が読んだ松尾の「考証」には「朝倉の物語」の「はしばしに」「孝標女らしさ」が「匂ふ」と誌している。一方で『豊饒の海』には『更級日記』の影響があるともいう(竹原崇雄「三島由紀夫『春の雪』と『更級日記』」)。松尾は、「御物本更級日記」影印の復刻(一九五五年)に際して、解説を担当している。当時一線の『更級日記』の専門家でもあった。

ちなみに、私がこの文章のもとになる原稿を書いて『京都新聞』に載せた二〇二〇年は、三島の自死から、ちょうど五十年の節目であった。映画『三島由紀夫VS.東大全共闘――50年目の真実』(GAGA配給)も公開され、話題を呼んだ。

（春・夏・秋と述べてきて）さて、冬枯れの風景だが、いや、なかなかどうして、秋には負けていない。水際の草に散り落ちた紅葉が留まって、真白く霜が降りた寒い朝、遣《や》り水の流れから煙のように霧が立ち上るのは趣深い。年の暮れも押し詰まり、誰も彼も年越し仕度に勤《いそ》しみ合っている時分こそ、たぐいなき情緒がある。

「すさまじきもの。師走の月夜」と言い、時節はずれで興ざめだとして、眺める人もいない十二月の月が、寒々と澄んで輝く二十日過ぎの空にこそ、もの寂しい美が宿るものよ。内裏の仏名会《ぶつみょうえ》、荷前《のさき》の使《つかい》派遣の儀式など、胸にしみいる神々しさだ。宮中の公式儀礼が絶え間なく続き、新春の準備と重なってせわしなく行われる様子もまた、尊く素晴らしいものだ。歳末の鬼やらい（追儺《ついな》。疫鬼を追い払う宮中の大晦日の行事）から、帝が神祇《じんぎ》に祈る元旦の四方拝《しほうはい》へと続く行事の流れも、趣深く風情がある。

大晦日の晩は月もなく真暗闇の中で、人々がたいまつを灯して、夜半過ぎまで、家々の門をたたいて走り回って、はて何事か、仰々しく声高に物を言ったりして、足が地に着かないほどの慌てぶりだが、日付が変わる夜更け頃より、さすがに物音もしなくなってひっそりとしてしまうのは、旧年の名残りもしのばれ、もの淋しい情趣がある。

さて、冬枯《が》れのけしきこそ、秋にはをさをさ劣るまじけれ。汀《みぎは》の草に紅葉《もみぢ》の散りとどまりて、霜いと白うおける朝《あした》、遣《やり》水より煙《けぶり》の立つこそをかしけれ。年の暮れはてて、人ごとに急《いそ》ぎあへる頃《ころ》ぞ、又《また》なくあはれなる。

すさまじき物にして、見る人もなき月の寒《さむ》けく澄《す》める二十日《はつか》あまりの空こそ、心ぼそきものなれ。御仏名《おぶつみやう》、荷前《のさき》の使《つかひ》立つなどぞ、あはれにやむごとなき。公事《くじ》ども繁《しげ》く、春の急ぎに取り重ねて催し行はるるさまぞ、いみじきや。追儺《ついな》より四方拝《しはうはい》に続くこそ、おもしろけれ。晦《つごもり》の夜はいたう暗《くら》きに、松どもともして、夜《よ》中過《なかす》ぐるまで、人の門叩《かどたた》き、走り歩《あり》きて、何事《なにごと》にかあらむ、ことごとしくののしりて、足を空に惑《まど》ふが、あか月(＝暁)がたより、さすが音なくなりぬるこそ、年《とし》のなごりも心ぼそけれ。(『徒然草』一九段)

中世京都の暮れの情景である。この『徒然草』一九段は「をりふしの移り変《かは》るこそ、物ごとにあはれなれ」と起筆。「物のあはれは秋こそまされ」と誰でも言うが「今ひとときは心も浮きたつ物は、春のけしき」だろうと続き、四季ごとの時節推移の風流を描き出していく。

確かに、春と秋は別格で、『古今和歌集』も、上下二巻ずつを配置する。どちらがいいか。額田《ぬかたの》王《おおきみ》の万葉歌(巻一、一六番)など、春秋優劣論の伝統も、古くからある。『源氏物語』の六条院をめぐって、紫の上と秋好《あきこのむ》中宮の春秋対比も知られている。

しかしここでは、中世らしい美意識で、冬の叙景を精細に展開している。『徒然草』三一段「雪の面白《おもしろ》う降《ふ》りたりし朝《あした》」の逸話を見ても、兼好は冬の都の魅力をよく知っていた。だから常識に抗《あらが》って、年の瀬の月も称讃する。

「すさまじき物」とは、時季外れの興ざめや、当てが外れた失望をめぐるものだが、『枕草子』の名高い章段名でもあった。『枕草子』では、昼吠える犬、牛が死んだ牛飼いなどを皮切りに、清少納言らしい、皮肉な言い立てがたっぷりと展開する。最後には「腹立たし」いほど嫌いだという、「師走のつごもりの夜、寝起きて浴《あ》ぶる湯」と「師走のつごもりの長雨《ながあめ》」を挙げていた。『徒然草』と同じ歳末の時間を捉えるのだが、冬の月夜には触れていない。

ところが『源氏物語』の朝顔巻にも、「雪のいたう降《ふ》り積《つも》りたる上《うへ》に、いまも散《ち》りつつ」ある夕暮れ、光源氏が、紫の上と庭を眺めながら、世の人が愛する春秋の「花紅葉《もみぢ》の盛《さか》りよりも、冬の夜の澄《す》める月に雪の光《ひかり》あひたる空こそ」素晴らしい、と賞める場面がある。そして源氏は、「すさまじきためしに言《い》ひおきけむ人の心浅《あさ》さよ」と呟《つぶや》いて「御簾《みす》巻き上げさせ給ふ」という。

鎌倉時代の『紫明抄《しめいしょう》』や室町時代の『河海抄《かかいしょう》』など、中世の『源氏物語』注釈書は、清少納言『枕草子』に「すさまじきもの。師走の月夜…」という本文があったとして引用している（荒木『徒然草への途』第十章など参照）。

だとしたら、紫式部の当てこすりは相当なものだ。続けて光源氏が簾を巻き上げるしぐさは、明らかに『枕草子』のパロディなのだ。「雪のいと高う降りたる」日、「少納言よ、香炉《かうろ》峰《ほう》の雪いかならん」という中宮定子の仰せに、清少納言は、『和漢朗詠集』にも採られた白居易の詩の一節——「遺愛寺の鐘は枕を欹《そばだ》てて聴く、香鑪峰の雪は簾を撥《かか》げて看《み》る」を気取り、「御格子《みかうし》あげさせて、御《み》簾《す》をたかくあげたれば、笑はせ給ふ」。『枕草子』のこの場面は、数多くの絵も残り、歴史的にも人気があった章段である。『源氏物語』は宇治十帖の総角《あげまき》巻にも「雪のかきくらし降る日」、薫が、亡き宇治の大君を慕って終日物思いにふけり、「世の人のすさまじきことに言ふなる師走《しはす》の月夜の曇《くも》りなくさし出《い》でたるを、簾巻《すだれま》き上《あ》げて見《み》給へば」と記述する。ほぼ同じエピソードの転用だ。

一方『徒然草』一九段には、この冬の叙述の直前に「言ひ続《つづ》くれば、皆《みな》源氏の物語・枕草子などにこと古《ふ》りにたれど」とあり、両作品の愛読と影響を謙遜気味に誌している。兼好は『源氏物語』を筆写したことがある。鎌倉時代初めの建久四年(一一九三)に「源氏見ざる歌詠みは遺恨の事なり」(『六百番歌合』冬十三番判詞)と定家の父藤原俊成が名言を残しているが、歌人であった兼好は、すでに大古典であったこの物語について、よく勉強していた。彼は、ほぼ確実に、朝顔巻の清少納言への当てこすりの因縁を知っており、意識していた。だからこそ、彼独自の視点が光る。

『源氏』朝顔巻には「月は、隈《くま》なくさし出でて、一《ひと》つ色に見え渡《わた》されたる」とある。満月に照らされた雪景色だが、『徒然草』は、二十日過ぎの空を仰ぎ、夜更けに輝く、欠けた月に愛恋する。「花はさかりに、月はくまなきをのみ、見るものかは」(一三七段)。中世的な「心細さ」の美こそ、この名文の本質だ。

主な舞台は、帝の住まう内裏である。内裏はかつて、大内裏の中にあったのだが、炎上などが重なって、平安時代から、貴族の邸宅などを改造した里内裏が使われることが増えていった(橋本義彦「里内裏沿革考」など参照)。中世には、大内裏も荒れ果て、朱雀門も、兼好誕生以前の十三世紀前半には消滅した。しかし洛中を転々とした里内裏も、兼好が『徒然草』を書く前後、十四世紀前半以

『長谷雄草紙』(国際日本文化研究センター蔵). 平安時代前期を生きた紀長谷雄《きのはせお》が大内裏正門の朱雀門で鬼と双六を打つ. ゲームに勝った長谷雄は, 不思議な美女を手に入れるのだが…. 中世にはこうした光景は文字通り幻想となった. 本絵巻は江戸時代の模本で, 原本(永青文庫蔵)は14世紀前半頃成立か. 画像は, 日文研データベースHPから閲覧可.

降には、現在の京都御所と同じ場所の土御門東洞院殿に落ち着いていく。ただし世は、南北朝の争乱へと突入する時期だ。彼は、どのような立場で、こんな風に静謐な宮中を眺めることができたのだろう。

じつは近年、兼好(卜部《うらべ》兼好、兼好法師)の出自をめぐって、系図の文献学的研究から、根本的な見直しが迫られている。応仁の乱の後、彼を吉田神道の家に連なる卜部家の系図に組み込んだ人物――吉田(卜部)兼倶《かねとも》と推定されている――がいたようなのだ。従来の系図や伝記は、おおむね白紙に戻った。もはや実在の彼を「吉田兼好」と呼ぶことはできない。その重大な転換の詳細については、議論の主役である、小川剛生の『兼好法師』などを参照されたい。

そして、新春、正月が来る。「かくて明《あ》け行《ゆ》く空のけしき、昨日に変《かは》りたりとは見《み》えねど、引き替へめづらしき心ちぞする」――昨日と変わらぬ明け方はずなのに、やはり初日の出は格別だ。陽に照らされゆく都大路《みやこおおじ》には、門松が立ち並ぶ風景が、浮かび上がり…、「大路《おほち》のさま、松立《た》てわた

——して花やかにうれしげなるこそ、又あはれなれ」と本段は閉じる。直前の歳末の「年のなごりも心ぼそけれ」と対比されて、趣深い。

第Ⅱ章

移ろいゆく人生と季節

前章最後に描かれた、正月の明け方の静寂を承け、本章は、賑やかな、二月の初午大祭で開かれて、もうひとめぐりの四季をたどる。前章の古典エッセンスは、季節感の堪能に主眼を置いて選んだのだが、ここで取り上げる巻々では、その都度、シビアな人事が絡む。

冒頭の伏見稲荷をめぐる解説では、浮気で軽率な夫と、激しさを内に秘めた妻との葛藤の説話が取り上げられ、竜宮城という異界への訪問譚と仙女との結婚、そして流浪の果ての男の死が続く。やはり女を残して死にゆく男は、業平忌の伝承の中で、孤独で、近代人のような風貌をも覗かせるだろう。そして、安和《あんな》の変。あるいは天皇の突然の出奔と出家。その裏にうごめく、摂関家の陰謀論など、現実世界の政治をめぐる、生々しさが窺われる逸話ばかりである。

花山《かざん》天皇出家の黒幕としてささやかれたのは、藤原兼家《かねいえ》であった。その妻の一人が『蜻蛉日記』の作者で、彼女がもっとも妬ましく思う、兼家正室時姫《ときひめ》の子が、道長である。道長を権力の要《かなめ》にいただいて、一条天皇以後の平安時代が成立する。

『源氏物語』は、道長の長女である中宮彰子のサロンに生まれ、一条天皇も読者であった。道長は、大事なパトロンだ。しかし皮肉にも、この物語では、若き主人公が、父帝の后藤壺と密通して子をなしてしまう。なのに当の光源氏は、あでやかな紅葉のきらめきの中で、大胆にも、帝の横にいる藤壺に恋の袖を振り、ラブ・レターを送るのだ。

兼家か、道長か。場の主役に異聞を含む類話の中で、紅葉の嵐山・大堰川への御幸のエピソードを読む。その催しで、芸能の矜恃に溢れた才人公任《きんとう》が和歌を詠んだ。そこにも、ちょっとした趣向が潜む。

ところで、権勢家のイメージが強い道長だが、じつは和歌に相応の関心があったようだ。彼をめぐる、和歌の逸話が連なっていく。娘三人が后となった、栄華の極みの神無月の夜の「このよをば」の和歌。そして公任が『源氏物語』作者にたわぶれる、あの冬の宴席――彰子にようやく恵まれた親王の、五十日《いか》のお祝いの席でのことだった――で、酔った道長は、紫式部に和歌を求め、瞬時の贈答が成立する。道長の和歌リテラシーとセンシビリティについては、この後、本書**第Ⅲ章の3**の解説でも、赤染衛門をめぐって、言及することになるだろう。

そして、ふたたび歳末へ。やがて暮れるその年は、光源氏にとって、かけがえのない転機であった。出家の思いを胸に秘め、すべては今年が最後だと、覚悟を決める。栄光の君は、歳月の移り変わりに身を委ね、いつしか作品の表舞台から姿を消していった。物語は、名前ばかりの雲隠巻をはさんで、匂宮巻へ。語り手は、遠くカメラを引いて、さて、もうあの人はいない。しかし舞台はこれからだ。物語マスト・ゴー・オン。この先、誰にスポットを当てればよいことやら。読者を強く意識して、主人公の末裔に、語り手の品定めが続く。

とりあえず、最初だけはおだやかに、この章を開巻しようと思う。『源氏物語』作者もシビアに読み込んだ『枕草子』を手に取って、清少納言の伏見稲荷参詣の様子を覗いてみよう。

1　初午大祭の出会いと願い――伏見稲荷（『枕草子』）

伏見稲荷に、一念発起して参詣してはみたものの、中《なか》の御社《みやしろ》のあたりで、もう苦しくてたまらないのを、何とかこらえて登っていると、遅れて後からやって来るようね、と見ていた者どもが、いささかもしんどそうな様子も見せず、ずんずん進んで、見る間に私を抜いて行き、先立って参拝する…、いやもうご立派、凄いわね。

旧暦二月の初午《はつうま》の日、まだ暗い内に、急いで出発して登り出したが、まだ坂の途中を歩いているところなのに、いつしか時は、巳の刻ごろ（午前十時前後）になってしまった。登りの苦しさに加え、だんだん暑くもなってきて、本当につらく切なくて、どうして？　こんなふうでなく、もっといい日もあろうものを…、なんのために、わざわざ今日を選んで、参詣なんかしちゃったのよ？　そんな風にまで思い、涙も落ちて、くたびれ果てて休んでいると、四十過ぎぐらいの女で、旅の壺装束なども身にまとわず、ただ着物の裾をたくし上げただけの人が、「私は七度詣でをしてますの。もう三度参拝してしまったわ。あと四度ぐらいは何でもない。きっと未の時（午後二時前後）には終えて帰れるはずよ」と、道で会った人に語りかけて下山していったのは、普通の場所だったら日にもとまるはずのない女だけれど、ああ私はたったいま、この人の身に成り変わりたい、と思ったことだった。

稲荷《いなり》に思ひおこしてまうでたるに、中の御社《みやしろ》のほどの、わりなうくるしきを念《ねん》じのぼるに、いささかくるしげもなく、おくれて来《く》と見《み》るものどもの、ただいきに先《さき》にたちてまうづる、いとめでたし。

二月午《むま》の日の暁《あかつき》に、いそぎしかど、坂《さか》のなからばかりあゆみしかば、巳《み》の時ばかりになりにけり。やうやうあつくさへなりて、まことにわびしくて、など、かからでよき日もあらんものを、なにしに詣《まう》でつらむ、とまで涙もおちてやすみ困《こう》ずるに、四十余《よ》ばかりなる女の、壺装束《つぼさうぞく》などにはあらで、ただひきはこえたるが、「まろは七度《ど》まうでし侍《はべ》るぞ。三度《ど》はまうでぬ。いま四度《よたび》は事《こと》にもあらず。まだ未《ひつじ》に下向《げかう》しぬべし」と、道《みち》にあひたる人にうちいひて、くだりいきしこそ、ただなる所には目《め》にもとまるまじきに、これが身にただいまならばや、とおぼえしか。（『枕草子』「うらやましげなるもの」）


中《なか》の御社《みやしろ》は、稲荷の三ケ《みつが》峰《みね》（上社、中社、下社の旧跡）の一つで、二の峰にあたる。康保三年（九六六）九月、藤原道綱母《みちつなのはは》は、この中の御社で「稲荷山多くの年ぞ越えにける　祈るしるしの杉を頼みて」と和歌を詠んでいる（『蜻蛉日記』）。しるしの杉は、伏見稲荷の神木の杉の枝で、久しく枯れなければ願いが叶う、との言い伝えだ。現在も初午大祭のゆかりである。

二月《きさらぎ》の初午の日は、伏見稲荷の神が、三ケ峯に鎮座した日だと伝えている。今の暦なら三月。そもそもしんどい山登りなのに、暑苦しくさえなってきた。なんでこんな日に、と清少納言は愚痴る。

しかしそこで彼女は、「七度参り」の最中で、達成は簡単と豪語する、元気な女性に出逢った。わざわざ四十過ぎの女、と年齢をいうのは、老人なのに、という含意である。日本では古来、四十から長寿のお祝い（算賀）をする。『枕草子』は「蟻通《ありとほし》の明神《みやうじん》」の由来をめぐって、「昔《むかし》おはしましける帝《みかど》の、ただ若き人をのみおぼしめして、四十になりぬるをば、失《うしな》はせ給ひければ」と、四十歳で棄老、という伝説も語っていた（「社《やしろ》は」の段）。

『今昔物語集』巻二十八の巻頭話も「衣曝《きさらぎ》ノ始午《はつむま》ノ日ハ、昔ヨリ京中ニ上中下《かみなかしも》ノ人（＝身分を問わず）稲荷詣トテ参リ集フ日也」と始まる。文字表記が独特だが、つまりは、二月の初午の日の出来事である。

近衛府で舎人《とねり》として働く茨田重方《まつたのしげかた》は、同僚の舎人たちと連れ立って、弁当と酒をたっぷり持ち、初午の稲荷に参詣した（「餌袋《ゑぶくろ》・破子《わりご》・酒ナド持《もた》セ、烈《つらなり》テ参《まゐり》ケル…」）。ちょうど清少納言と同様に「中ノ御社《みやしろ》近ク成ル程ニ」、登る人、降りる人、多く参集する中に、重方は「濃《こ》キ打《うち》タル上着《うはぎ》ニ、紅梅・萌黄《もえぎ》ナド重ネ着テ、生《なま》メカシク歩」く、おしゃれな、いい女（「艶《えもいは》ズ装《しやう》ゾキタル女」）を見つけた。重方たちに遭って、女は、木陰に立ち隠れたりしたのだが、舎人たちは見逃さない。柄の悪い、いやらしい言い立てをして、下から顔を覗こうとする（「低《うつふ》シテ女ノ顔ヲ見《みむ》トシテ過ギ持行《もてゆ》ク」）輩《やから》までいた。中でも重方は、生来の色好みで「妻《め》モ常ニ云《い》ヒ妬《ねた》ミケルヲ」、妻のやきもちなどどこ吹く風。今日もまた、この魅力的な女に恋着して、しつこく口説き始めるのだ。

女は、いい人がいらっしゃるくせに、行きずり浮気心でのお声がけ

吉田初三郎絵『伏見稲荷　全境内名所図会』(京都府立京都学・歴彩館蔵).「大正広重」と呼ばれた，吉田初三郎の鳥瞰図の1つ．大正14年(1925)の刊行．中之社神蹟「二ノ峰」も描かれている．京都府立京都学・歴彩館「京の記憶アーカイブ」HPから閲覧できる．初三郎の国内外に及ぶ独特の鳥瞰図については，国際日本文化研究センターでも蒐集し，データベース化と文化誌的研究を進めている．

なのでしょう？　そんな言葉を真に受けていたら、バカみたいじゃない(「人持《もち》給ヘラム人ノ行摺《ゆきずり》ノ打付心《うちつけごころ》ニ宣《のたま》ハム事、聞カムコソ可咲《をかし》ケレ」)と応える。その声が「愛敬《あいぎや》付《うづき》」て可愛い！

「我君《わがきみ》」と、重方は、恋人気取りで呼びかけた。自分はたしかに既婚者で、「賤《あやし》ノ者持《もち》テ侍レドモ、シヤ顔ハ猿ノ様ニテ、心ハ販婦《ひさきめ》(＝猿のような顔をした下劣な女)ニテ有レバ、去《さ》リナムト思ヘドモ」──もう離婚を考えているんだが、着物のほころびを縫ってくれる人もすぐにはみつからない。いい人がいたら乗り換えようと、お声がけしたのですよ、などとおこづく──調子に乗ってまくし立てた。

女も、私も決まった人はいない。夫の希望で奉公をやめて家庭に入ったのに、彼は田舎で死んでしまった。ここ「三年ハ」、良き伴侶に巡り会えますようにと、稲荷の「御社ニモ参《まゐり》タル也」という。独身で、男を捜しているのか…。ならば、とさらに調子に乗る重方に、女は突如、重方の「髻《もとどり》ヲ、烏帽子超《ご》シニ」「ヒタト取《とり》

『諸国名所百景』の「大和長谷寺」(大英博物館蔵).『諸国名所百景』は，二代歌川広重が安政6年(1859)から文久元年(1861)にかけて描いた錦絵のシリーズ(版元は魚屋栄吉).「花の御寺《みてら》」と呼ばれる長谷寺には，千本にも及ぶという桜——ソメイヨシノ，山桜，しだれ桜…などが咲き誇る．画像は大英博物館HPから閲覧可．

テ、重方ガ頬ヲ山響《ひび》ク許《ばかり》ニ打《うち》ツ」。バッチーン、ぐらいの擬音だろうか。

女は、なんと重方の妻であった。いろんな含意がある話だろう。『今昔』巻二十八は、柳田國男が「嗚滸《をこ》(=馬鹿げた笑い)の文学」として注目した笑話集だが、同話も以下、間抜けな夫と妻の言い立てが爆笑を誘う。またどこかで、続きをお読みいただきたい。

『今昔』の別の巻(巻三十第六)には、ちょうど裏返しのような、まっとうな類話もある。近衛府の右少将が、国司の「向腹《むかひばら》ノ姫君」(本妻の娘)と結婚するのだが、彼女は病《やまい》で死んでしまう。悲しみに暮れる少将は、亡妻に似た人と出会いたいと、ひたすら願った。すると「二月ノ初午ノ日」、稲荷に参詣した帰途に「年十七八ノ程」の「姿・有様」も「着物」も魅力的な、気高く美しい大和の娘と遭遇する。伏見稲荷は、京都の七条辺りに生まれたこの娘の「産神《うぶすな》」だ。彼女も徒歩《かち》で「稲荷へ参ラムトテ、大和ヨリ京ニ上」って来たのであった。市女笠《いちめがさ》の下から覗くと、娘は、死んだ妻に

「少シ似」て、より一層「愛敬付《あいぎやうづ》キ浄気《きよげ》ナル事増《まさり》タリ」。彼はすぐさま恋に落ちた。じつは彼女は、少将の亡妻の異母妹で、長谷寺に申し子をした夫婦に引き取られて育った、まさに運命の、縁深き人なのであった。

この逸話に、大和の長谷寺の名が見えるのは、偶然ではないようだ。永承元年（一〇四六）の十月下旬、道綱母の異母妹の子・菅原孝標女《たかすえのむすめ》が、長谷寺に三日参籠した時の逸話に「しるしの杉」が出てくる。孝標女が参拝最終日の夜更けにふとまどろむと、観音の御堂の方から「すは、稲荷より賜はるしるしの杉よ」と「物を投げ出づるやうにする」。はっと目を覚ますと夢だったと『更級日記』は記している。稲荷と長谷寺との関わりを推測させる、象徴的な夢告である。

「匡衡《まさひら》衛門」（『紫式部日記』）と呼ばれた、赤染衛門の逸話もある。夫の大江匡衡が浮気をして、「稲荷ノ禰宜《ねぎ》ガ娘ヲ語《かたら》ヒテ愛シ思ヒケル間、赤染ガ許《もと》ニ久《ひさし》ク」帰らない。そこで赤染が「稲荷ノ禰宜ガ家ニ」、「我がやどのまつ（松と待つをかける）はしるしもなかりけり　杉むらならば尋ねきなまし」という歌を詠んで届けると、匡衡は、愛人関係を解消して、そそくさと妻の赤染のもとに帰った、という（『今昔物語集』巻二十四第五十一）。この歌は『赤染衛門集』にも載っているが、本歌は「わが庵《いほ》は三輪の山もと　恋しくはとぶらひ来ませ　杉立る門《かど》」（『古今集』巻十八、雑歌下、九八二番）である。だから『赤染衛門集』（初句第二句を「我が宿はまつにしるしも」とする）の詞書《ことばがき》では、伏見稲荷ではなく「三輪の山のわたりにや」と書いてある。三輪山にも、しるしの杉があった。

2　春霞のなかの面影――浦島神社（『万葉集』）

霞みわたる、ある春の日に、墨吉《すみのえ》の岸に出て腰を掛け、沖の釣り船が波に揺られているのを見ると、いにしえの伝説が思い出される。

水江《みずのえ》の浦の島子《しまこ》（原文は「浦嶋児」）が、自慢の腕で鰹を釣り、鯛を釣って、七日もの間家にも帰らずに、海原遠く舟を出し、海坂《うなさか》という人の国の境を越えて、漕ぎ行くと、海の神の乙女に、偶然、出会って、互いに誘い声を掛け合い、思いが通じて結婚することになった。そして二人は、固く契りを結んで常世の国にやってきて、海の神の宮廷の奥深く麗しい御殿に、二人手を携えて入って住まい、不老不死の命を得て、永遠の時間を二人幸せに暮らしていた。それなのに…、世にも愚かなるこの男が、愛する妻に告げて語ったことは、

「しばしの間家に帰って、父母に事情も話そうと思う。そして明日にでも私は、きっと帰って来るよ」と言ったので、妻が応えて言うことには、

「この常世のあたりに再び帰ってきて、今のように私と逢おうと思うのならば、この箱を開けてはいけませんよ、決して」。

そう命じて、あれほど堅く約束したことなのに…、男は、墨吉《すみのえ》に帰って来て、我が家を探して見ても家は見つからず、里を探しても里はないので、はてどうしたことかといぶかしみ、そこで考えたこ

とは、家を出てわずか三年の間に、垣根も家もなくなることなどあるだろうか、もしかして、そこで、もらったこの箱を開いて見たなら、もとのように家が現れるのでは、と思って、玉手箱を少し開くと、白い雲が箱から出て、常世の国の方角に向かって棚引いたので、浦島は立って走り、叫び、妻を慕って袖を振り、転げまわりながら、慟哭して足ずりをして、突如、失神してしまった。若くつやつやとした肌もしわしわになり、黒かった髪もすっかり白髪になった。最後は息も絶えて、そして遂に命を失って死んでしまったのであった。

あの水江の浦の島子(この原文は「浦嶋子」)の家のあった場所が見える。

春の日の霞《かす》める時に　墨吉《すみのえ》の岸に出で居《ゐ》て　釣船のとをらふ見れば　古《いにしへ》のことそ思ほゆる　水《みづの》江《え》の浦の島児《しまこ》が　堅魚《かつを》釣り鯛《たひ》釣り誇《ほこ》り　七日《なぬか》まで家にも来《こ》ずて　海坂《うなさか》を過ぎて漕《こ》ぎ行くに　わたつみの神《かみ》の女《をとめ》に　たまさかにい漕ぎ向かひ　相《あひ》あとらひ言《こと》成りしかば　かき結び常世《とこよ》に至り　わたつみの神の宮《みや》の　内の重《へ》の妙《たへ》なる殿《との》に　携《たづさ》はり二人《ふたり》入り居《ゐ》て　老いもせず死にもせずして　永き世にありけるものを　世の中の愚《おろ》か人《ひと》の　我妹子《わぎもこ》に告《の》りて語《かた》らく　しましくは家に帰りて　父《ちち》母《はは》に事も語らひ　明日《あす》のごと我《われ》は来《き》なむと　言ひければ　妹《いも》が言《い》へらく　常世《とこよ》辺《へ》にまた帰り来て　今のごと逢はむとならば　このくしげ開くなゆめと　そこらくに堅《かた》めしことを　墨吉《すみのえ》に帰り来《き》たりて　家見れど家も見かねて　里《さと》見れど里も見かねて　怪しみと　そこに思はく　家ゆ出でて　三歳《みとせ》の間《あひだ》に　垣《かき》もなく家失《う》せめやと　この箱《はこ》を開《ひら》きて見てば　もとのごと家はあらむと　玉くし

げ少し開くに　白雲《しらくも》の箱より出でて　常世辺《とこよへ》にたなびきぬれば　立ち走り叫び袖振《そでふ》り　こいまろび足ずりしつつ　たちまちに心消失《けう》せぬ　若かりし肌も皺《しわ》みぬ　黒かりし髪も白《しら》けぬ　ゆなゆなは息さへ絶えて　後《のち》つひに命死《いのちし》にける　水江《みづのえ》の浦の島子《こ》が家所《いへどころ》見ゆ（『万葉集』巻九「水江《みづのえ》の浦の島《しま》子《こ》を詠みし一首　短歌を并《あは》せたり」）

この長歌（一七四〇番）は、旅の歌人、高橋虫麻呂《むしまろ》の作である。このあと『万葉集』は「常世辺《とこよへ》に住むべきものを　剣太刀《つるぎたち》　己《な》が心からおそやこの君」――常世の国という、ユートピアに住むことができたはずなのに、自分の心づかいの故にこんなことになって、なんとまあ愚かなお方であろう――という、皮肉な短歌一首（一七四一番）を付している。ちなみに剣太刀は、「な」の枕詞である。「刃」の古語が「な」であるからだ、と解釈されている。

舞台の「墨吉」は「住吉」と同じで、摂津国の歌枕である。古代は「すみのえ」と読んだが、平安時代になると「すみよし」が住吉神社か郡名、「すみのえ」は入り江と、歌言葉として詠み分けるようになった（奥村恒哉『歌枕』）。しかし浦島伝説を略述する『日本書紀』雄略天皇二十二年（四七八）七月の記事では、丹波国余社郡管川《たにはのくによざのこおりつつかわ》の水江浦島子が、蓬萊山に到って仙人達に遭《あ》ったと記されている。ちなみに「浦島子」は「島子」とも呼ばれるので「浦の島子」と訓《よ》まれるが、一方で後掲する『丹後国風土記《たんごのくにふどき》』逸文《いつぶん》では「嶼（＝島）子」と記しながら「宇良志麻能古《うらしまのこ》」とも万葉仮名書きがあり、ウラシマという呼称も古い。余社は「与謝」で、和銅六年（七一三）に、丹波から分かれて丹後国となった。摂津は関係ない。ではなぜ「すみのえ」なのか。『古事談《こじだん》』などが引く平安時代の

「浦島子伝」では「澄江《すみのえ》」と書く。これなら「水江」に通じ、丹後と解しても矛盾はない、とも説明される。

その『丹後国風土記』逸文によって浦島が経験したことの概容を示せば、三日三夜、一魚も釣れなかった浦島が五色の亀を得て、舟中でまどろむと、亀はたちまち麗しい婦人に変化した。「女娘《をとめ》」は「天上《あめ》の仙《ひじり》の家の人なり」と名乗り、「相談《あひかた》らひて愛《うつく》しみたまへ」と求婚して、即答を迫る。気圧されるように結婚を承諾した浦島に、妻は「目を眠《ねむ》らしめ」と教え、瞬時に「海中《うみなか》の博《ひろ》く大きなる島に至りき」。どうやら浦島の伝説には、夢物語の趣があった。

わらべ姿の昴《すばる》星や畢星《あめふり》たち（空に輝く昴や天降り星の擬人化）に迎えられ、妻の名を「亀比売《ひめ》」と聞いて、浦島は、ようやく妻の正体を知った。彼は、亀姫の父母に紹介され、人間界では想像もできない豪華な宴《うたげ》の歓待を受けた。宴が果てると、妻は「独り留まり」、浦島と「肩を双《なら》べ、袖を接《まじ》へ、夫婦之理《みとのまぐはひ》を成し」たという。

延喜二十年（九二〇）成立という『続浦島子伝記』では、『医心方《いしんぼう》』に通じる「道教医学の房中術、性技の型」を「引用・例示し」て、浦島と妻が蓬萊で「金丹」他の仙薬を飲み、夫婦の営みに励むさまを詳述する。それはあたかも「男子王朝官人たちの好むポルノグラフィーの趣向を盛り込む」（渡辺秀夫『平安朝文学と漢文世界』）作品となった。

さて『丹後国風土記』逸文の浦島は、故郷を忘れて「仙都《とこよ》に遊び」、三年の月日が流れた。しかし帰郷後、浦島が尋ねた郷人《さとびと》は、古老の相伝として、浦島が独り「蒼海《うみ》」に消えてから「今、三百余歳を経《へ》つといへり」。すでに彼は、太古の伝説となっていた。

『浦島物語絵巻』(香雪美術館蔵). 亀の乙姫が浦島太郎に玉手箱を渡す場面である. 17 世紀の御伽草子絵巻だが, 本作の特徴は, 故郷に, 浦島の女房がいることだ. 女房は「ふしぎなる夢」を見たので今日の釣りは止めてと頼むのだが, 浦島は逆夢だろう, 大丈夫さ, と海に出て, 亀に出逢うことになる. 夢とアヴァンチュールの物語, という側面もあるようだ.

ところが、鎌倉時代初期の『古事談』は、平安時代の「淳和御宇天長二年」(八二五)に「丹後国余佐《よさ》郡人水江浦嶋子《みづのえのうらしまのこ》」が「松船に乗りて故郷に致《いた》る」と語り出し、「島子郷《さと》を辞して後《のち》、三百年を経て故郷に還る。其《そ》の容顔幼童の如し」という(原漢文)。その理由《わけ》は、鏡物の史書『水鏡』の記事を参照するとよくわかる。『水鏡』では「天長二年十一月四日」に、淳和天皇が「嵯峨法皇の四十の御賀をし給ひき。今年、浦島の子は帰れりし也」と語るのだ。

前節(**本章の1**)にも触れたように、四十賀《よそじのが》は「初老」として長寿を祝う、算賀の始まりであった。嵯峨院の四十歳は、当時「仙算」(『日本紀略《にほんきりゃく》』天長二年十一月三十日条)「仙齢」(『類聚国史』巻二十八)などと称されたと記録されている。『水鏡』の浦島をめぐる時系列は、「雄略天皇の御代にうせて、今年は三百四十七年といひしに帰り来たりし也」となっている。仙人のように三百年以上の齢《よわい》を保ち、「幼童」のような若々しさを保った浦島は、法皇の長寿算賀を忖度するかのように時を待ち受け、出来過ぎの祥瑞《しょうずい》として帰還した。

桓武天皇の子である嵯峨と淳和、嵯峨の子である仁明、という三代の帝は、神仙好みであった。淳和の勧めもあり、病弱な仁明は、医師の禁止を押し切って「金液丹」等、道教の丹薬を「強服」常用していた（『続日本後紀』嘉承三年三月二十五日の仁明崩伝）。『古事談』の浦島も「房中術」とともに、「金丹」以下の仙薬を飲んで「延齢之術」を積んでいる。『続日本後紀』によると、嘉祥二年（八四九）三月二十六日、「興福寺大法師等」が、仁明天皇の「宝算」が「四十」に満ちた四十賀を祝し、贈り物と長歌を献じている。そこには天人が「御薬」を捧げる像と、「浦島子」が「雲漢（＝天の川）に昇る」像もあった。しかし浦島とは違い、翌嘉承三年三月二十一日、仁明は四十賀の翌年（「仙齢之算、亦踰四十」『続日本後紀』崩伝）に崩御してしまう。天命か、あるいはドラッグの恐さか……。

丹後の浦嶋神社（宇良神社、京都府与謝郡伊根町）は、天長二年の創祀で、浦嶋子を筒川大明神として祀っている。鴨長明は「丹後国よさのこほりに、あさもがはの明神と申す神います」。「これは昔、浦島の翁の神となれるとなむいひつたへたり」と誌していた（『無名抄《むみょうしょう》』）。ちなみに中世の御伽草子では、七百歳の浦島太郎は鶴となり、浦島明神として、亀とともに夫婦の神と祀られる。

3　政変の悲哀と春の終わり――石山寺（『蜻蛉日記』）

（安和二年三月）二十五六日のころに、西宮《にしのみや》の左大臣源高明《たかあきら》は、流罪に処せられなさった。その様子を一目拝見しようと、天下を揺るがす大騒ぎで、邸宅の西宮殿（右京の四条の北、朱雀院の西にあった）へ、人々は慌てて駆けつける。まあ大変なことになったと、私たちも様子を伺う間に、左大臣は、人に姿も見せず、こっそり逃げて、脱出なさったのであった。「愛宕山《あたごやま》にいるらしいぞ」「いや清水寺に」などと騒ぎになって、とうとう見つけ出されて配流となった、と聞くと、なんだかもう、むやみやたらと哀しくて、私のように物事にうとく、たよりない身でもこんな具合だから、左大臣のことを思い、事情をわきまえ知る人は、袖を濡らして涙にくれぬものなどない。

多くお持ちだったお子様たちも、どこか見知らぬ辺地の国へと流されて、行方も知らず、離れ離れにお別れになる。御剃髪なさって僧侶になる方もおられるなど、まったくその悲哀の大きさは、表現のしようもないほどだ。左大臣も法師におなりになったけれど、それでは許されず、無理矢理、大宰《だざいの》権帥《ごんのそつ（ち）》（大宰府の府政を総管する職）に左遷なされて、筑前国へとご追放申し上げる次第となった。

その当時は、ただこの事件の顚末に関する話題で持ちきりであった。自分の身の上だけを誌すこの日記には、本来入れるべき事柄ではないけれど、なんと悲しい出来事よ、と思ったのも他ならぬ私だから、書き記し置くのである。

二十五六日のほどに、西《にし》の宮の左大臣《ひだりのおとど》、ながされたまふ。見たてまつらんとて、天《あめ》の下《した》ゆすりて、西《にし》の宮へ、人はしりまどふ。いといみじきことかなと聞くほどに、人にも見え給はで、逃げ出《い》でたまひにけり。「愛宕《あたご》になん」、「清水《きよみづ》に」などゆすりて、つひに尋《たづ》ね出《い》でて、ながしたてまつると聞くに、あいなしと思ふまでいみじうかなしく、心もとなき身《み》だに、かく思ひ知りたる人は、袖をぬらさぬといふたぐひなし。

あまたの御子《こ》どもも、あやしき国々《くにぐに》の空《そら》になりつつ行《ゆ》くへも知らず、散《ち》り散《ぢ》り別れたまふ。あるは御髪《ぐし》おろしなど、すべて、いへばおろかにいみじ。大臣《おとど》も法師になりたまひにけれど、しひて帥《そち》になしたてまつりて、追《お》ひ下《くだ》したてまつる。

そのころほひ、ただこの事《こと》にてすぎぬ。身《み》の上《うへ》をのみする日記には入《い》るまじきことなれども、かなしとおもひいりしも誰《たれ》ならねば、しるしおくなり。（『蜻蛉日記』中巻）

十世紀の前半に「男もすなる日記《にき》といふものを、女《をむな》もしてみむとてするなり」と紀貫之は書いた（『土佐日記』）。それから少し時代は下るが、『蜻蛉日記』を嚆矢《こうし》として、『和泉式部日記』『紫式部日記』『更級日記』など、女性の仮名日記が、文学史を飾ることになる。

男性貴族の漢文日記が具注暦《ぐちゅうれき》の余白に書かれるように、日々書かれるのが日記《ダイアリー》の本義である。藤原兼家《かねいえ》の父師輔《もろすけ》の『九条殿遺誡《ゆいかい》』によれば、朝粥の前に、昨日の出来事を記すのが慣わしだ。ところが菅原孝標女《たかすえのむすめ》の『更級日記』は、「日記」を名乗りながら、五十を過ぎた時点から、少女時代以来、現在までを回想して誌している(第Ⅰ章の10参照)。『蜻蛉日記』の作者、兼家の妻・道綱母《みちつなのはは》はどうだろうか。

『蜻蛉日記』には序文があり、事情がわかる。道綱母は「かくありし時過《ときす》ぎて、世中《よのなか》にいとものはかなく、とにもかくにもつかで、世に経《ふ》る人ありけり」と過去を振り返りながら日記を開始し、後掲するように「過ぎにし年月ごろのこともおぼつかなかりければ」とその内容を述べていた。やはり『蜻蛉日記』も、姪が書いた『更級日記』と同様に、回想録《メモワール》であった。「…世に経る人ありけり」という、三人称の「語られた自己」(鈴木登美の言葉を借りた)表象にも注意される。『更級日記』冒頭の「あづま路《ぢ》の道のはてよりも、なほ奥つかたに生《お》ひ出《い》でたる人」と共通する「人」称だが、『蜻蛉日記』のこの表現については、多くの注釈書が「物語」のような筆法だと指摘している。

「物語」は『蜻蛉日記』の尺度でもあった。序文は「世の中におほかる古物語《ふるものがたり》のはしなどを見《み》れば、世《よ》におほかるそらごとだにあり、人にもあらぬ身《み》の上《うへ》まで書き日記《にき》して、めづらしきさまにもありなん」と述べる。ただし難読箇所だ。「そらごと」＝作り事・フィクションであふれる昔物語と比べて――、我が「身の上まで」書いた日記なら、さらに珍重されるだろう、と肯定するのか。あるいは、よりひどくつまらぬものだと卑下するのか。「めづらしきさま」の語義をめぐって解釈の相反する部分だが、ともあれ彼女は、物語読者の視点から急転して、希有なる日記の「書き」手となった自分を語る。

そして彼女は、「天下の人の品《しな》たかきやと問《と》はんためしにもせよかし、とおぼゆるも、過ぎにし年月ごろのこともおぼつかなかりければ、さてもありぬべきことなんおほかりける」と読者の存在を意識しつつ、内容を謙遜して序文を閉じている。「天下の品高き」について、夫である兼家クラスの貴人を指すのか、いやそうした夫を持つ道綱母自身を指すのでは、など、解釈が分かれるところだが、ここでは措く。一連の序文理解の詳細は、今西祐一郎「『蜻蛉日記』序跋考」（『蜻蛉日記覚書』所収）などを参照されたい。注目すべきは、『源氏物語』に没頭して「后《きさき》のくらゐもなににかはせむ」とうそぶき（**第Ⅰ章の10**参照）、ついに物語作者ともなった『更級日記』の孝標女（**第Ⅲ章の7**）と逆転交差する〈作者の誕生〉がなされたことである。

こうした序文を承け『蜻蛉日記』上巻を綴った道綱母は、巻末にあらためて「思ふやうにもあらぬ身を」嘆き、「あるかなきかの心ちするかげろふの日記《にき》といふべし」とその命名の由来を述べている。

＊

国語学者・渡辺実の分析によれば、『蜻蛉日記』は「自分を中心として人物を見て、自分とのかかわりにおいて人物に意味を見出す態度」が強烈な「作品」であった。「作者の精神生活のなかに重いポストを占めていない人物は、客観的と言うに近いきまり切った指し方ですませ」るが、「作者の精神にとって常にその一挙一動が気になる人物に対して」は、「自分を中心として人物を見て、自分とのかかわりにおいて人物に意味を見出す態度」をとるという。兼家の正妻・時姫《ときひめ》（後述する）や彼の愛人の女性達については、それが徹底していた。たとえば、次のごとくである。

時姫→本つ人、年ごろのところ、子どもあまたありと聞く所、かよひ所、人にくしと思ふ人、
　　かのところ
町の小路→この時の所、かのめでたき所、めざましと思ひし所
近江→聞く所、にくしと思ふ所、憎所、例のところ、かの忌の所

渡辺によれば、これは「道綱母の精神生活に深くかかわる人々は、作中に独立した人物としては登場せず、道綱母の心に結ばれた映像として登場する、ということである」。彼女にとって重要な人物ほど、個人的な呼び方で押し通され、その結果「逆に、対象としては異なる人物が、時に区別しがたい言葉によって指される、という結果をも生む」。違う人物が、道綱母の視点から見えたまま描かれるため、時に区別しがたい、同じような呼称をされる、ということである。

かのところ（時姫）　例のところ（近江）　例のところ（道綱ノ懸想人）
ちひさき人（道綱）　ちひさき人（作者ガ養女ニ迎エタ少女）

渡辺は、こうした「まことに非客観的な表現」がなされる理由について、「言葉が直接に示すのは、道綱母の心に結ばれた映像であって、対象ではないためである」と説明し、「したがって、もし目下の道綱母の状況を理解するのに失敗すれば、指されてもいない人物を、指された人物と誤解する危険が常に存する」と指摘している。つまり『蜻蛉日記』は、きわめて大事な人物関係さえ、

はて誰のことかと、たやすく見失ってしまいかねない作品なのだ。渡辺は、こうした叙述を『蜻蛉日記』の根幹的方法として「当事者的表現」と名付け、「道綱母は、当時の出来事の渦中にいた当事者の位置で書くのである。作中世界を書く作者としての自分と、書かれる作中人物としての自分とが分離せず、と言うよりも、二つの自分があり得ることなど、思いもよらずに書くのであろう」という。

しかし、その結果『蜻蛉日記』は、驚くほどの「生々しい」表現力を持つことになった。すなわち「自分の喜怒哀楽の線にふれた出来事を、自分と同化したものでなければ解し得ぬような当事者的な筆で書くこと、言わば自分をむき出しにして書くこと」がなされ、「書かれた出来事が事実のありのままなのではなく、文章の書き方が、心のありのままであり過ぎる」ことが起こる。「語りたいことがあり余り、言葉がそれを制禦する力となり得ず、自己をむき出しにした書き方となった。それを、生々しい告白と言うのである」（以上、渡辺実『平安朝文章史』）。

*

続く『和泉式部日記』は、自分の人称を「女」と記す。あたかも、和泉式部という女主人公が、ヴァーチャルな物語世界に遊ぶかのようだ。実際、たとえば京都大学附属図書館所蔵の写本（応永本）には『和泉式部物語』というタイトルが付いている。「諸本の数だけで言えば、この作品は中世から近世にかけてはむしろ『和泉式部物語』として享受されることが圧倒的に多かったことになろう」（近藤みゆき、角川ソフィア文庫解説）とも評される。こうした書きぶりもあって、『和泉式部日記』

には、偽(他)作説が根強くある。一方、先行する『伊勢物語』は「男」と「女」が登場する、三人称の歌物語・逸話集だが、在原業平《ありわらのなりひら》が、記録者に近い韜晦《とうかい》・卑下する視点人物として活動する場面があり(**第I章の1、同8**参照)、こちらは逆に「在五中将の日記」(『狭衣物語』)と呼ばれることがあった。それぞれの文学史が交流するようで、面白い(荒木「〈国文学史〉の振幅と二つの戦後」、「〈私〉の物語と同時代性」参照)。

こうした特質の故か、『御堂関白記』など、男性日記の書き手のことを「記主《きしゅ》」というが、女性の日記については、通常「作者」と呼ぶ。その作者名も、女性の実名は伝えられないことが多い。『蜻蛉日記』の道綱母も、藤原兼家との間に道綱を産んだ女性、という意味だ。前述したように(**第I章の10**)、父は藤原倫寧《ともやす》で、姉妹には『更級日記』作者の母がいる。夫の兼家は道長の父だが、道長の母は、嫡妻(正室)で子宝に恵まれた時姫である。法律(『律令』)上、妻は一人。重婚は禁じられていたから、道綱母は妾《しょう》という位置づけだ(工藤重矩『平安朝の結婚制度と文学』など参照)。この関係性が『蜻蛉日記』に描かれた愛憎の基調となる。そして兼家・時姫夫妻の一家も、町の小路の女や、近江というライバル達も、「身の上」の視点から、「道綱母の心に結ばれた映像として登場する」(渡辺実前掲)。

しかし、そんな彼女も、この安和《あんな》の変だけは、「身の上」を逸脱した大事件でありながら、書かずにはいられなかった。『蜻蛉日記』中巻の初年である。安和二年(九六九)三月二十五日に、清和源氏の満仲《みつなか》等の密告によって、謀反摘発。翌日、源高明《たかあきら》も事件に巻き込まれ、この騒動となる。四月一日、右京四条の高明の邸宅西宮殿が焼亡。鴨長明の愛読する慶滋保胤《よししげのやすたね》『池亭記《ちていき》』は、西宮殿のその後の荒廃を西の京（右京）衰亡の象徴として描いている。師輔五女だった妻の愛宮《あいみや》は尼になり、一条北・大宮西の桃園《ももぞの》の高明別邸で物思いに沈む。『蜻蛉日記』によれば道綱母は、愛宮と悲嘆を共有し、歌の贈答を重ねた。

高明は、醍醐天皇の皇子で『西宮記《さいきゅうき》』という儀式書を著すなど、知性の人であった。『今昔物語集』他の原拠である散佚「宇治大納言物語」について、『宇治拾遺物語』序文はことさらに高明の名を挙げ、その孫、源隆国《たかくに》の手になると記している。この『宇治拾遺』という説話集の巻頭話は、道綱の息子道命《どうみょう》と、日記作者和泉式部との交際秘話であった（**第Ⅰ章の4**）。いくつかの偶合が、興味深く連なってくる。

＊

さらに『蜻蛉日記』中巻を読み進めると、作者は、夫・兼家の不実に悩み、姉妹にも告げず、独り石山詣を思い立つ。天禄元年（九七〇）のお盆過ぎ、七月の二十日頃のことだ。御堂で泣き暮らした夜も更けて、未明にふとまどろめば、石山寺の別当らしき人が、銚子《ちょうし》（酒を杯につぐ道具。長い柄《え》がついている）で右膝に水を注ぐ、と見た。仏の霊夢か。『石山寺縁起』にもこの逸話が採られているが、『石山寺縁起』では、その効験か、八月二日に兼家が訪れ、夫婦仲は丸く収まったと記している。

しかし『蜻蛉日記』では、少しニュアンスが異なる。夢の後、作者は、夜が明けてから御堂を下《お》り、琵琶湖を眺めつつ、涙に咽《むせ》んで舟に乗った。打出浜《うちでのはま》で迎えの車に乗り換えて、昼前の巳《み》の刻許りに、京に着く。彼女の出奔に世間は騒然としていたが、当人はどこか投げやりだ。以降も、そして八月二日に突如兼家が来訪しても、彼女の苦悩は消えない…。

ところで、道綱母が石山寺で見たこの夢は、不思議なお告げではあったが、当該箇所を読む限り、兼家をめぐる、彼女個人の問題であるように見える。しかし『蜻蛉日記』下巻に入ると、その背後には、もう少し奥深い意味が拡がり、つながってくる。天禄三年(九七二)二月条に、彼女は、衣の袖に「月と日とを受け」、「月をば足の下《した》に踏み、日をば胸にあてて抱《いだ》」く霊夢について誌しているが、それは、おととし石山寺に詣でたあの折に、ある法師と交わした約束に関係する、というのだ。「こころぼそかりし夜な夜な」、不安な思いで滞在した石山寺に、陀羅尼《だらに》を尊く読み、礼堂で拝む法師がいた。聞けば、前年から山籠もりする穀断《こくだ》ちの僧だという。そこで作者は「さらば祈りせよ」と頼んでおいた。すると、その法師から「いぬる五日の夜《よ》の夢に、御袖《そで》に月と日とを受《う》けたまひて、月をば足の下に踏み、日をば胸にあてて抱《いだ》きたまふとなん見てはべる。これ、夢解《と》きに問はせ給へ」と言ってきたのである。

なんとも大げさだし、ほんとかしらと疑わしく、馬鹿らしい気にもなって、人にも解かせずうっちゃっておいたのだが…。そんな「時しもあれ」、たまたま「夢合はする物」(夢解き)がやってきたので、彼女は「異人《ことひと》のうへにて問はすれば」——他人の見た夢のように装い、問うてみた。すると夢解きは「うべもなく「いかなる人の見たるぞ」とおどろきて」——一も二もなく、どんな方の見た夢かと驚き、「みかどをわがままに、おぼしきさまのまつりごとをせむものぞ」——帝も朝廷も意のままにあやつり、思い通りの政治を行うという意に他ならぬ、と解いたのであった。やっぱりね。これは夢合わせが間違っているのではなく、「言ひおこせたる僧の疑はしきなり」――あの法師が怪しいのよ。「あなかま」、他言無用と周りに命じて、この時は仕舞いとなった。

だが不思議が続く。ある侍女が「この殿の御門を四あしになす」という夢を見た。四本の柱が立つ四足門《しそくもん》とは、大臣クラスの邸宅を意味する。夢解きは語る、「かく申せばをとこぎみの大臣ちかくものしたまふを申すとぞおぼすらん」――こんな話をすると、夫君の兼家様（この時権大納言）が近く大臣におなりになるお告げか、とお考えになるかも知れませんが「さにはあらず」。ご子息道綱様の未来のご出世の夢ですよ（「きんだち御ゆくさきのことなり」）と夢合わせがあった。

そういえば自分も、一昨日、夢を見た。「右《みぎ》の方《かた》のあしのうらに「おとゝかと」（大臣門？）といふ文字《もじ》をふと書《か》きつくれば、おどろきてひき入《い》る（＝はっと足を引っ込めた）」という夢だ。これも夢解きに聞けば「このおなじことの見《み》ゆるなり」――同じ趣旨のお告げです、との答えであった。

道綱母は、一連の夢解きを記したあと、「これもをこなるべきことなれば、ものくるほしと思へど」――いずれも荒唐無稽のことなので、こうして書くのもおこがましいが、と断りながら、ぐっと矜持を込めて「さらぬ御族《ぞう》にはあらねば、わが一人《ひとり》もたる人、もしおぼえぬさいはひもや、とぞ心のうちに思《おも》ふ」と付記する。（夫は藤原北家嫡流で）大臣もありえない一族ではないのだから、私の一人息子だって、もしや予想外の僥倖が訪れるかもよ…。それが彼女の本音であった。

道綱は、二年前の天禄元年に十六歳で初冠し、従五位下に叙せられている。天下人だって夢ではない兼家との子をなした女として、『蜻蛉日記』における「身の上」の範囲と欲も、少しずつ拡大しつつあったようだ。もっとも兼家自身の出世の道は、兄兼通との関係もあって、この頃は必ずし

『石山寺縁起絵巻』(石山寺蔵)巻二第八段．道綱母が銚子で右膝に水を掛けられる夢の場面である．『絵巻』詞書は「七月十日余りの程にや」と書いている．『蜻蛉日記』にも「石山に十日ばかりと思ひ立つ」とあるが，この「十日」が出発の日か参籠の期間か，曖昧な表現となっている．『蜻蛉日記』によれば，石山寺参籠中の夜ふけに，明るく二十日の月が照る．そして日中を過ごし，御堂で祈り泣きあかした夜が明けた暁方に，この夢を見ている．お盆過ぎの出来事だ．

も順調ではなかった。それが大変動する契機は、兼通の死(九七七年)と、花山天皇の退位(九八六年)である。道綱も、父兼家の意を体して、花山天皇の退位をめぐる政治的陰謀の一翼を担うことになる(**本章の6**)。さて彼女の夢は、結局のところ、叶ったのかどうか。残念ながら『蜻蛉日記』は、天延二年(九七四)の十二月で記事を閉じる。

大夢として、似た話が伝わっている。応天門《おうてんもん》の変(八六六年)の首謀者という伴大納言《ばんだいなごん》善男《よしお》が、京都の西寺と東寺(あるいは奈良の西大寺と東大寺とも)を跨いだ夢と、高明妻の父でもあった九条殿藤原師輔が、内裏《だいり》を抱《いだ》いた夢だ。ただしいずれも、女の適当な夢解き発言があだとなって、幸福ではない結末がもたらされた。こちらにも、いろいろ興味深い含意がある。本書で別に取り上げよう(**第Ⅲ章の3**参照)。

4　初夏の出会いと新たな恋――誠心院(『和泉式部日記』)

夢よりもはかなく終わった、この世でのあの人との仲を嘆き、悲しみに沈んで日々を明かし暮らしているうちに、はや初夏の四月十日過ぎにもなったので、葉も茂り、木陰がだんだん深くなっていく。築地《ついじ》塀《べい》の土の上に生えた草が青々と目に映る季節になったのも、人はとりわけ目に留めることもないけれど、私独りしみじみと感慨にふけって眺めていると、近くの透垣《すいがき》(垣根)に人の気配がするので、誰かしらと思っていると、亡き宮様のもとに仕えていた小舎人童《こどねりわらわ》(雑用係の少年)なのであった。

ものの哀れを感じ、しみじみと考え事にふけっていた時分にやってきたので、「どうして長い間、顔を出さなかったの。あなたのことを、遠ざかっていく昔を偲《しの》ぶよすがのように思っているのに」など人を介して伝えると、「具体的な用事もないのに訪れるのは馴れ馴れしくぶしつけなのでは、と遠慮しておりますうちに、普段は山寺へ参詣に出かけたりなどしておりまして…、他にたよるよすがもなく、心にぽっかり穴が空いたようで寂しく、所在なく思われますので、故宮の代りにお姿を拝見しようと、弟様の帥《そち》の宮に参上し、お仕えしております」と語る。

「それはまあ結構なこと。あの宮様は、たいそう上品でよそよそしく、とっつきにくい方でいらっしゃるとの噂よ。きっと昔のようなわけにはいかないわ」などと言うと、「そうではいらっしゃいますが…、私にはとても親しく接してくださり、「(和泉式部のところには)いつもお邪魔してるのかい」

などとお聞きくださって…」

夢よりもはかなき世のなかを嘆きわびつつ明かし暮《くら》すほどに、四月十余日《よひ》にもなりぬれば、木のした暗《くら》がりもてゆく。築地《ついひぢ》のうへの草あをやかなるも、人はことに目もとどめぬを、あはれとながむるほどに、近き透垣《すいがい》のもとに人のけはひすれば、誰《たれ》ならんとおもふほどに、故宮《こみや》にさぶらひし小舎人童《ことねりわらは》なりけり。

あはれにもののおぼゆるほどに来たれば、「などか久しく見えざりつる。遠ざかる昔のなごりにもおもふを」など言はすれば、「そのこととさぶらはでは馴れなれしきさまにやとつつましう候《さぶら》ふうちに、日ごろは山寺にまかり歩《あり》きてなん、いとたよりなくつれづれに思ひたまうらるれば、御かはりにも見たてまつらんとてなん帥《そち》の宮《みや》に参りてさぶらふ」とかたる。「いとよきことにこそあなれ。その宮《みや》は、いとあてにけけしうおはしますなるは。昔《むかし》のやうにはえしもあらじ」など言《い》へば、「しかおはしませど、いとけ近《ぢか》くおはしまして「つねに参るや」と問《と》はせおはしまして…」(『和泉式部日記』冒頭)

和泉式部は、紫式部も一目置く文通相手であった。先に少し触れたが(第I章の4)、『紫式部日記』に「和泉式部といふ人こそ、おもしろう書きかはしける」とある。「されど和泉は、けしからぬかたこそあれ」――素行は感心しないが、気軽な手紙の走り書きにも「そのかたの才ある人、はかない言葉のにほひも見え」る文章の達人だと評価している。もちろん「歌はいとをかしきこと」

――歌人としても抜群で、文章の書きぶりと同様に「口にまかせたることどもに、かならずをかしき一ふしの、目にとまる詠みそへはべり」。ただし「口にいと歌の詠まるるなめりとぞ、見えたるすぢに侍るかし」。即興・天才型の歌詠みのようで、歌の知識や理論はさほどでもなく、「恥づかしげの歌よみや」とまでは言えない、と冷静な批評が続く。同じ『紫式部日記』が「清少納言こそ、したり顔にいみじう侍りける人。さばかりさかしだち、真名《まな》書きちらして侍るほども、よく見れば、まだいと足《た》らぬことおほかり」――清少納言なんて自慢げな顔して嫌な人。あんなに賢ぶって漢字・漢文を書き散らしているけれど、私の目でよく見ると、まだまだ不十分なところだらけよ、と浴びせた、全面否定に近い罵詈雑言とは対照的である。

ここに掲げた原文は『和泉式部日記』の冒頭で、長保五年（一〇〇三）のことだ。和泉式部の嘆きは、前年六月十三日に早逝した愛人の「故宮」、冷泉天皇第三皇子の為尊《ためたか》親王（九七七―一〇〇二）への追慕であった。その弟の第四皇子が、ここで噂される「宮」敦道《あつみち》親王（九八一―一〇〇七）である。親王が在京のまま任じられる大宰帥《だざいのそち》（大宰府の長官）となって「帥の宮」と呼ばれる敦道は、これから『和泉式部日記』の中心人物となる。

敦道は最初、清少納言が仕えた中宮定子の妹である藤原道隆三女を妻とした。だが彼女は、容貌も気だても未熟な人だったようだ。『大鏡』は、来客時に御簾を押しのけ、胸を露わにして立って、夫を当惑させた逸話を記している。『栄花物語』によれば、敦道も「わが御心ざしはゆめになし」と思っており、愛のない結婚だった。後に離婚。この頃は、小一条《こいちじょう》大将藤原済時《なりとき》の娘が北の方である。

しかし「二、三年ばかり」(『大鏡』)添うたこの妻も、敦道と不仲だったらしい(『和泉式部日記』)。宮は、この後「和泉守道貞が妻」、すなわち和泉式部との恋に「思《おぼ》し騒」ぐこととなる(『栄花物語』)。

敦道と和泉式部は、小舎人童を仲介として、歌集のように和歌で彩られた文《ふみ》を交わし、敦道は、亡き兄の寵愛を「うけとり思《おぼ》す」(『栄花物語』)かのごとく、恋に落ちていった。敦道が和泉の住まいを訪ね、時に外へと連れ出して、逢瀬を重ねる。ただ、宮の立場での訪問は制約が多く、和泉にまつわる男の影や噂も気になる。やがて、自邸に来いよ、と敦道が誘《いざな》う。年末の十二月十八日、和泉はついに敦道の屋敷に迎えられ、北の方と周囲の人々の気持ちをかき乱すこととなる。だが宮は、和泉は、あくまで召使いの女房だ。遠慮無く使ってくれと北の方に伝え、和泉もそのように働いた。つまりは、召人《めしうど》という身分の愛人、という位置づけだ。

しかし年を越した正月、里にいた北の方の姉「春宮の女御」――後に三条天皇皇后となる娍子《せいし》は、和泉式部の存在を見かねて妹の北の方に手紙を寄こし、実家の小一条殿(京都御苑の宗像神社あたり)に帰ってらっしゃい、と促した。北の方も決意し、慌ただしく宮の邸宅を退出しようとするところで、『和泉式部日記』は唐突に終わる。北の方は「宮、和泉式部に思《おぼ》しうつりにしかば、本意《ほい》なくて」(『大鏡』)、「居わづらひ」(『栄花物語』)、小一条に戻ったが、その後、零落したという。事情は『大鏡』に詳しい。

ところで、季節感に富む『和泉式部日記』だが、年中行事のような儀礼には不思議と触れない。ほぼ唯一の例外は、最終局面直前の「正月一日」、敦道の父、冷泉院への拝礼を描く場面だ。多くの貴族達の中に「宮もおはしますを」、彼が群を抜いて「いと若ううつくしげにて」、衆目を集めた時のことだ。女房の一人として、敦道を遠望する和泉式部は、「これにつけても、我が身はづかしうおぼゆ」。彼女の思い描く「世のなか」は、心の中で、現実の距離と人混みをかき分け、誇らしげに、しかしあくまで密やかに、思い人との二人の世界に光を当て、スポットライトのように照射する。彼女が書かずにはいられなかった、愛する人との燦めく想い出だが、年中行事の晴れがましさは、最愛の召人であった彼女に、いつもこんな屈折を強いたのだ。彼女が、こうしたイベントを省筆した理由も、納得できる気がする。

『和泉式部日記』冒頭のすぐ後に、賀茂祭(葵祭)があった。この年は四月十四日開催のはずだが、『和泉式部日記』は何も記さない。だがその翌々年の寛弘二年(一〇〇五)の賀茂祭では、敦道が「御車の後《しり》には、和泉を乗せさせたまへり」と、二人は同乗している(『栄花物語』)。それがまた…。『大鏡』は、その「祭のかへさ」(翌日の斎王還御)の様子をセンセーショナルに描いている。宮は、牛車の前簾を、真ん中で縦に切り、自分の方は高く掲げ、和泉の方は下ろしたままで出衣《いだしぎぬ》を長く垂らし、紅の袴に、幅広の赤い色紙の物忌札を付けて、地面すれすれに届くほどまで下げた、という。度肝を抜くエロティカだ。祭の「物見よりは、それをこそ人見るめりしか」(『大鏡』)と話題になった。

休圓(1641-1717)画『和泉式部図』(誠心院蔵)．この絵の画意は不明である．なお和泉式部は，橘道貞との間に小式部をなした．小式部は，母が藤原保昌と再婚して丹後へ赴くことをからかわれ，『百人一首』「大江山」の名歌を詠む．小式部もまた20代で早世．母は悲痛な哀傷歌を残した．この画像は誠心院のHPで閲覧できる．

しかし無常は迅速だ。二年後、敦道も享年二十七で没する。わずか五年の交際だった。

一方、和泉式部の人生と伝説は、むしろこれからが本番だ(前ページの図解説や**第1章の4**など参照)。京都市中京区の誠心院には、謡曲『誓願寺』が和泉式部の墓かと伝える、宝篋印塔《ほうきょういんとう》(正和二年[一三一三])がある。

5　文の途絶えと終に行く道――業平終焉の地(『大和物語』)

水の尾の帝・清和天皇の御代に、左大弁の娘が弁《べん》の御息所《みやすんどころ》という呼び名で後宮にいらっしゃったが、帝がご出家なさったあとは独り身でいらっしゃったのを、在中将・在原業平が密かに通っていた。中将はたいそう重い病気を患っていたが、本妻たちもおり、こちらは人目を忍ぶ情事なので、御息所は直接訪問してお見舞なさるということもできず、こっそりこっそり手紙を送っては、安否を問うことを日ごとに行っていた。ところが、便りを送らぬ日があった。彼の病もいっそう重篤になり、ついに最後のその日となってしまったのである。中将のもとから、

　つれづれといとど心のわびしきに　今日《けふ》はとはずてくらしてむとや

(一人所在なく寂しく過ごして、ますます心がつらく悲しいのに、今日、あなたは、文の訪れもなく、日を暮らし過ごしてしまおうというのですか。)

という和歌を寄こした。

まあ、すっかり弱くなってしまったのね、と女もたいそう泣き騒いで、お返事などもしようとしているうちに…、「死んでしまった」と聞いて、もう本当につらく悲しく、やりきれない。

まさに今こそ死に行く間際、という末期となって詠んだ和歌は、

　つひにゆくみちとはかねて聞きしかど昨日今日とは思はざりしを

（最後には誰でも行く道だ、とはかねてより聞いていたが、まさかそれが、昨日今日のことだとは、うかつにも思っていなかったことよ。）

という辞世を詠じて、ついに息絶えてしまった、ということである。

水の尾の帝《みかど》の御時、左大弁《さだいべん》のむすめ、弁《べん》の御息所《みやすんどころ》とていますかりけるを、帝御ぐしおろしたまうて後《のち》にひとりいますかりけるを、在《ざい》中将しのびてかよひけり。中将、病《やまひ》いと重《おも》くしてわづらひけるを、もとの妻《め》どももあり、これはいとしのびてあることなれば、え行きも訪《とぶら》ひ給はず、しのびしのびになむとぶらひけること日々《ひび》にありけり。さるに、とはぬ日なむありける。病もいと重《おも》りて、その日になりにけり。中将のもとより、

つれづれといとど心のわびしきに今日《けふ》はとはずて暮《くら》してむとや

とておこせたり。弱くなりにたり、とて、いといたく泣きさわぎて、かへりごとなどもせむとする程に、「死にけり」と聞きて、いといみじかりけり。死なむとすること今々《いまいま》となりてよみたりける、

つひにゆくみちとはかねて聞きしかど昨日今日とは思はざりしを

とよみてなむ絶《た》えはてにける。（『大和物語』第一六五段）

キーワードは「しのぶ」である。秘められた恋、逢えない苦しみ。ただし「忍」の一字ではない。『万葉集』では別の語だった「偲《しの》ふ」も、この時代には「しのぶ」と同語に合流ずみだ。この歌物

語にも、偲ぶ恋慕が深く拡がっている。

もはや男は病んで動けず、「しのびて」女を訪ねることもできない。「しのびしのび」の切ない、愛の文字の交流だけが、二人をつなぐ、唯一の手立てとなった。それが、ふと途絶えた「その日」。男から悲痛な贈歌が届き、死という究極の沈黙で、すべてが終わった…。女は、泣くことしかできない。「つれづれと」「心わびしく」日を「暮らし」とあるこの歌は、まるで『徒然草』の始まりのようだが、兼好のような、内面に向かう孤独ではない。弱りゆく意識の中で、手紙の来ない愛人に、せめて一言をと、切々と淋しさを訴えすがる。はかない甘えの叫びであった。

『伊勢物語』(定家本)最終の第一二五段も、同じ男の死の場面を描くが、文脈は大きく異なっている。『伊勢物語』は「昔、男、わづらひて、心地《ここち》死ぬべくおぼえければ」と男の視点で危篤の苦しみを簡潔に叙し、「つひにゆく」の辞世歌のみを記して閉じる。女は登場せず、「つれづれと」の和歌もない。代わりに『伊勢物語』は、その前の一二四段に「昔、男、いかなりける事を思ひける折《をり》にかよめる」として「思ふことといはでぞただにやみぬべき　我と等しき人《ひと》しなければ」の独詠歌を置いた。私の思いは、きっとこのまま伝えずにおこう。私と同じ心の人などいないのだからと、こちらはまるで、近代人のような孤高を歌う。『伊勢物語』は、男の死の寂寥《せきりょう》について、弁の御息所はもとより、本妻の存在や関わりにさえ言及しない。

『大和物語』は、この前後に、一連の『伊勢物語』関係章段を採録し、続く一六六段の末尾に「これらは物語にて世にあることどもなり」と、『伊勢物語』の流布と同話の重なりに言及する。だが両書は、作品の方法が違う。『伊勢物語』は、「初冠《うひかうぶり》」から死の暗示まで、恋する「昔男」の一

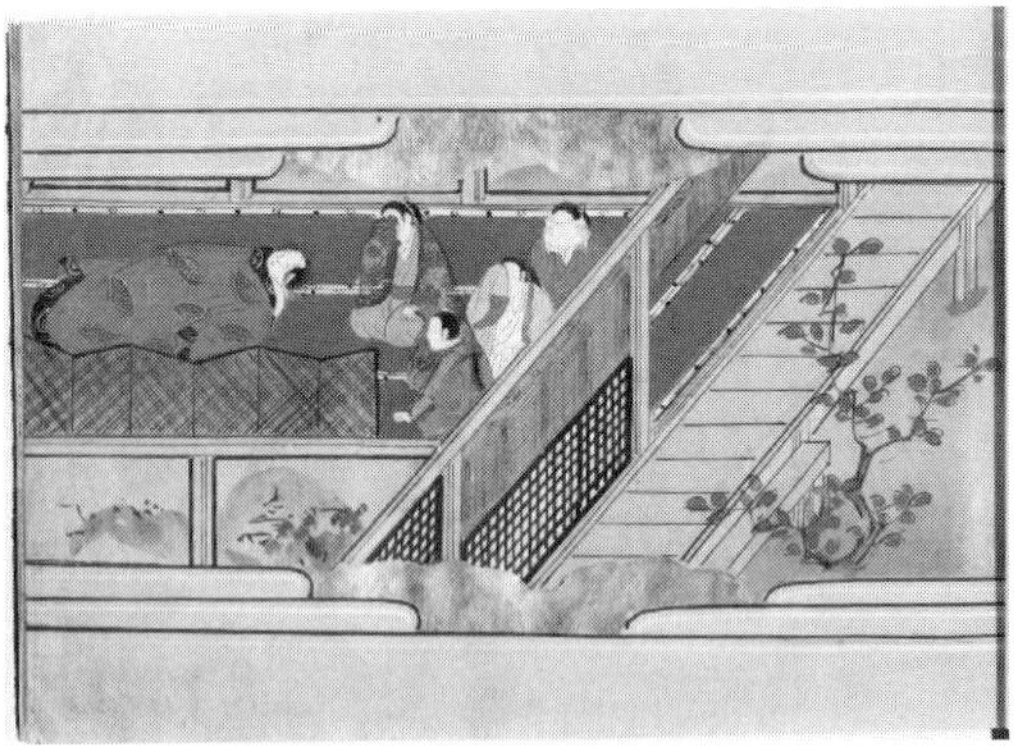

『奈良絵本　大和物語』(龍谷大学大宮図書館蔵). 16図の絵を有する江戸時代の写本.『浦島太郎』や『酒呑童子』など, 御伽草子と呼ばれる中世小説は, 極彩色の絵を伴って読まれ, 奈良絵本と称された. 奈良絵本の素材は広く『源氏物語』や『伊勢物語』など, 平安時代の物語にも及ぶ. この絵は, 在原業平の臨終を描く本段の挿絵である. 龍谷大学図書館「貴重資料データベース」HP で閲覧できる.

代記、という体裁をとる。しかし『大和物語』の方は、蘆刈《あしかり》や姥捨山《おばすてやま》の古伝説なども交えつつ、古今、様々な人々をめぐる歌語りを記す、説話・物語集の一面がある。本段も「在中将」と実在の人物を特定し、語り手は、女に寄り添いながら、業平末期の苦しみを、いくぶん客観視して捉えていた。

　水の尾の御時とは、清和天皇の時代のことだ。本書で先に記したように、清和は、生まれた年(八五〇)の十一月に、三人の兄を超えて皇太子となり、天安二年(八五八)に、数え九歳で即位した。踏み越えられた異母長兄が惟喬《これたか》親王で、業平とは深いゆかりがあった(第I章の1参照)。その翌年(八五九)四月に、貞観と改元し、円仁から菩薩戒も受けた清和は、その後、一時代を築いて、貞観十八年(八七六)十一月二十九日に、陽成に譲位した。元慶三年(八七九)五月八日に出家して、法号を素真《そしん》と名乗る。清和は、嵯峨の水尾《みずのお》を好み、仏堂を造り終焉の地と定めて、翌四年十二月に崩御。遺骸も水尾山上に安置された。その名を水尾山陵《みずのおやまのみささぎ》という。

同じ元慶四年に、従四位上で右近衛権中将だった在原業平は、数え五十六で「卒」する。彼はそのころ、どこに住んでいたのだろうか。鴨長明は、業平邸旧跡を伝承するが（本書第Ⅰ章の10）、その他にも、大原野の十輪寺《じゅうりんじ》など、業平由来の名所は、多く伝えられている。業平が最後の愛を捧げた御息所についても、残念ながら不明である。清和天皇時代に左大弁となった人としては、藤原氏《うじ》宗《むね》（―貞観三年）、藤原良縄《よしただ》（―同五年）、南淵年名《みなぶちのとしな》（―同九年）、大江音人《おとんど》（―同十六年）、藤原家宗《いえむね》（―同十九年）などが知られているが、これらの誰の娘かもわからない。江戸時代の『大和物語鈔』という注釈書は、この左大弁について、『伊勢物語』一〇一段に業平兄の行平とともに登場する、左中弁藤原良近《まさちか》のことだと解した。そして斎宮に卜定《ぼくじょう》（斎宮を定める占い）された清和皇女識子《しきし》内親王の母が、御息所に当たる、と述べているが、良近は、大弁になっていない。

六国史の掉尾『日本三代実録』は、業平の没年月日に伝記を掲げ、彼は美しい容姿で、自由気ままに行動し、漢詩文の学識は乏しいが、和歌は上手かった（「業平体貌閑麗、放縦不レ拘、略無二才学一、善作二倭歌一」）とシビアで端的に評している。「ほぼ才学無し」という記述には、『三代実録』編者の一人、大学者菅原道真の視線がほの見えるようで（私の空想だが）、興味深い。ちなみに、本書のこの文章の礎稿が、最初に『京都新聞』に載ったのは、コロナ禍で休載となる直前の二〇二〇年五月二十八日のことだ。新旧暦は異なるが、五月二十八日こそ、本段の「その日」。業平の命日であった。

6　晩夏の陰謀と天皇――花山寺（『大鏡』）

寛和二年（九八六――この年の干支は丙戌《ひのえいぬ》にあたる）六月二十二日の夜、思いも掛けず驚きましたことは、帝が、誰にもお知らせにならずに、ひそかに花山寺にいらっしゃって、出家入道なさったことですよ。御年十九歳。ご在位は、二年。退位後は、二十二年間、ご存命でいらっしゃいました。痛ましく哀しいことは、ご退位なさった夜は、内裏清涼殿《せいりょうでん》の藤壺の上局《うえつぼね》というお部屋の小さい扉から外へお出になったようなのですが、有明の月がたいそうあかあかと照っていたので、「すっかりあらわで丸見えだな。どうすればよいだろう」と帝がおっしゃったところ、「だからといって、お取りやめになるようなことはできませんよ。すでに三種の神器のうちの神璽《しんじ》と宝剣が、東宮の方にお移りなさってしまった今となっては」と、粟田殿《あわたどの》藤原道兼様が、急《せ》き立て申し上げなさったというのです。

それには理由があって、まだ帝が内裏をお出ましになられるより先に、道兼様は自分で手ずから神器を取って、東宮（一条天皇）の御方にお渡し申し上げなさっていたのです。だから、帝が、いまさら内裏へご帰還して中へお入りなさるなどということは、絶対あってはならないとお考えになり、あのように申し上げなさったとのことでした。

寛和二年丙戌《ひのえいぬ》六月二十二日の夜、あさましくさぶらひしことは、人にもしらせさせ給はで、みそかに花山寺におはしまして、御出家入道せさせたまへりしこそ。御年十九。よをたもたせ給ふ事、二年。そののち二十二年おはしましき。

あはれなることは、おりおはしましける夜《よ》は、藤壺《ふぢつぼ》の上《うへ》の御つぼねの小戸《こど》よりいでさせたまひけるに、ありあけの月のいみじくあかかりければ、「顕証《けんしょう》にこそありけれ。いかがすべからん」とおほせられけるを、「さりとて、とまらせたまふべきやう侍らず。神璽・宝剣わたり給ひぬるには」と、あはたどののさわがし申し給ひけるは、まだ御《み》かどいでさせおはしまさざりけるさきに、てづからとりて、春宮の御かたにわたしたてまつり給ひてければ、かへりいらせ給はんことはあるまじくおぼして、しか申させたまひけるとぞ。(『大鏡』「六十五代　花山院」)

花山天皇(九六八―一〇〇八)は、永観二年(九八四)、数えで十七歳での即位だから、この退位の時も、まだ十代の若者であった。一つ下の愛妃・弘徽殿《こきでん》の女御藤原忯子《しし》が、御子を宿したまま、前年の寛和元年七月十八日に薨去したのが、運の尽きだった。世の人々は嘆きに沈み、年が明けても、もののさとし(神仏の警告)かと思われる異変が続く。帝は、女御とのはかない縁《えにし》を思い、懐妊のまま亡くなった彼女の「罪」の重さを憂えて、仏道への思いを深めていく。比叡山の良源の弟子であった花山の厳久《ごんく》阿闍梨《あじゃり》を内裏に召して、説経を聴き、「妻子珍宝及王位、臨命終時不随者」(妻も子も宝も王位も、臨終の時にはあの世に連れては行けないものだ)という句を口ずさむ。それが帝の日常だったと『栄花物語』は記している。

六月二十二日から翌日へと移る深更、突如帝は、内裏の清涼殿夜御殿《よるのおとど》(帝の寝所)の北に位置する藤壺の上局から脱出した。それがこの場面である。出家が目的であった。

この後、皓々と照る月影を「まばゆく」思って困惑する帝だったが、折しも「月のかほにむら雲のかかりて、すこし暗がりゆきければ、「我が出家《すけ》は成就するなりけり」と仰せられて(=「おぼされて」とする本文もある)歩みいでさせたまふ」と『大鏡』は語る。しかし帝は、ここでふと、破り捨てずに残して「御身も放《はな》たず御覧じける」、亡き女御の手紙を思い出す。「ちょっと待て」と、取りに戻られた時、この話のキーパーソンである道兼が「いかにかくは思し召《おぼめ》しならせおはしましぬるぞ。ただ今《いま》過ぎば、おのづから障《さは》りも出でまうできなむ」――どうしてそんなことをお考えになったのです？　いまを逃すと、きっと何かしらの差し障りが生じますよと、「そらなき」(嘘泣き)をした、という(この『大鏡』引用は、新編日本古典文学全集による)。

『古事談《こじだん》』によれば、帝は、内裏中央最北の貞観殿《じょうがんでん》の「高妻戸《たかつまど》(両開きの扉)より躍《をど》り下《お》り」、北の陣・朔平門《さくへいもん》を出て土御門大路を東へ向かった(巻一―二〇、原文は漢文を基調とし、仮名書きが交じる。以下同)。花山院が、土御門町口(土御門大路と町尻小路[現在の新町通]との交差点)の安倍晴明邸の前を通ると、晴明はすでに退位の天変を見抜いており、手を叩き、声を上げたと『大鏡』は描いている。晴明らしい予知能力で、劇的だが、その声は、帝の耳に届いたのかどうか。

ともあれ目指すは山科である。僧正遍昭《へんじょう》(八一六―八九〇)開基の花山寺(元慶寺《がんぎょうじ》)だ。遍昭は、六歌仙の一人で『百人一首』の「天つ風」の和歌でも著名だが、桓武天皇の皇孫で仁明天皇に仕え、その崩御により出家した天台宗の高僧であった。花山僧正の異名がある。

ちなみに『大鏡』は、百九十歳の大宅世継《おおやけのよつぎ》が、雲林院《うりんいん》の菩提講《ぼだいこう》という法会《ほうえ》で再会した百八十歳の夏山繁樹《なつやまのしげき》らに歴史語りをする設定の物語である（詳細は**本章の8**参照）。現在の京都市北区紫野に所在する雲林院も「遍昭僧正建立」（『諸寺略記』）の寺であった。仁明天皇皇子の常康親王の旧居で、貞観十一年（八六九）二月十六日に、遍昭に譲られた（出家していた常康は、同年五月十四日に薨去）。遍昭は、親王の遺志を継いで、この雲林院を元慶寺の別院となし、天台の道場としている（『日本三代実録』元慶八年九月十日条に載る「権僧正法印大和尚位遍照」自身の「奏言」）。『大鏡』と花山天皇の出家を、遍昭が、浅からぬ因縁でつないでいた。

この出家は、藤原兼家《かねいえ》の子「道兼之謀」だと『百練抄《ひゃくれんしょう》』は明記している。『古事談』によれば、道兼は帝の悲しみにつけ込み、先にも引いた「妻子珍宝及王位、臨命終時不随者」など「世間無常の法文」を書いてお見せし、お供します。「もろともに」出家しましょう、とそそのかしていたらしい。厳久も花山寺に随行し、院の剃髪を行った。

ところが道兼は、帝の出家を見届けると、態度を一転。父の兼家に「かはらぬすがた今一度見」せてから戻ってきますと言って「逐電《ちくてん》」し、姿をくらましてしまった。花山院は、ここでようやく、たくらみに気付き、「其の時に、「我をはかるなりけり」とて涕泣し給ふ」（『古事談』同前。ただし院の言葉は仮名書き）。いかにも迂闊であったが、院の怨み言は『大鏡』でも全く同じ文言となっている。それは、真実の呻きであった。跡を追い、朝方駆けつけた権中納言義懐《よしちか》、権右中弁惟成《これしげ》らの忠臣は、ともに出家している。

「粟田殿は、五ヶ月の内に、五位の少弁より正三位中納言に至る」と『古事談』は記し、道兼の異常な出世ぶりを揶揄した。ただし、神器の移動まで道兼が行った、と解説するのは『大鏡』の勇み足だろう。確かに『日本紀略《にほんきりゃく》』は、花山天皇の出家に際し、「于時……藤原道兼奉従之、先于天皇、密奉剣璽於東宮、出宮内云々（時に……藤原道兼これに従ひ奉る。天皇に先んじて、密かに剣璽を東宮に奉り、宮内を出づ、と云々）」と曖昧な記述になっているが、他の史書によれば、神璽《しんじ》・宝剣を東宮のもとへと運んだのは、兼家と『蜻蛉日記』作者の子、道綱だと明記されている（『扶桑略記』『帝王編年記』『百練抄』『一代要記』など）。この人間関係は、道綱母の夢を思い起こさせるが（本章の3）、『愚管抄』では、「璽剣」（神璽・宝剣）「両種」の移動は、兼家長男の道隆と、その弟の道綱の二人が行ったと伝えられている。

『古事談』は「花山院御出家の時、天下騒動す。人有りて大入道殿に申すに」、兼家は「けしうはあらじ、よく求めよ」というばかりで「騒がしめ給はず」という説話も記していた。大入道殿とあるが、兼家はこの時、右大臣の現役であった。帝の出奔という異常事態を、なぜか冷静に受け止めたらしい。その一方で、異説を含みつつ、道隆・道兼・道綱という息子たちが、花山を誘導し、三種の神器の剣璽（神璽・宝剣）を新帝（兼家の孫で東宮だった一条天皇）に渡すことに奔走していた。兼家は、それを確認して参内し（『愚管抄』）、内裏を固め、諸門を閉じている（『日本紀略』『扶桑略記』『愚管抄』）。そして息子の道長（兵衛佐）を頼忠（関白太政大臣）のもとへ遣わして、「カカル大事イデキヌ」と報告させていた（『愚管抄』）。事件直後の六月二十三日、一条は七歳で践祚《せんそ》。頼忠は関白ではなくなり、藤原氏の長者を止められる。そして翌二十四日、「此右大臣ハ外祖ナレバ」との理由で、兼家が摂政になった。「頼忠ハ思ヒヨラヌコトニテ、ヒシト世ハオチヰ（＝落居。落着すること）ニケリ」（同上）。頼忠も与り知らぬクーデターを経て、世は一条の祖父、兼家の天下となる。

『大鏡』も、道兼の面従腹背の「おそろしさ」を嘆じつつ、我が子の連鎖出家を危惧した兼家が「いみじき源氏の武者達」を随行させて守護したと語っている。こうした用意周到こそ、陰謀の傍証だ。花山出家の首謀者が兼家であった、というのは、当時の公然の秘密である。厳久もその後、兼家の信認を得た。因果の伏線は、全て回収されることとなったのである。

兼家は、ひどく不仲だった兄兼通が死に（九七七年）、円融天皇女御の次女詮子《せんし》が御子を産んで（九八〇年）、ようやく運命の潮目が変わった。数え七歳のその御子が、この事件後に即位した、一条天皇その人である。だから逆に、花山天皇をめぐる悪評――例えば即位の日、馬内侍という高御座

月岡芳年『つきの百姿　花山寺の月』（国立国会図書館蔵）．『月百姿』は，幕末から明治を生きた奇才の絵師月岡芳年が，その晩年に，月にまつわるさまざまな古典的題材を 100 点選んで描いた名作だ．下弦であるはずの二十日余りの月が，この絵では満月として形象され，花山院を照らし出す．画像は，国立国会図書館デジタルコレクション HP から閲覧可．

の帳をかかげる役目の命婦を「高御座の内に引き入れしめ給ひて、忽ち以て配偶す」(『古事談』)などという危うい奇行伝承も、政治状況が招いた風評被害として、割り引いて考えたいところだ。

じじつ花山院は、出家後、仏道修行に励んだ。逸話も多く残っている。観音が三十三身に変化するという仏説を数の根拠とする霊場、西国三十三所を中興したという伝説は、まさにその象徴的逸話である。

＊

――と、きれいに終えたいところだが、花山院には、その後もう一つ、大事な史実が残る。出家の身でありながら、二十代の後半に、故太政大臣藤原為光の四女、儼子《げんし》との交際が始まったことが発端だ。その頃、清少納言が仕えた中宮定子の同母兄・伊周《これちか》(母は高階貴子、父は道長の兄道隆)も、為光の三女に通っていた。伊周は、花山院の出入りを知り、院は、自分の愛人である三女に通っているのではないかと疑い(「よも四君にはあらじ、この三君のことならむと推し量りおぼいて」)、同母弟の隆家に相談した。隆家は「いで、ただおのれにあづけ給へれ。いと安きこと」と請け負い、花山院が帰るところを襲って、弓矢を放ち、御衣の袖を射通した、という(『栄花物語』巻四「みはてぬゆめ」)。

長徳二年(九九六)正月十六日のことというが、こんな風に男女問題を絡めた奉射を描くのは『栄花物語』だけで、事実関係については議論がある。藤原実資《さねすけ》『小右記《しょうゆうき》』逸文《いつぶん》では、「右府消息云」として、隆家と「花山法王」が為光邸で遭遇し、「闘乱事」が有って「御童子二人」が殺害され、隆家たちは首を取って持ち去ったと、より残酷な事実だけを伝える。この『小右記』逸文で注目すべきは、事情を実資に伝えた「右府」の存在だ。これは時の右大臣・藤原道長である。前年の長徳元年四月に、兄の中関白《なかのかんぱく》道隆が亡くなり、後を継いだ道兼も「七日関白」(『二中歴』『公卿補任』)で五月に世を去った。道長は、五月に内覧の宣旨を受けて甥の伊周を超え、六月には右大臣で氏長者となり、文字通り藤原氏のトップに立った。姉で一条天皇の国母・東三条院詮子が、子の一条に対し、強力な推奨を行って実現した出世だという(『大鏡』)。

さて矢を射かけられ、命の危険にさらされた花山院だが、そもそも不名誉な出来事だから(「事ざまのもとよりよからぬことの起こりなれば」)「恥しう思されて」、内密に、と隠していたが(「後代の恥なりと忍ばせ給ひけれど」以上『栄花物語』)、事件はやがて、一条天皇にも伝わり、余罪もいくつか提出されて、伊周・隆家が左遷される長徳の変へと展開する。混乱の中の五月一日、懐妊していた定子は、髪を切って出家した。中関白家の凋落で、彼らの母高階貴子も、同年十月下旬に没した。こうした事件肥大化の背景に、兼家の子、道長の暗躍が想定される。そして花山院の業の深さよ。

なにしろ法体の花山院が愛した儼子は、かつて出家の原因となった忯子の妹、という曰く付きの人だ。兄は『枕草子』「頭中将すずろなるそら言を聞きて」の藤原斉信《ただのぶ》である。この後、儼子は、道長女の妍子《けんし》に仕える。妍子は、花山の出家で即位した一条帝の年上の東宮となった居貞親王《おきさだ》(後の三条天皇)の妃となる。儼子も官女となり、長和四年(一〇一五)九月には正五位下に叙されるが、その一方で彼女は、藤原道長の妾《しょう》妻となっていた(『尊卑分脈《そんぴぶんみゃく》』)。しかし、翌長和五年正月二十一日に「春宮大夫斉信卿妹亡、懐妊未産」(『小右記』)とあり、道長の子を宿して死んだ。

7　紅葉の舞と青海波——朱雀院跡(『源氏物語』)

中将の光源氏は、青海波《せいがいは》という曲を舞いなさった。二人舞のお相手は、左大臣の嫡男、頭中将《とうのちゅうじょう》である。容姿も態度物腰も、人とは異なって優れているのだが、光源氏と立ち並ぶと、やはり桜花の傍らに立つ奥深い山の木、といった趣きだ。暮れ方の陽光があかあかとさす中で、音楽はより高らかに響き、演舞たけなわの頃合いに、そろって舞う光源氏の足踏みと面持ちは、この世のものとも思えぬ様子である。楽が静まり、漢詩を吟じなさる詠の声など、これこそ仏陀の国の迦陵頻伽《かりょうびんが》という鳥の鳴き声かと、聞きなすほどのすばらしさだ。

趣向を凝らした、感動的な素晴らしい舞いぶりに、帝は感涙を拭いなさり、公卿《くぎょう》たちや親王たちもみな、お泣きになった。詠が終わり、袖をお直しなさると、それを待ち取って奏でられる楽の華やかな盛大さに、源氏はお顔の色がよりいっそう優《まさ》って映《は》え、いつもよりもまして光り輝く美しさ、とお見えなさる。

光源氏の兄である春宮《とうぐう》の母の弘徽殿《こきでん》の女御《にょうご》は、光源氏がこのように見事で嘆賞すべき様子であることにさえ嫉妬して、穏やかならずお思いになり、「神様などが空の上から愛《め》でてさらってしまいそうな美しいご容貌だこと。なんともまあ気味悪く、ぞっとするわね」とおっしゃるのを、若い女房などは、ひどいことをおっしゃる、と聞きとがめるのだった。藤壺は、「もし(あの方に)身の程知らずの畏れ多い心がなければ、よりいっそう素晴らしくお見えでしょうに…」とお考えになるにつけても、まるで夢のような気持ちにおなりになるのであった。

源氏の中将は青海波《せいがいは》をぞ舞《ま》ひたまひける。片手《かたて》には大殿《おほいとの》の頭《とう》の中将、かたち用意《ようい》人にはことなるを、立《た》ち並《なら》びては、なほ花のかたはらの深山木《みやまぎ》なり。入《いり》がたの日影《ひかげ》さやかにさしたるに、楽《がく》の声《こゑ》まさり、もののおもしろきほどに、同じ舞《まひ》の足踏《あしぶ》み、面持《おももち》、世に見えぬさまなり。詠《えい》などし給へるは、これや仏《ほとけ》の御迦陵頻伽《かりようびんが》の声ならむと聞《き》こゆ。おもしろくあはれなるに、みかど涙をのごひ給ひ、上達部《かむだちめ》、親王《みこ》たちもみな泣きたまひぬ。詠《えい》果《は》てて袖うちなほしたまへるに、待ちとりたる楽《がく》のにぎはしきに、顔の色あひまさりて、常《つね》よりも光ると見え給ふ。

春宮《とうぐう》の女御、かくめでたきにつけてもただならずおぼして、「神など空《そら》にめでつべきかたちかな。うたてゆゆし」とのたまふを、若き女房などは、心うしと耳とどめけり。藤壺は、おほけなき心のなからましかば、ましてめでたく見えましとおぼすに、夢の心《ここ》ちなむし給ひける。（『源氏物語』紅葉賀《もみぢのが》巻）

桐壺帝は、上皇御所である朱雀院に行幸して、一院《いちのいん》の算賀を行うこととなった。この創作には、准拠となる史実がある、延喜十六年(九一六)三月七日、父宇多院の数え五十の祝いに、醍醐天皇が朱雀院に行幸したことである。桐壺には醍醐、一院には宇多を投影する、というのが古来の説である。

しかし紅葉賀巻では「朱雀院の行幸は神無月《かんなづき》の十日あまりなり」と開巻し、初冬に設定を変えて、紅葉の錦《にしき》の中にそれを置いた。「准拠」とは中世の『源氏物語』理解のキーワードであるが、単なるモデルやなぞりではない。紫式部は物語叙述において、記録などに残された歴史的事実を踏まえて独自のフィクショナルな世界とエピソードを設定するのが得意だった。そういえば歌舞伎にも「世界」と「趣向」という、史実とフィクションの向き合い方がある（荒木「序〈キャラクター〉と〈世界〉の大衆文化史」参照）。

『源氏物語』は、これより以前の若紫巻や末摘花巻にも、この行幸の舞楽の準備を記していた。結果として紅葉賀巻は、『源氏物語』の中で「舞楽としては最も力をこめて描」く巻となった（山田孝雄『源氏物語の音楽』）。

「青海波」の舞人《まいびと》は、桐壺帝次男の光源氏と、彼の正妻・葵の上の兄弟（どちらが先に誕生したかは物語中では不明）であった頭中将である。二人は美しき好敵手《ライバル》だった。豪華な競演が見られないのは口惜しい、と後宮《こうきゅう》の女性たちは嘆く。たしかに藤壺が観ないのは残念だ。そう帝も考えて、藤壺も、後宮の女性たちも、みんなが観覧できるようにと、帝は、内裏の清涼殿東庭での試楽《リハーサル》を命じた。

その時、藤壺は、身ごもっていた。帝の子ではない。恐ろしいことに、若紫巻の一夜で密かに宿した、光源氏の子供なのだ（**第I章の2**）。なぜ父親がわかったか。密通のあと、光源氏は「おどろおどろしうさま異《こと》なる夢を見」る。夢解きを呼んで夢合わせをすると、「およびなうおぼしもかけぬ筋《すぢ》のことを合はせ」、「その中に違《たが》ひめありて、つつしませ給ふべきことなむ侍る」と告げられた

（若紫巻）。この夢は、想像もつかない方面の大事なさとしだが、運勢の途中につまずきがあって、謹慎すべきことが起きる、との夢解釈がなされたのである。

やっかいなことだ。それを察した光源氏は、いや、人の夢の話さ、とごまかして――重大な夢合わせを他人事にして問うのは、**本章の3**の道綱母《みちつなのはは》と同じだ――誰にも言うなと他言を封じ、はて「いかなる事ならむとおぼしわたるに」、藤壺懐妊の噂を聞き、「もし、さるやうもや」と合点した。光源氏が数えで十八歳、五つ上の藤壺が二十三の年の六月のことである。その四ヶ月後の十月が、この場面になる。ミューズの神がさらっていきそうな光源氏の絶妙の舞を観て、藤壺は「おほけなき心のなからましかば…」と独り言《ご》つ。後述するように（**本章の11**）、「おほけなき心」は『源氏物語』の重要語であるが、この文脈は、古来難読箇所であった。光源氏の不遜な想いをいうのか。あるいは二人の愛情に揺れる藤壺自身の葛藤か。諸説議論があったのだが、前者の解釈が妥当だろう（山本利達『中古文学攷』参照）。ちなみに光源氏の正妻だった葵の上は、藤壺の一つ下、という年齢関係である。

帝はこの日、藤壺を清涼殿の夜の御殿《おとど》に留めて、そのまま一緒に御寝《ぎょしん》となった。どうだい、あの子の舞は。今日は青海波に尽きるね。帝は藤壺に、自慢げに語る。何も知らない帝にとっては、光源氏も藤壺も、等しく大事に思って愛する、「御思ひどち（＝同士）」（桐壺巻）であった。自分と同じように、二人も愛し合ってほしい。帝はそんな風に、全く別の視点でこの不穏な三角関係を捉え、無邪気に藤壺に接している。藤壺は、頭中将もすてきでしたわ、などと応え、ぞっとするような夫の善意の無知への恐怖と、その残酷に怯えながら、はぐらかすことしかできなかった…。

翌朝、光源氏から文《ふみ》が来た。彼は、ひどく取り乱した心持ちのままに書きますが…（「世に知らぬ乱りごこちながら」）と前置きして、「もの思ふにたち舞《ま》ふべくもあらぬ身の　袖《そで》うちふりし心知《し》りきや」——物思いが深く、とても舞を舞うことなどできそうもない我が身ですが、やっとのことで袖を振った、私の心がおわかりですか？ と和歌を送る。古代より、袖を振るのは求愛の行為である。青海波という舞には「男波《をなみ》」と「女波《めなみ》」を立てるように、袖を振って翻す仕草があった（『教訓抄』）。

あれは、秘めた愛の告白だったというの？　帝が横にいるのに、なんと大胆不敵なこと…。空恐ろしい若さの熱情をあからさまに訴える光源氏の恋歌に、藤壺は、動揺しつつも「唐人《からひと》の袖ふることは遠《とほ》けれど　立ち居《ゐ》につけてあはれとは見《み》き」——もろこしの人が袖を振るのは「古事《ふるごと》」で遠いけれど、あなたの立ち振る舞いには、深く心動かされ嘆息しつつ拝見しましたわ、と返歌した。この和歌で藤壺は、光源氏を「唐人」になぞらえている。なぜ光源氏が「唐人」なのか。青海波が「唐楽《とうがく》」であること、また故事の出典を指摘するなど、諸説あるが、私はこの背景に、白居易の新《しん》楽府《がふ》の諷喩《ふうゆ》の詩『胡旋女《こせんじょ》』の世界があると考えている。

白居易『胡旋女』が描くのは、唐の玄宗皇帝の治世末年の乱れ（玄宗の在位は、七一二―七五六。その前半は「開元の治」と称され優れていたが天宝〔七四二―七五五〕期に楊貴妃を寵愛して、混乱を招く）である。

安禄山と楊貴妃の二人は、宮の内外で、袖を揺らして胡《えびす》の旋舞《せんぶ》を巧みに舞い、玄宗の眼と心を惑わして、安史の乱の転覆を招いた。後世の天子は、その轍を踏まぬようにと、白居易は諷喩する。楊貴妃は、玄宗寵愛の妃であり、安禄山も玄宗の寵臣であった。この二人もまた、玄宗にとっては、桐壺にとっての藤壺と光源氏のような「思ひどち」である。『胡旋女』は、年上の安禄山が楊貴妃を義母とする児として養われた、という史実にも言及している。

そして楊貴妃と安禄山には、はやくから不倫の噂があった。唐の姚汝能《ようじょのう》『安禄山事迹』という本には、衝撃的な逸話が載っている。楊貴妃の養子となって三日目の安禄山を、赤児とみなして綺麗な襁褓《むつき》にくるんだり、赤ちゃんのように風呂に入れ、嬌声を揚げる、楊貴妃たち、後宮の様子を描くのだ。その様子を聞いた玄宗は、我が愛妻と我が寵臣が親子として仲睦まじいのは、じつに結構なことだ、と喜んで、褒美まで上げている…。

この話は、日本にも伝わり、よく知られていた。御伽草子『やうきひ物語(長恨歌抄)』には、巨漢の安禄山を裸にして女官たちが風呂に入れ、一段高い幕内の部屋から、玄宗と楊貴妃が椅子に座り、並んで眺めている。そんな姿が、絵画化されている(上の図参照)。

『長恨歌抄』上巻(部分．京都大学附属図書館蔵)．17世紀，万治・寛文ころの版本か．画像は，京都大学貴重資料デジタルアーカイブから閲覧可．

あたかも、御簾の中の室内から、戸外の光源氏の舞を観覧する——「唐人」を「遠」く眺めて「あはれとは見」る、父桐壺帝と義母藤壺のようではないか。

そう、玄宗・楊貴妃・安禄山

『源氏物語図屏風』右隻(部分．東京富士美術館蔵)．17 世紀の作という．朱雀院行幸の本番を描いている．木高い紅葉の陰に，40 人もの垣代《かいしろ》(楽人の人垣)が並ぶ．恐ろしいほど壮麗な青海波の舞い振りだ．舞人は，2 人とも紅葉をかざしていたが，光源氏の方は，その美しさに見合うように，左大将が御前の菊を折って，差し替えている．東京富士美術館 HP より閲覧可．

のトライアングルは、桐壺・藤壺・源氏の三角関係とそっくりなのだ。白居易は、自ら詠じた『長恨歌』の純愛をあざ笑うかのように、『胡旋女』では、安禄山と楊貴妃の密通説を重ねていく。表裏一体、悪女としての楊貴妃像を歌うのも、白居易得意のネタであった。詳しくは、荒木『かくして『源氏物語』が誕生する』(第1章の2前掲)の第I部の諸論を参照してほしい。光源氏が「唐人」と藤壺から呼ばれるのは、こうしてなかなか、意味深長な仕組みであった。

ところで安禄山は、ソグド人の父を持つ、西域由来の異国の人であった。一方、青海波は唐楽で「輪台《りんだい》」という曲と一対の組曲だ。舞楽で、舞人が舞いながら諷詠する詩句を詠《えい》というが、両曲いずれも、詠は、小野篁《たかむら》作詩である。そして「輪台」とは、なんと中央アジアの西域、ウルムチ近くの都市の名なのだ。輪台の詠には、「蒲桃美酒《ぶだう》」(ワイン)も玄宗(「三郎」)も出てくる(『ひと・もの・知の往来——シルクロードの文化学』所収、後藤昭雄論文、及び同書荒木「あとがき」参照)。西域のエキゾチシズムが、そこには通底していた。

作詩をした篁は、遣唐副使に選ばれながら、二度の入唐行に失敗。三度目は、大使と揉めて渡航を拒否し、ついには隠岐の島に流されて、「わたのはら八十島《やそしま》かけて漕《こ》ぎ出《い》でぬと　人には告げよあまのつりぶね」の歌を詠む。ワタノハラ＝海は、遥か水平線で空＝アマノハラと交わる。小野篁の一世紀以上先輩で、遣唐留学生として中国に渡り科挙で登用されて長く暮らした阿部仲麻呂は、やがて帰国を決意し「天の原ふりさけ見れば春日なる三笠の山に出《い》でし月かも」の和歌を詠じ、あの鑑真と同じ旅団で出航した。しかし帰国は果たせず、船は安南（ベトナム）に漂着する。いずれも『百人一首』でお馴みの逸話だが、さらに後輩の紀貫之は、仲麻呂の境遇と空に照る月を自らの航路の不安に投影して、初句を「青海原（あをうなばら）」と変えて引用し、「もろこし」と「この国」の違いに潜む情緒の重なりに共感した（『土佐日記』）。これだと「青海」波に連続し、皮肉な対照が交響する。

かくして青海波は、危うい異国情緒満載の唐楽であった。紅葉賀巻の、あでやかで、しかし不安な未来の予感と、よく共鳴し合っている。

8　管絃の舟の紅葉狩り——大堰川（『大鏡』）

先年、入道殿（藤原道長）が、大堰川《おおいがわ》へ行楽の遊覧にお出かけになられた折、漢詩文をつくる作文《さくもん》の舟・音楽を奏でる管絃の舟・和歌の舟と、三つの舟を別々にお出しになり、それぞれの道に優れた才能をお持ちの方々をお乗せなさったのですが、先ほどから話題にしております、この大納言（藤原公任《きんとう》）が参上なさったのを見て、入道殿は、「そこの大納言よ、どの舟にお乗りになるのがいいとお考えかな」とおっしゃられたので、大納言は「和歌の舟に乗りましょう」とおっしゃって、次の和歌をお詠みなさったのですよ。

　をぐらやまあらしのかぜのさむければ　もみぢのにしききぬ人ぞなき

（小倉山を荒らす嵐の風が寒いので、艶やかな紅葉の葉が散ってふりかかり、だれもがみな、錦の衣を着ているかのようだ。）

自分で願い出ただけのかいがあって、いいお歌をお作りになられましたな。噂では、公任卿ご自身も、「作文の舟に乗れば良かったなあ。作文の舟に乗ってこの和歌の出来栄えぐらいに上等の漢詩を作っていたなら、私の名声も、いっそう高く上がっていただろうに。ああ残念至極なことよ。それにしても、道長殿が「どの舟に乗ろうという心づもりか」とおっしゃったのを聞いてね、我ながら、鼻高々の心おごりを押さえられなかったよ」とおっしゃったとか。

ひととせ、入道殿の、大井河に逍遥せさせ給ひしに、作文のふね・管絃の舟・和歌のふねとわかたせ給ひて、そのみちにたへたる人々をのせさせ給ひしに、この大納言殿のまゐりたまへるを、入道殿、「かの大納言、いづれのふねにかのらるべき」とのたまはすれば、「和歌のふねにのりはべらむ」とのたまひて、よみ給へるぞかし、

をぐらやまあらしのかぜのさむければもみぢのにしききぬ人ぞなき

申しうけたまへるかひありてあそばしたりな。御みづからものたまふなるは、「作文のにぞのるべかりける。さてかばかりの詩をつくりたらましかば、名のあがらむこともまさりなまし。くちをしかりけるわざかな。さても殿の「いづれにかとおもふ」とのたまはせしになん、我ながら心おごりせられし」とのたまふなる。（『大鏡』「太政大臣頼忠廉義公」）

この一節は、紀伝体の史書『大鏡』巻二の大臣列伝「太政大臣頼忠」の中にある。主役の「大納言」は藤原公任《きんとう》である。**本章の6**、花山院の出家で名前の出た、頼忠の長男だ。四条大納言の通称で知られる公任は、「古典の日」ゆかりのエピソードで「このわたりに、若紫やさぶらふ」と紫式部に声をかけた、あの人である。この逸話については、**本章の10**であらためて取り上げることにしよう。「入道殿」は、藤原道長。道長は、太政大臣に昇り詰めた翌々年の寛仁三年（一〇一九）に出家した。道長と公任は、康保三年（九六六）生まれの同い年であった。

本章の6でも少し触れたが、「世継《よつぎ》の翁が物語」の異名を持つ『大鏡』は、紫野の雲林院《うりんいん》で催さ

れた菩提講（五月に開催。法華経を講じ、念仏を唱和して、極楽往生を願う）で、百九十歳だという大宅世継《おおやけのよつぎ》が、旧知で百八十歳の夏山繁樹《なつやまのしげき》と再会するところから始まる。「年頃《としごろ》（＝長年）、昔の人に対面《たいめ》して、いかで世の中の見聞くことをも」語り合い、「ただ今の入道殿下の御有様《ありさま》」も談義したいと思っていた世継は、この邂逅に歓喜する。そして居合わせた「年三十ばかり」の侍にも促されて、自ら見聞した歴史を、鏡に映し出すように語っていった。法会の講師が登場するまでの歴史語りの様子を、匿名の筆録者が傍らで聞書《ききがき》して『大鏡』が残された、という設定だ。翁たちの年齢と『大鏡』の歴史叙述の間にはいささか矛盾も内在するのだが、文脈上「ただ今」は万寿二年（一〇二五）に相当し、「入道殿下」は道長である。

『大鏡』は、別の箇所で「この殿、ことにふれてあそばせる詩・和歌など、居易、人丸、躬恒、貫之といふとも、え思ひよらざりけむとこそ、おぼえはべれ」と「この殿」道長を讃えている。楽天・白居易、歌聖・柿本人麻呂、そして『古今和歌集』撰者の凡河内躬恒《おおしこうちのみつね》や紀貫之をも凌駕する、漢詩と和歌を作ったという、少し大げさな理想化だ。一方の公任は、誰もが認める当時最高の教養人で、有職故実の『北山抄《はくざんしょう》』も編纂している。とりわけ『和漢朗詠集』の編纂が重要だ。漢詩文の名句と和歌を集め、分類された項目のもとに対照して配列するこのアンソロジーは、広く影響を与え、後世の規範ともなった。平安時代から注釈もたくさん生まれ、故事逸話の教科書（幼学書）のようにも用いられた。なるほど、この二人なら、さもありなん…。

しかし史実は、少し異なっている。『日本紀略』によれば、寛和二年（九八六）十月十日、前年に出家した円融法皇が大井河（大井川、大堰川とも表記する）に御幸し、「翫水辺紅葉」（水辺の紅葉を翫《もてあそ》ぶ）

という題で、詩を作らせ和歌を詠ませたことがあった。摂政藤原兼家《かねいえ》以下、多くの臣下が付き従った、という。『古事談《こじだん》』巻一―一六は「円融院の大井川逍遥の時、御舟に御《おは》して都那瀬《となせ》（＝戸無瀬）に到り給ふ。管絃詩歌 各《おのおの》其《そ》の舟を異にす。公任三舟に乗る度《たび》なり。先《ま》づ和歌の船に乗る」（原漢文）と記し、十月十四日のことだと注している。公任は、どうやらこの時、詩と管絃の舟にも乗り、それぞれの才能をも披露したようだ。公任と源相方《すけかた》（重信《しげのぶ》の子、宇多天皇曽孫）が抜擢され、「三之船」を兼任した、との記録もある（『源時中《ときなか》横笛譜裏書』）。ちなみに戸無瀬への遊覧については、時代が下って、俳聖芭蕉も、江戸時代の元禄四年（一六九一）に「大井川に舟をうかべて、嵐山にそうて戸無瀬をのぼる」と書いている（『嵯峨日記』五月二日条）。

『古事談』によると兼家は、管絃の船に乗っていた源時中（九四一―一〇〇一）――「絃管歌舞達者」（『尊卑分脈《そんぴぶんみゃく》』）で知られる――を召し寄せ、「参議を拝する由を仰せら」れた、という。天皇のいない場で、法皇の命を受け、摂政が参議という公卿《くぎょう》を任命する（「主上の御前に非《あら》ずして、法皇の仰せを奉じて参議を任ずる」）異例であった。いかがなものか。人々は大いに首をかしげていぶかったと『古事談』は記している。時中は、十月十五日、正式に参議に任じられた（『公卿補任《くぎょうぶにん》』）。

配列や文脈から見て、『古事談』に載る批判的言辞の出典は、藤原実資の日記『小右記』の逸文ではないかと推測される。『小右記』は、道長の「このよをば…」の和歌を記し留めた日記である。その逸話については、次節（**本章の9**）で詳述したいと思うが、時中は、宇多天皇の孫である源重信（**第Ⅰ章の8**参照）の兄雅信の長男で、時中の妹の倫子《りんし》（九六四―一〇五三）は、翌寛和三年に道長の正妻となる。兼家は、円融法皇の御幸に際し、法皇の「御膳」を設ける（『続古事談』）など、このイベントの立役者であった。
いくつもの脈略が重なる。史実の世代は、やはり一つ前にさかのぼり、道長の父の逸話であったようだ。この時の公任は（もちろん道長も）、当時はまだ、弱冠二十歳を過ぎたばかりの若者である。兼家から道長へ。説話の背景にある史実もニュアンスも、『大鏡』では、大きな変貌を遂げている。

十三世紀の説話集『十訓抄《じっく(き)んしょう》』十ノ三は、『大鏡』と同じ説話を掲げ、公任の和歌を「朝まだき嵐の山の寒ければ　散るもみぢ葉《ば》をきぬ人ぞなき」というかたちで引く。そして、花山院が、第三の勅撰和歌集『拾遺和歌集』を撰集する時、第四句を「紅葉の錦」と変えて入集したい、と伝えると、公任は、それはなりませんと断り、結局「もとのまま」の歌形で『拾遺集』に入った、と続けている。だが現行の『拾遺集』を見ると、「紅葉の錦」という歌句で収録されている。ちょっとやっかいな混乱だ。『十訓抄』の逸話の後半は、平安末期の歌学書『袋草紙《ふくろぞうし》』が典拠なのだが、この逸話の背景には、花山院編纂『拾遺集』と、それに先行する公任編纂の『拾遺抄』との関係をどう捉えるか、という議論がある。ちなみに『拾遺抄』や異本系の『拾遺集』では「ちるもみぢばを」の形で伝来する（新日本古典文学大系『袋草紙』脚注参照）。なお『袋草紙』は、次段で取り上げる、道長の「このよをば」の和歌の説話を誌した『続古事談』説話の出典でもある。

『拾遺抄』と『拾遺集』の両集を見てみると、いずれも詞書《ことばがき》に「嵐の山のもとをまかりけるに…」とある。小倉山対岸の「嵐山」での所詠だ、と明示されているのである。「をぐらやま」と歌い出す『大鏡』の形は、独自のものだ。和歌の伝承の錯綜に拍車がかかる。

『十訓抄』を読み進めると、この逸話は、時代を超えたさらなる変奏を遂げていく。次話十ノ四

『大堰川遊覧・子日桜狩図屏風』(六曲一双，嘉永7年[1854]浮田一蕙筆，泉涌寺蔵)の『大堰川遊覧図屏風』．本文で見たように，『十訓抄』は『大鏡』の同話に「円融院，大井河逍遥の時，三の舟にのるともあり」と付言し，白河院が西川(大堰川)に行幸して「詩・歌・管絃の三のふねをうかべ」た説話を続けている．

では、白河院が、同じ嵐山の「西川」(大堰川のことだ)に「詩、歌、管絃の三つの船を浮かべ」、同じようなイベントを開催したという。主役は、源経信《つねのぶ》(一〇一六―九七)である。詩も和歌も音楽も「三事《さんじ》兼ねたる人」であった経信は、あろうことか遅参して、白河院の怒りを買う。経信は「汀《みぎは》にひざまづきて、やや、どの舟にまれ寄せ候へ」――川端で土下座して、必死に釈明する…。しかし本当は、こんなセリフが言いたくて、「遅参せられけるにこそ」。つまりは全部がお芝居だったと『十訓抄』は皮肉に注釈している。

経信は、鴨長明憧れの音楽家であった(**第Ⅲ章の1**参照)。その彼が「さて管絃の舟に乗りて、詩・歌を献ぜられたりけり」と、管絃の船に乗り、詩歌を詠ずるという大逆転を演出したのだ。『大鏡』が伝える、公任の矜恃と無念(史実では三舟に乗っているのだが)を前提に、周到に仕組まれた〈演技する精神〉(山崎正和の言葉を借りた)である。

エピソードの本歌取りだ。本歌取りは、和歌の専有ではない。本書の最後**第Ⅲ章の8**で登場する心《しん》敬《けい》は、『方丈記』の叙述を本歌取りして、目前のカタストロフィを記述している。

三つの説話を比べてみると、登場人物の推移が、時代と政治、また文化史も反映して面白い。史実の公任は、てらいなく三つの舟に乗っており、むしろ関心の所在は、帝不在の中での参議任命にある。そこには円融法皇による「政治的関与」と源相方、時中という「宇多源氏」の登用（目崎徳衛「円融上皇と宇多源氏」参照）があり、政治的に対立する、摂政兼家の存在感も不気味である。この寛和二年六月下旬に花山天皇が突然の出家をして、七歳の幼帝・一条天皇が誕生した（**本章の6**）。まだ三月ほどしか経っていない。

『大鏡』の異伝では代替わりし、入道として全てを仕切る道長に、同い年の公任は作文の船に乗れば、もっと名声が上がったのに、と悔やんでみせた。『小右記』のいう、公任の道長へのお追従（次節**本章の9**参照）も透けて見え、漢文（作文）→和歌という、文化のヒエラルキーも示される。

あらたに生まれた院政期の逸話では、主催者は文字通りの治天の君、白河院である。それに対して、どれでもどうぞ、と見得を切って、あえて管絃の船に乗り、詩・歌を詠じて見せた経信。白河院なら、たとえ参議任官を強行しても、もはや何の違和感もない。

9　神無月の夜の道長――土御門邸(『続古事談』)

藤壺の中宮威子《いし》が皇后に定まり、位にお就きになった立后の日のこと。公卿たちが穏座《おんざ》に席を移した後、大殿《おおとの》(藤原道長)が盃を手にお出ましになったので、摂政(藤原頼通)は上座を譲り、右大臣(藤原公《きん》季《すえ》)に対座なさった。道長は戯れて、右大将(藤原実資《さねすけ》)に「我が子に盃をお勧めくだされ」とおっしゃった。そこで実資は、盃をとって頼通に勧める。頼通は盃をとり、左大臣(藤原顕光《あきみつ》)に順盃する。顕光は、道長に献盃する。道長は、公季に盃をお回しなさった。

また道長が、実資におっしゃる、「和歌を詠もうと思うのだが、必ず返歌をなさるように」と。実資は「もちろんです」と申された。道長は「得意げな自慢の歌なのでね。ただし即興だ、事前に作って用意していたわけではない」とおっしゃって、

此世《この》をば我世《わが》とぞ思ふ　もち月のかけたる事もなしと思へば

(この世をこそ我が世だと思う。満月のように、欠けていることもないと思うので。)

と詠じた。大将が「このお歌は、あまりに素晴らしいので返歌できません。ただこの歌を一座みなで詠唱すべきです。元稹《げんしん》の菊の詩に、白居易は詩を返さず、深く嘆賞して、終日詠吟したそうです。あの故事を思ってください」と申されると、人々は、実資のもとめに応じて、道長の歌を繰り返し詠じなさったので、道長も和やかに寛いで、返歌をせよとのとがめはなかったという。

藤壺の中宮、后に立ち給ひける日、上達部《かんだちめ》、穏座《をんざ》にうつりて後《のち》、大殿《おほとの》、かはらけとりていで給ひければ、摂政、座をさりて、右大臣に向ひてゐ給ひけり。大殿たはぶれて、右大将におほせられける、「わが子にさかづきすすめ給へ」。大将、かはらけとりて摂政にすすむ。摂政とりて、左大臣につたへ給ふ。左府、大殿にたてまつる。大殿、右府につたへ給ひけり。

又右大将にの給ふ、「歌をよまむとおもふに、かならず返し給ふべし」。大将、「などかつかまつらざらん」と申さる。大殿仰せらるるやう、「ほこりたるうたにてなんある。ただしかねてのかまへにはあらず」とて、

此世《この》をば我世《わが》とぞ思ふもち月のかけたる事もなしと思へば

大将申さる、「この御歌めでたくて返歌にあたはず。ただこの御歌を満座詠ずべき也。元稹《げんしん》が菊詩、居易和《わ》せず、ふかく感じてひねもすに詠吟《えいぎん》しけり。かの事をおもふべし」と申さるれば、人々、饗応してたびたび詠ぜらるれば、大殿うちとけて、返歌のせめなかりけり。(『続古事談』巻一王道 后宮第二五)

日本において西洋音楽の嚆矢《こうし》を象徴する『荒城の月』は、「春高楼の花の宴 巡る盃…」(土井晩翠作詞)と始まる。ある世代以上は、誰でも一度は口ずさんだことがあるだろう。往年の名脚本家で直木賞作家の向田邦子(一九二九—八一)は、子どもの頃、酔いつぶれて眠る父の盃を連想して、「眠る盃」と間違えて覚えてしまった、という。そのことを書いた、同題のエッセイがある。

本話の宴《うたげ》は、今から千年以上も前の初冬、月の夜のことである。道長の酔余の戯れから巡盃し、詠歌へと続く。右大将だった藤原（小野宮《おののみや》）実資が、漢文日記『小右記《しょうゆうき》』の寛仁二年（一〇一八）十月十六日条に誌した記事が原拠となる。

二年前の長和五年正月に、道長と折り合いの悪かった三条天皇が譲位し、後一条天皇が即位した。三条天皇の中宮は、道長の娘妍子《けんし》である。三条は、譲位の翌年五月に崩御した。後一条天皇の母も道長の娘で、一条天皇の中宮彰子である。紫式部が仕えた人だ。この寛仁二年正月に太皇太后となっている。そして本日、妍子は皇太后に、道長娘の威子《いし》が後一条の皇后（藤壺の中宮）となった。「一家立三后、未曾有」——一家に三人の后が立つなんて、前代未聞だと『小右記』は書く。後一条天皇は数えで十一歳。中宮の九歳年下であった。

宮中での立后の儀式を終え、公卿一行は、里に下がっていた新中宮の許に参上する。道長の土御《つちみ》門殿《かどどの》である。現在の京都御苑内に故地があるこの邸宅は、二年前に焼亡したのだが、この年の六月、立派に新造されて、引っ越したばかりであった。東の対での饗宴（宴座《えんのざ》）の後、中宮のおわす寝殿の南面、欄干のある簀子《すのこ》縁《えん》に座を設けて移動し、寛いだ二次会（穏座）が始まった。庭を眺めて音楽も楽しむ。道長は数えで五十三歳。前年三月、長男の頼通に摂政と氏長者を譲り、すでに引退していた。

必ず返歌を、と迫る道長に、九歳年長のまたいとこ実資（ただし祖父実頼の養子となっており、道長は従甥《いとこおい》でもあった）は、「元白」と双称される中唐詩人の故事を示して、責めを逃れた。この巧みな機転が、本話の大事な要素である。

白居易が、元稹《げんしん》を憶って詠んだ詩に「尽日吟君詠菊詩（一日中、君が詠んだ菊の詩を吟じた）」という一節がある(「禁中九日対菊花酒憶元九」『白氏文集』巻十四)。元稹の菊詩は有名で、前節にも登場した、道長と同い年の藤原公任《きんとう》が撰集の『和漢朗詠集』秋・菊に、「是《こ》れ花の中に偏《ひとへ》に菊を愛するにはあらず　此《こ》の花開《ひら》けて後更《のちさら》に花無ければなり」(原漢文)と、その三・四句を抜粋している。元稹はこの詩句に執心し、霊として出現したという伝説も知られていた(『江談抄《ごうだんしょう》』など)。元稹の菊の詩は、『和漢朗詠集』を通じて広く知られることとなり、その古い注釈書にも解説と逸話が載って著聞した。

　ただ、ここで道長が実資を指名して返歌を強く求め、それを実資が固辞することの背景には、もう一つ、重要な伏線がある。二十年ほど前の長保元年(九九九)十月下旬のことだ。長女彰子が一条天皇に入内するに際し、左大臣だった道長が、花山法皇や、藤原公任、斉信《ただのぶ》、源俊賢《としかた》など「上達部《かんだちめ》」に屏風歌を詠むように命じ、それぞれが和歌を提出した、という出来事である。これに対し、聞いたこともない所業だ、と怒ったのが実資であった(「…皆有二和歌一、上達部依二左府命一献二和歌一、往古不レ聞事也、何況於二法皇御製一哉」『小右記』同年十月二十八日条)。おまけに「主人」道長の和歌まで載せるという。自分にも和歌を催促する手紙を寄こす道長に、実資は「不堪」、「つまり、歌を詠む力がないと言って断った」(工藤重矩『平安朝律令社会の文学』)。道長は、定めて「不快」に思うだろう。だが、こんなことは、そもそも「甘心」しないイベントだ。なのに右衛門督という「廷尉《ていい》」(刑罰を司る官)の重職にあって「凡人」とは異なる藤原公任までが、唯々諾々と和歌を献ずる…。昨今、公任は、お追従が過ぎる(「近来気色猶似二追従一」)と実資は指弾した(『小右記』同日条)。その後、いくつかの過程を経て屏風は完成し、十一月一日の彰子入内へと至る。この逸話を覚えていると、今回の道長と実資の対峙が、より重層的な歴史の中で、緊迫の度を増すだろう。

十二世紀中頃成立の歌学書『袋草紙《ふくろぞうし》』は、「秀歌」には劣った「返事」をしないのが故実である。「恥辱」ではない、と述べ、それを証明する先例として、『小右記』のこの部分を抄出している。『小右記』の原文は「誇たる歌になむ有る」と道長の言葉を書き留め、和歌の上句を「此世乎は我世とそ思」と聞き取って、写している。本話の『続古事談《ぞくこじだん》』も「此世」「我世」とあり、『小右記』の表記を踏襲している。それで本段の大意も、この文字遣いのまま訳しておいた。そもそもこの歌は、「思ふ」「思へば」と繰り返すなど、拙さも目立つ気がする。だからこそ余計に、尊大で、いかにも「この世」は「我が世」だと放言しそうな道長像を投影する。

ところが道長の日記『御堂関白記』には「…余読和歌。人々詠之。事了分散」とあるのみ。肝心の歌句を誌さない。道長自身の表現意図は、藪の中というところだ。

道長の詠ずる和歌を、もしもその場で素直に聴けば、初句は「この夜をば」と解するのが自然だろう。娘三人が后となった「この夜」こそ、我が生涯、最高の夜だ。それを言祝ぐかのように、くまなき望月も今宵《このよ》の空に照る。満座の唱和にも、この趣旨がふさわしい。「夜」に「世」が掛詞となって、ようやく「この世」と「我が世」の意が響く。

ただし「我が世」という歌言葉は、ふつう、〈我が生涯〉という意味で使われるものであった（池田亀鑑「御堂関白私考」）。たとえば**本章の11**で、出家を本気で決意した光源氏が、年の瀬に「わが世」を振り返っているように。自分が所有し、支配するこの世界という通説の理解は、そもそも破格である。『袋草紙』は、いい写本に恵まれないのだが、現存の伝本を見てみると、初句は「このよ」「此よ」「此世」と表記が揺れている。「わがよ」の方は、「わかよ」もしくは「我よ」など

『駒競行幸絵巻』(部分．和泉市久保惣記念美術館蔵)．万寿元年(1024)9 月，藤原頼通の大邸宅高陽院《かやのいん》に，後一条天皇，太皇太后彰子，東宮を招いて競馬《くらべうま》を行った時の盛儀を描く．寝殿母屋には，天皇と東宮がおり，南面の簀子縁には，頼通や実資をはじめとする，上達部が座す．画像は，和泉市久保惣記念美術館 HP から閲覧可．

「よ」を仮名書きする例ばかり。これも、なかなか示唆的だ。

しかし実資の『小右記』は、一年ほど前、道長の自邸宴席での偉ぶりが「帝王」気取りだと批判していた（寛仁元年十一月十日条）。本話の数ヶ月前には、権力を振りかざして土御門殿の再建に熱中する道長のやり方を苦々しく思い、今の道長の「徳」は「帝王」のようだ。世の興亡も、あの人の心次第で思うがまま。危ういことだと揶揄している（「当時太閤徳如二帝王一、世之興亡只在二我心一、与二呉王一其志相同」同二年六月二十日条）。実資の〈眠る盃〉、「この世」「我が世」という聞きなしは、どうやら確信犯であった。

『続古事談』は、建保七年（一二一九）成立の説話集（編者未詳）である。この説話については『袋草紙』の抄出の枠組みをもとに、原典の『小右記』を参照して叙述をまとめている（新日本古典文学大系脚注参照）。そして、巻二「臣節（臣下として守るべき節度）」ではなく、巻一「王道 后宮」に収めた。「一家立三后、未曾有」の絶頂の中で、王のごとくに振る舞う道長。配置の妙、というべきか。

10　ある冬の日の若紫――盧山寺（『紫式部日記』）

『源氏物語』が、中宮彰子の御前に置いてあるのを、殿（彰子父の道長）が御覧になって、いつもどおりの軽口・冗談が口をついて連発されたそのついでに、梅の実の下に敷かれた紙に和歌をお書きになり、

すき物と名にし立《た》てれば　見る人の折らで過《す》ぐるはあらじとぞ思ふ

（この梅が酸っぱいもの［酸《す》き物］だと有名で、人の目に入れば好んで折り取られるように、あなたもまた好色［好《す》き者］だと名の知られた方だから、姿を目にした男が、折らずに放って過ぎ去ることなどなかろうと思うね。）

こう詠んで私にくださったので、

人にまだ折られぬものを　たれかこのすきものぞとは口《くち》ならしけん

（人にはまだ折られたことなどない私ですのに、いったいどなたが、「このすきもの」などと口になさって広めたことでしょう。）ああびっくり、心外だわ、と申し上げた。

寝殿と対《たい》の屋の渡り廊下にしつらえられた局（渡殿）に寝た夜、どなたか戸をたたく人がいるわと音を聞いたけれど、恐ろしくて、物音さえ出さずに一晩を明かしたその翌朝、

夜《よ》もすがら水鶏《くひな》よりけになくなくぞ　真木《まき》の戸ぐちにたたきわびつる

（一晩中、真木［松・杉・檜など］の戸の前にいて、水鶏の鳴き声よりも激しく、泣く泣く戸を叩いたのに、［お返

事もなく」呆然と立ち尽くしていたことよ、との和歌が届いた。）

私の返歌は、

ただならじとばかりたたく水鶏ゆゑ　あけてはいかにくやしからまし

（何事かしら、とばかりに、水鶏の鳴き声のように戸ばかり［上の「とばかり」と掛詞］を叩く音は聞きましたが、うわべだけのお方ゆえに、もし戸を開けていたら、いかに悔しい思いをしたことかしら、であった。）

源氏の物語、御前《おまへ》にあるを、殿の御覧じて、例のすずろ言《ごと》ども出《い》できたるついでに、梅《むめ》の下《した》に敷《し》かれたる紙に書かせたまへる、

すき物と名にし立《た》てれば見る人の折らで過《す》ぐるはあらじとぞ思ふ

たまはせたれば、

「人にまだ折られぬものをたれかこのすきものぞとは口《くち》ならしけん

めざましう」と聞《き》こゆ。

渡殿《わたどの》に寝《ね》たる夜、戸をたたく人ありと聞《き》けど、おそろしさに、音《おと》もせで明《あ》かしたるつとめて、

夜《よ》もすがら水鶏《くひな》よりけになくなくぞ真木《まき》の戸ぐちにたたきわびつる

返し、

ただならじとばかりたたく水鶏ゆゑあけてはいかにくやしからまし（『紫式部日記』）

一　『紫式部日記』には、『源氏物語』に関する記事がいくつか載っている。とりわけ寛弘五年（一〇

〇八）の十一月一日条で、左衛門《さえもん》の督《かみ》・藤原公任《きんとう》が紫式部に「あなかしこ、このわたりに、若紫《わかむらさき》やさぶらふ」と声を掛けた場面が著名だろう。『源氏物語』が歴史上に刻印された記念として、千年後、同じ日付けに「古典の日」が宣言された。

藤原道長の長女中宮彰子が、一条天皇に入内して九年が過ぎ、ようやく産まれた敦成親王《あつひら》（後一条天皇）の御五十日《いか》（生誕五十日のお祝い）の宴席でのことだ。道長の邸宅土御門殿《つちみかどどの》での敦成誕生の一連は、『紫式部日記』の前半を彩る。道長待望の慶事であった。

『和漢朗詠集』撰者で、漢詩文、和歌、管絃のすべてに通暁する最高の文化人であった公任（**本章の8、9参照**）が、晴の日に、作り物語『源氏物語』の内容を踏まえて、こんな冗談を言いかける。面映ゆくも、作者冥利に尽きる出来事だが、紫式部は「源氏に似《に》るべき人（「源氏にかかるべき人」という異文がある）も見え給はぬに、かの上《うへ》は、まいていかでかものしたまはんと、聞きゐたり」とそっけなく、光源氏もいないのに、紫の上がいるわけないじゃない、と舌を出す。『源氏』作者らしい、冷徹な複眼の感性だ。

前節では、「この夜」と「この世」と、同じ音の聞きなしが解釈に揺れをもたらしたが、この場面では「わかむらさき」という仮名書きに多義が潜む。というのは、これは『源氏』の帖名の「若紫」ではない。「我が紫」の意だ、と読む説があるからだ（萩谷朴《はぎたにぼく》『紫式部日記全注釈』）。俺の紫はいるか、と言ったのだとしたら、ずいぶん酒癖の悪い戯言《ざれごと》だ。実際、宴は乱れた。『小右記《しょうゆうき》』の右大将藤原実資《さねすけ》は、柱のそばで女房の衣の褄《つま》や袖口の重なりを数え（几帳《きちょう》からの出衣《いだしぎぬ》か）、内大臣藤原公季《きんすえ》は酔《え》い泣きだ。右大臣藤原顕光《あきみつ》は、女房にしつこく絡み、権中納言藤原隆家も「聞きにくきたはぶれ声」を挙げる。「おそろしかるべき夜の御酔《え》ひ」であったと『紫式部日記』は記している。

同僚の女房と一緒に、そそくさと逃げ出そうとした紫式部だったが、道長に捕まってしまう。和歌を一首詠んで若宮にささげよ。ならば許してやる。そう迫る道長が「厭《いと》はしく（『紫式部日記絵巻』の詞書《ことばがき》は「いとわびしく」）恐ろしければ」、彼女はとっさに、若宮敦成の「八千歳《やちとせ》のあまり久しき君が御代」を言祝ぐ和歌を詠んだ（「いかにいかがかぞへやるべき八千歳のあまり久しき君が御代をば」）。道長はその即詠に感嘆し、すぐに「あしたづのよはひしあらば君が代の千歳の数もかぞへとりてん」（私に鶴の長寿があったら、この若君の千年の未来を見届けたいものよ）と返歌した。紫式部は、「さばかり酔《え》ひたまへる御心ちにも、おぼしけることのさまなれば、いとあはれにことわりなり」――こんなに酔っ払っていても、いつも心で思ってらっしゃる御孫のことだから、これほど胸を打つ名歌がおできになったのも道理ね、と褒めている（『紫式部日記』）。

十年後の寛仁二年（一〇一八）十月十六日に、娘の威子《いし》が後一条（敦成）の中宮となった。太皇太后彰子、皇太后妍子《けんし》とともに、一家に三后が立つ栄華である。満願成就の夜、同じ土御門殿で道長は、「誇りたる歌」だと前置きして、即興で「このよをば」の和歌を詠んだ（前節**本章の9**）。『大鏡』の三舟の逸話（**本章の8**）といい、道長には、和歌をめぐるエピソードがそれなりに多い。後で、もう一つ取り上げることになるだろう（**第Ⅲ章の3**）。

対照的に「このよをば」の和歌の時、実資は「御歌優美」で「酬答」（返歌）に及ばず。満座で詠誦を、と逃げていた（『小右記』）。前節では、そこに実資なりの伏線と思惑、そして確信があったことを推測したが、一方でここに記した「古典の日」の酔態の晩、紫式部は衣に執着する実資を評して「人よりことなり」、「いみじくざれいまめく人よりも、げにいと恥づかしげにこそおはすべかめりしか」と持ち上げながら、「さかづきの順のくるを、大将はおぢ給へど、例のことなしびの、千歳《ちとせ》万代《よろづよ》にて過ぎぬ」と続けていた(『紫式部日記』)。実資は、巡る盃の折りに求められる賀歌の詠進が苦手で、いつもながらの無難で月並みな、神楽歌の祝詞の一節のような句でお茶を濁している、と皮肉っているのだ。こんなふうにコンテクストを重ねて読み込んでみると、言っても詮ない仮定だが、もし紫式部が実資の立場にいたら、あの道長歌にどう対処していただろうと夢想する。

『紫式部日記絵巻』(五島美術館蔵).13世紀前半の成立という.敦成親王御五十日の宴の場面を凝縮して描いている.画面右側で呼びかけているのが,公任.その隣で公季は泣き,中央下部で右大将実資は目前の女の衣を数え,左上では,右大臣顕光が女房に絡んでいる.

　ところで、本段原文の前半では、『源氏物語』をめぐって「殿」道長が、紫式部を「好き者」とからかっている。彰子が、実家の土御門殿に滞在中のことである。しかし後半の二首は、場面が違う。歌の作者も、ノックの音のみ聞こえる「人」と匿名だ。だが前半の二首と連続しており、文脈上は、道長と紫式部の贈答とも読める。ただし、確定はできない。

　後に藤原定家は、この二首を『新勅撰和歌集』(巻十五、恋歌五、一〇一九、一〇二〇番)に入れた。入集に際して定家は、「夜ふけて妻戸を叩《たた》き侍りけるに、開《あ》け侍らざりければ、あしたにつはかしける」と詞書を付して、道長（法成寺入道前摂政太政大臣）と紫式部という、それぞれの作者名を明記している。これが決定的な意味づけとなる。勅撰集の権威は絶大だ。二人の愛人関係は、歴史上、周知の事実となったのである。十四世紀後半成立の系図集『尊卑分脈《そんぴぶんみゃく》』は、紫式部の注に「源氏物語作者」に加えて「御堂関白道長妾云々」と刻印している。

『紫式部日記』の成立は複雑で、現在残された順に書かれたものではないようだ。ここに掲げた原文の一節も「わかむらさきやさぶらふ」の逸話よりずっと後に出てくるが、前後の文脈や事実関係の考証から、じつは同じ寛弘五年のことらしい。梅の実の季節だから、旧暦五月の終わりから六月ころだろう。「わかむらさきや…」は十一月なので、『紫式部日記』の中で最も早く『源氏物語』に言及したのは、この場面だ、ということになる。

膨大な料紙と墨蹟からなる『源氏物語』の完成には、しかるべき支援が必要だった。『日記』にも見える紫式部の自邸は、土御門殿からほど近い、現在の廬山寺《ろざんじ》にあたる、との説がある（角田文衞「紫式部の居宅」）。『源氏物語』の第一読者・中宮彰子の父で、『源氏』にも関心を示し、艶めく言葉で作者を口説く道長こそ、紛れもなく、「古典の日」のもう一人の主役であった。

11　年の移りと光源氏――清涼寺（『源氏物語』）

仏名会《ぶつみょうえ》の日に、光源氏は姿をお見せになる。ご容貌は、光輝くような、かつての美しさをより一層増して、この上なく素晴らしいご様子でいらっしゃるけれど、老いて齢を重ねたこの僧（白髪交じりの古参の導師）は、むやみに流れる涙を留めることができなかった。光源氏は、年が暮れてしまった、とお思いになることも心細いことであるが、まして若宮（匂宮）が、「追儺《ついな》（大晦日の鬼やらい）をするのに、大きな音を立てて鬼を追い払うには、何をしたらいいかなあ」と走り回っていらっしゃるのを見るにつけても、もうこの愛らしいご様子を見ることはないのだなと、何につけても思いが募り、忍びがたい。

物思ふと過《す》ぐる月日も知らぬまに　年もわが世もけふや尽《つ》きぬる

（物思いにふけって、過ぎ去る月日のことも知らぬ間に、この一年《ひととせ》も私の生涯も、今日、終わってしまうのか。）

元日の準備については、例年よりは格別に、と決めて、ご指示をなさる。親王たちや大臣への引き出物、それ以下の人々への身分に応じた祝儀など、いつもよりこの上なくよいものをご用意なさって、とのことだ。（幻巻末尾）

（雲隠）

光が隠れるように光源氏がお亡くなりになった後は、あの素晴らしい容姿を受け継ぎなさるような優れた方は、多くの末裔の中にも、なかなかいなかった。御退位なさった冷泉院のことを口に出すのは畏れ多い。今上陛下の三の宮（匂宮）と、同じ御殿の六条院でお育ちになった女三の宮の若君（薫）というこのお二人こそ、それぞれに美しい男君だと名をはせており、なるほど、それはもう非凡なご様子ではあるが、たいそうきらびやかでまぶしいほどの凄いレベルだ、というご様子ではいらっしゃらない、というのが妥当なところだろう。（匂宮巻冒頭）

（仏名会の）その日ぞ出《い》でたまへる。御かたち、むかしの御光《ひかり》にもまた多《おほ》く添《そ》ひてありがたくめでたく見え給ふを、このふりぬる齢《よはひ》の僧はあいなう涙もとどめざりけり。年暮れぬとおぼすも心ぼそきに、若宮の、「儺《な》やらはんに、音高《おとたか》かるべきこと、何《なに》わざをせさせん」と走《はし》りありき給ふも、をかしき御ありさまを見ざらんことと、よろづに忍《しの》びがたし。

物思ふと過《す》ぐる月日も知らぬまに年もわが世もけふや尽《つ》きぬる

ついたちのほどのこと、常《つね》よりもことなるべくとおきてさせ給ふ。親王《みこ》たち、大臣の御引《ひ》き出《い》で物、品々《しなじな》の禄《ろく》どもなど、二《に》なうおぼしまうけて、とぞ。（『源氏物語』幻《まぼろし》巻末尾）

（雲隠）

光隠《ひかりかく》れ給ひにし後《のち》、かの御影に立《た》ちつぎ給ふべき人、そこらの御末々《すゑずゑ》にありがたかりけり。おりゐの御門《みかど》をかけたてまつらんは、かたじけなし。当代《たうだい》の三宮《さんのみや》、その同《おな》じ御殿《おとど》にて生《お》ひ出《い》で給ひし宮の若君と、此二所《このふたところ》なんとりどりにきよらなる御名とり給ひて、げにいとなべてならぬ御有《あ》りさまどもなれど、いとまばゆき際《きは》にはおはせざるべし。(匂宮巻冒頭)

古代の恋物語は、主人公の両親の紹介から始まる、という(玉上琢彌《たまがみたくや》『源氏物語研究』)。第Ⅰ章の**2**などでも取り上げた『源氏物語』も同様だ。「いづれの御時《とき》にか」の帝を父に、「いとやんごとなき際《きは》にはあらぬが、すぐれてときめき給ふ」桐壺更衣を母にして、「世の人」が「光君《ひかるきみ》と」呼ぶ(桐壺巻)、「光源氏」(帚木《ははきぎ》巻頭)が誕生する。それが『源氏物語』の巻頭である。その主人公最後の登場が、この年末・年始の風景だった。物語は、夕霧《ゆうぎり》巻で、光源氏の長男・夕霧の重婚騒動を語り、御《み》法《のり》巻で紫の上の死を描く。そして幻巻では、光源氏が紫の上の死を哀傷して、歳時がめぐる。

その昔、八月の大風(野分《のわき》)の夕刻、六条院で思い掛けず紫の上を垣間見《かいまみ》た夕霧は、「御面影の忘られぬを、こはいかにおぼゆる心ぞ」と恋い焦がれ、「あるまじき思ひ」に囚《とら》われそうな自分を懼れた(野分巻)。御法巻で、そのことを想起した夕霧は、「おほけなき心(＝不埒《ふらち》な心)はなかりしかど」と自分の抑制を強調しつつ、お声さえ聴けずにいたことよと述懐して、紫の上の逝去のまぎれに、灯りをかざして、恋い焦がれた彼女の死顔をじっと眺める僥倖《ぎょうこう》を得た。

光源氏はそれまで、夕霧と紫の上の接触を厳しく禁じていた。その背景には、父の後妻・藤壺と自分が親しみ犯した密通によって、冷泉帝が生まれた不義がある。ところが、光源氏の後妻・女三の宮に「むかしよりおほけなき心」を抱いていた夕霧の親友・柏木は、唐猫の首紐が掻き上げた簾の奥に、女三の宮の姿を見て、想いが募り、密通に及ぶ。そして薫が生まれた（若菜上下巻、柏木巻）。夕霧の裏返しだ。

「おほけなき心」は『源氏物語』のキーワードの一つである。すでに本書で読んだように（**本章の7**）、藤壺もかつて、光源氏が華麗に舞う青海波《せいがいは》の舞を見ながら、この人の内面に「おほけなき心のなからましかば」もっと楽しめたのに、と嘆息したことがあった。すでにその時、彼女は彼の子を宿し、隣には、無邪気に光源氏の舞を褒め称える桐壺帝がいた（紅葉賀巻）。こうした問題について、フランスとの国際会議の論集で、「〈おほけなき心〉と『源氏物語』の構造――浮舟というオープンエンディングへ」という考察を試みたことがある。以下の説明にも関わるので、こちらも参照を乞うておこう。

紫の上は、かつて光源氏と住んだ二条院（二条東洞院に所在）を伝領して「わが御殿《との》」と愛《いつく》しむ。彼女は、桐壺更衣の里を改築したこの邸宅で『法華経』千部供養を行った後、病に伏して死の床についた。春を好んだ紫の上は、自ら愛育した匂宮（光源氏の孫にあたる）に、紅梅と桜の世話を託す。紫の上を「はは」もしくは「ばば」と呼び、実の父母より大好きだった匂宮は、もし私がいなくなったら…、と冗談めかして頼む彼女の目を見つめ、涙をこらえて頷《うなず》いた。子のいない紫の上は、養女だった明石の中宮（光源氏の娘で匂宮の母）に看取られて、秋八月に、二条院でこの世を去る。出家を強く願ったのだが、光源氏はついに許さず、「いまは限りのさま」と見て、ようやく彼女の亡骸《なきがら》を落飾させた。その直前に夕霧は、死の床で、紫の上の美顔を拝んだのである。紫の上の葬送と弔問が終わって、光源氏は、ひたすら仏道修行に励んでいく（御法巻）。

正月の「春の光」で、幻巻は開巻する。光源氏の悲しみは深まるばかり。若い時から願う出家を、いまだ果たすことができないのだ。一年《ひととせ》の哀悼を経て、光源氏は歳末に「人の御文《ふみ》ども」を処分する。須磨時代のものには、紫の上の手紙も混じっていた。その文字は「げに千年《ちとせ》の形見に」したいほどなのだが、もう読むこともなかろうと、すべてを破って火にくべた。**本章の6**で、花山院が出家の折りに見せた、亡き女御の手紙への未練・愛着によるいざこざと重ねると、愛執は出家の大敵だとよくわかる。そして「今年ばかりにこそは」と思う歳末の仏事「御仏名《おぶつみやう》」——この行事の時間の流れと風情は、**第Ⅰ章**最後の『徒然草』が捉えている——に姿を見せた光源氏は、驚くほど美しかった。愛《いと》しい匂宮との暮らしも、「年もわが世も」、すべて今日が最後と覚悟を決める。どうやら今度は本気らしい。ただし物語は、格別にめでたい正月の準備を語って唐突に伝承を閉じた。「雲隠」という、名ばかりの巻をはさんで八年ほどの空白を置き、匂宮巻（匂兵部卿巻とも）へと物語の時間が引き継がれていく。光源氏は、既に亡《な》い。不在を埋める新しい主人公の値踏みが始まり、物語世界は大きく転換していく。

さらに時が流れ、宇治十帖の五番目、第四十九帖の宿木巻で、薫は光源氏を「故院」と呼ぶ。そして光源氏が住んで「二三年ばかりの末《すゑ》に、世を背《そむ》き給ひし嵯峨の院」と、往年の「六条の院」について、主人の光源氏が「亡《う》せたまひてのち」の寂寥《せきりょう》に言及している。「世を背き」とあるので、光源氏は晩年に出家して、嵯峨院で過ごしたようだ。そこは、嵯峨の御堂と呼ばれた所で、源《みなもとの》融《とおる》の棲霞《せいか》観《かん》（後の清涼寺、**第Ⅰ章の8**）に準《なぞら》えられている。六条院（六条京極辺り）は、幻巻の舞台で、光源氏が四町に四季を宛て、愛する女性を集めた大豪邸であった。これも融の河原院《かわらのいん》を彷彿とさせるのだが、河原院と『源氏物語』と言えば、夕顔が霊に取り殺された、「なにがしの院」を思い出す（同前第Ⅰ章の8）。その霊は、光源氏の愛人、六条御息所《みやすんどころ》の所為かとも疑われるが、明証はない。

六条御息所の生霊《いきすだま》が明示的に活動するのは、葵巻である（第Ⅰ章の2）。賀茂祭の車争いから、鬱屈する六条御息所の生霊が葵の上に憑《つ》いて、彼女を死に至らしめた。かの六条院は、六条御息所の邸宅跡を取り込んで建っている。冷泉帝に嫁いだ娘の秋好《あきこのむ》中宮が棲む、秋の町がそれだ。怨霊は、死後も蠢《うごめ》き、紫の上をも襲った（若菜下巻）。

兄朱雀院の子として光源氏に降嫁した女三の宮は、紫の上と光源氏が住む春の町に同居して、寝殿の西面、西の対に棲んだ。末期の紫の上が、六条院ではなく、二条院に愛着した理由《わけ》も、わかる気がする。

尾形月耕『源氏五十四帖』（版元は横山良八，明治26年[1893]刊，国立国会図書館蔵）．寂しげに紫の上を想う光源氏の後ろ姿を描く．色紙型に「幻　おほぞらをかよふまぼろしゆめにたに見へこぬ玉の行ゑたつねよ」と，巻名の由来となった光源氏の詠歌を記している．京都なのに，庭の向こうには海の風景が見える．思い出の須磨をイメージとして重ねる意図だろうか．画像は，国立国会図書館デジタルコレクションから閲覧可．

第Ⅲ章

時空の境界を超える

本章は、鴨長明『方丈記』の〈信仰的〉な美しい四季描写と修行から始まり、その〈芸術的〉な暮らしの高揚を捉える。こうした長明の世界観を知るために、京都の四神相応《しじんそうおう》についても分析し、誌している。

ところで、念仏や読経の祈りと一体的に接続する長明の芸術は、和歌と管絃が主調であった。**本章の2**以降は、見えざる神仏の霊験めいた、さまざまな伝奇が描かれることになるが、そこでも音楽と和歌が、さらには祈りや言霊《ことだま》が、重要なファクターとなっていく。

まずは、家を失い、山の木の「うつほ」(空洞)で動物と共生する母子と、音楽が運ぶ奇瑞を描く『うつほ物語』冒頭の巻を読む。後日譚として出てくる、父との再会とその誠実、そして家族の新しい幸せの物語は、本書**第I章の7**で読んだ勧修寺の高藤物語を、あらためて照らし出すことにもなるだろう。

続いては、夢の不思議の物語と予言性だ。伴大納言善男《ばんだいなごんよしお》は、朱雀大路を跨いで、東寺と西寺に立脚する夢を見た。しかしその瑞夢は、九条師輔《もろすけ》が内裏《だいり》を抱きしめる豪快な大夢と同様に、女の一言で、もろくも崩れてしまう。

窮地に陥った男が、観音、助け給えと念じて、清水の舞台から飛び降りるシーンと、同じ清水の舞台から、幼児を落としてしまった女の、悲痛な祈りの叫び声の奇跡が、一話として続く。節を移して、石清水八幡での話を読むが、それは苦しい母子の参詣と、神の前で呻くようにもらした、娘の切実な祈りの詠歌の霊験譚になっている。

いずれ長明も滞在する、洛北の大原に、平家の盛衰を独り背負った女院が、ひっそりと住んでいた。彼女は後白河院を迎え入れて、自分が体験したメモワールを語り、竜宮を夢見た話を伝えた。そしてやがて、往生の未来に旅立つ。一方『更級日記』の作者は、疫病の中で大事な人を失い、四季の推移の中で、悲しみに沈む。この子の癒やしには物語しかないと、母は再び、物語を探し求めた。かたや娘は、『源氏物語』を通読したいと想いが募る。太秦《うずまさ》に祈る母に付き従って参詣し、私に『源氏物語』全巻を！　と念を込めた。はたしてその結末は…。

最後は、京都の先の戦《いくさ》、応仁の乱の勃発だ。災厄や悪政などが、いくども連なり起こって、都は混沌に包まれていく。悲惨な死者の続出、盗賊の横行。徳政一揆、家督の争い…。さまざまな要因が複合的な契機ともなり、長い戦争へと向かっていった。東国で都を想う心敬《しんけい》は、記憶の底から、まざまざと『方丈記』を想起して現実に重ね、同時代の惨事を描き出す。

1　四方四季のユートピア——巨椋池（『方丈記』）

この方丈の庵がある場所の様子を述べれば、南に懸樋《かけい》（水を受け流す樋《とい》）がある。岩を立て並べて、水を貯めてある。林が近いので、小枝を拾うのにも苦労しない。この山の名を音羽山《おとわやま》という。一面に定家葛《ていかかずら》のような蔓草が覆う。谷には草木が繁るが、西は眺望が開ける。（西方浄土の極楽を願い、西に沈む夕日を観想する日想観《にっそうかん》のような）観念・修行の手立てがないわけでもない。春は、波のように揺れる藤の花盛りを見る。紫の瑞雲のごとくで西方に広がり映え、いい香りがする。夏は、はととぎすの音《ね》を聞く。死出の山路を往来するという、この鳥と語らうたびに、冥途の道標《みちしるべ》を、と約束する。秋は、ひぐらしの鳴き声が耳の奥にまで響きわたる。それは、蟬の抜け殻のように儚《はかな》い現世を悲しむ音楽に聴こえる。冬は、白雪を愛《め》でる。積もっては消えていくその様子は、まさに罪障——人が犯してしまった、成仏の妨げとなる悪業の消滅に譬《たと》えられるべきものだろう。

たとえばもし、念仏さえ億劫で、読経する気力もわかない時は、自ら休息を定め、自分の意思で怠ける。邪魔する人もいないし、また、遠慮すべき人もない。わざわざ無言の行をしなくとも、独り住んでいるので、口業《くごう》という言語の修行は、必ず成就できる道理である。必ず禁戒を守るぞ、と力まなくても、その対象や環境がないのだから、戒めを破る契機すらないのだ。

もし、船が残す白い波に、我が身の無常をなぞらえて嘆く朝には、岡屋《おかのや》の津に行き交う船を眺め、ひそかに沙弥満誓《しゃみまんせい》の風情を盗み気取って和歌を詠む。また、風が桂の葉を鳴らす夕べには、『琵琶行《びわこう》』の潯陽《じんよう》の江に想いをはせ、桂《かつら》大納言源経信《つねのぶ》に倣って琵琶を奏でる。もし、さらに興が乗れば、松の梢を鳴らす風の音に合わせて、琴で『秋風楽《しゅうふうらく》』を弾き、水の音によそえて、琵琶の秘曲『流泉《りゅうせん》』を奏でる、などということも、しばしばだ。

> ソノ所ノサマヲ言《イ》ハバ、南ニ懸樋《カケヒ》アリ。岩ヲ立テテ水ヲタメタリ。林ノ木チカケレバ、爪木《ツマ》ヲ拾フニ乏《トモ》シカラズ。名ヲ音羽山《オトハ》トイフ。マサキノカヅラ、跡埋《アトウヅ》メリ。谷シゲケレド、西晴《ハ》レタリ。観念ノタヨリ、ナキニシモアラズ。春ハ、藤浪《フヂナミ》ヲ見《ミ》ル。紫雲《シウン》ノゴトクシテ西方《サイハウ》ニ匂《ニホ》フ。夏ハ、郭公《ホトトギス》ヲ聞《キ》ク。語《カタ》ラフゴトニ死出《シデ》ノ山路《ヂ》ヲチギル。秋ハ、蜩《ヒグラシ》ノ声耳《コヱミミ》ニ満《ミテ》リ。空蟬《ウツセミ》ノ世《ヨ》ヲカナシム楽《ガク》ト聞《キ》コユ。冬ハ、雪ヲアハレブ。積《ツ》モリ消《キ》ユルサマ罪障ニタトヘツベシ。
> 若《モシ》念仏物《モノ》ウク読経マメナラヌ時ハ、ミヅカラ休《ヤス》ミ、身ヅカラ怠《オコタ》ル。サマタグル人モナク、又、恥《ハ》ヅベキ人モナシ。コトサラニ無言《ムゴン》ヲセザレドモ、独《ヒト》リ居《ヲ》レバ、口業《クゴフ》ヲ修《ヲサ》メツベシ。必ズ禁戒ヲマモルトシモナクトモ、境界《キヤウガイ》ナケレバ、何《ナニ》ニツケテカ破《ヤブ》ラン。
> 若跡《モシアト》ノ白波《シラナミ》ニコノ身ヲ寄《ヨ》スル朝《アシタ》ニハ、岡屋《ヲカノヤ》ニ行《ユ》キカフ船ヲナガメテ満沙弥《マンシヤミ》ガ風情《フゼイ》ヲヌスミ、モシ桂《カツラ》ノ風葉《カゼハ》ヲ鳴《ナ》ラス夕《ユフベ》ニハ、尋陽《ジンヤウ》ノ江《エ》ヲ想《オモ》ヒヤリテ源都督《ゲントトク》ノ行《オコナ》ヒヲナラフ。若《モシ》余興アレバ、シバシバ、松ノヒビキニ秋風楽《シウフウラク》ヲタグヘ、水ノ音《オト》ニ流泉《リウセン》ノ曲ヲアヤツル。（『方丈記』）

一

自然は芸術を模倣する。自然が私たちを感動させるのは、読んできた詩や、観てきた絵など、蓄積した芸術体験がもたらす効用にすぎないと、オスカー・ワイルドの戯曲『嘘の衰退』はいう。この場面が、まさにそうだ。長明は、自分を取り囲む四季の推移を宗教的な美しい言葉で枠取り、和歌、漢詩文、音楽(管絃)という、貴族的教養の輻輳に身を委ねながら、孤独で殺風景な山中の夜明けと夕べを、豊穣な文化的風景として彩っていく。

まずは朝。日野からは西南にあたる、巨椋池《おぐらいけ》東端の岡屋《おかのや》を眺め、沙弥満誓《しゃみまんせい》の和歌「世の中を何に譬《たと》へむ　あさぼらけ　こぎゆく船のあとの白波」(『拾遺集』他)の無常観に浸る。夕べは漢詩。白居易の『琵琶行《びわこう》』を想う。中国江州《こうしゅう》の潯陽江《じんようこう》(長江)のほとり。夜、舟の客を送る時、楓《かつら》(桂と同じ)が風に音を立て、どこからか、都を偲ぶ琵琶の音が聞こえてくる、との風情である。そして音楽へ。桂という詞から、琵琶桂流の祖とされる、桂大納言源経信《つねのぶ》(一〇一六―九七)を慕い、琵琶を奏でる。経信は、長明の和歌の師・俊恵《しゅんえ》の祖父で、詩・歌・管絃の三道を極める一級の教養人であった(**第Ⅱ章の8**に引く『十訓抄《じっくんしょう》』の説話参照)。

『方丈記』がこの直前に詳述する庵の内装を見ると、西面の北側には阿弥陀仏と普賢菩薩の像を掛け、その前に『法華経』を置く。立派な修行の場ではあるのだが、その西面の南側には、竹のつり棚をしつらえて、黒い皮籠が三つ置いてある。その中には、『往生要集』の他に、和歌の本、管絃の本という、それぞれの抜書《ぬきがき》が、軽重なく置かれていた。そしてその傍らには、琴と琵琶(折《お》り琴《ごと》、継《つ》ぎ琵琶《びわ》)を一張ずつ立てている。極小の閑居は、いつしか和漢の時空を往来する、豪奢な芸術空間へと変貌していく。

歌人長明は、楽人《がくにん》でもあった。『文机談《ぶんきだん》』(十三世紀後半成立)によると、琵琶の師中原有安《なかはらのありやす》は、長明には伝授《でんじゅ》を尽くさず没してしまった。しかし「すき物」長明は、管絃の名人たちを集め、「賀茂のおくなる所」で、「秘曲づくし」を開催する。秘曲は、師匠から免許を得て伝え授けられた弟子だけが演奏できる、秘伝の重要楽曲である。名人たちの演奏に興が乗った長明は、伝授を受けてもいないのに、琵琶の秘曲『啄木《たくぼく》』を、皆の前で数回演奏してしまった、という。これを「もれ聞」いた琵琶の名人藤原孝道《たかみち》は、「おもき犯罪」だと後鳥羽院に告発した。そこまで咎めるべきことだろうか、との同情論もあったが、孝道は、「道の狼藉《らうぜき》」だ。許すわけにはいかぬと「強《こは》く奏聞」を続けた。長明は「これにたへず」都を去り、「修行のみちにぞ思ひたちける」。そして「ふたみの浦といふ所に方丈の室をむすびてぞ、のこりのすくなき春秋をばをくりむかへける」という。ただし、これだと方丈の庵が伊勢の二見浦にあることになってしまう。長明が伊勢に旅行したことがあるのは史実だが（**序章の1**参照）、『文机談』の話の真偽には文献批判が必要だ。

ともあれ、老齢を自覚する『方丈記』の長明も、かつてのうっぷんを晴らすかのように、たった独りの閑居の地で『啄木』に次ぐ秘曲『流泉』を思いのままに弾じ、自足の境地を謳歌している。

意外なことだが、長明の大事な蔵書であった『往生要集』の著者・恵《え》心《しん》僧都源信《げんしん》にも、和歌をめぐる因縁が伝わっている。源信はかつて、和歌は狂言綺語《きょうげんきぎょ》であり、修行の邪魔だと考えて、詠むことがなかった。ところが、ある日の曙のこと。比叡山横《よ》川《かわ》の恵心院から「水うみ（＝琵琶湖）を眺望」していると、舟が沖を通るのを見て、ある人が「こぎゆく舟のあとの白浪」と詠じたのを聴く。源信は深く感銘を受け、和歌は仏道修行の助け（「観念の助縁」）になると悟り、以後、詠歌を嗜むようになったという（『袋草紙《ふくろぞうし》』）。巨椋池の「岡屋ニ行キカフ船ヲナガメテ満沙弥ガ風情ヲヌスミ」と書く長明の念頭には、この逸話がある。

　こうした連想から、宇治川が流れ込む、風光明媚な巨椋池が、長明にとって「水うみ」琵琶湖を連想させる景観だったこともわかる。しかしこの大池は、豊臣秀吉の改修を契機に環境が劣化。昭和に入って、戦前に干拓され、姿を消してしまった。和辻哲郎の『巨椋池の蓮』（一九五〇年）は、昭和初年前後の八月初旬未明、蓮が巨椋池一面に「ほどけ」開き、「見渡す限り蓮の花ばかりの世界のただ中にいた」ことを回想した名文である。今となっては、往年の巨椋池の面影を伝える、貴重な記録となった。幸い、和辻のこの文章は、ネットの青空文庫でもすぐ読める。

＊

　今はなき巨椋池は、平安京から南にあたる。南に池とは、都の四神相応《しじんそうおう》にふさわしい光景であった。四神相応とは、「地相からみて、天の四神に応じた最良の土地柄」で、「左方（東）は青龍にふさわしい流水、右方（西）は白虎の大道、前方（南）は朱雀の汚地（おち＝くぼんだ湿地）、後方（北）は玄武の丘陵を有すること。官位・福禄・無病・長寿を合わせ持つ地相で、日本の平安京の地勢はこれにあたるという。四地相応」と辞書にも説明されている（『日本国語大辞典　第二版』）。

　平安時代の『作庭記』は、「経云《きやうにいはく》」として、家の作りにも四神相応が必要だと説く。

　家より東に流水あるを青竜とす。もしその流水なけれバ、柳九本をうゑて青竜の代とす。西に大道あるを白虎とす。若其《もしその》大道なけれバ、楸《きささげ》七本をうゑて白虎の代とす。南前に池あるを朱雀とす。若其池なければ、桂九本をうゑて朱雀の代とす。北後にをかあるを玄武とす。もしその岳なければ、檜三本をうゑて玄武の代とす。

家の東に流水があるのが四神のうちの青竜で、流水がなければ、柳九本を植えて、代替すればよい。西に大きな道があるのが白虎。道がなければ、キササゲという木を七本植えて、それに替える。南の池が朱雀で、池がなければ、桂の木を九本植える。家の北の後ろ側に丘(をか、岳)があれば、それが玄武となる。丘がなければ、檜を三本植えればよい。「かくのごときして、四神相応の地となしてゐぬれば、官位福禄そなはりて、無病長寿なりといへり」(引用は日本思想大系『古代中世芸術論』)。だから寝殿造には、南に池がある。「寝殿の前面に庭園は設けられ」、「寝殿造庭園では原則として前面に中島を持つ大きな南池が設けられる」(太田静六『寝殿造の研究』第一章)。

この「四神相応は、五行説によれば、「青＝春、赤＝夏、白＝秋、黒＝冬」となり、四季の要素を併せもつ」。すなわち「四神相応の四方四季観」へとつながっていく(小林正明「蓬萊の島と六条院の庭園」)。

四方四季については、三谷栄一『物語史の研究』に詳論があるが、たとえば御伽草子『浦島太郎』では、浦島が竜宮城へ行って戸を開けてみると、東には春の花が咲き、南は夏の景色がある。西は秋の紅葉が拡がり、北は雪が降っていた。家の四方に、四季が同時に現出する、ユートピアのイメージだ。「隠れ里」の昔話にも、そういう風景が出てくる。隠れ里とは言い得て妙だ。隠者の住まいには、四方四季への希求があった。本段の冒頭がまさにその証左である。

長明は、庵の南の懸樋《かけい》から「ソノ所ノサマ」を描き出し、四神相応の南の池のように「岩ヲ立テテ水ヲタメタリ」という。そして、音羽山系にある庵の西側が、「大道」ならぬ、遠くを見渡せるロケーションにあることを叙述していた。西方浄土の極楽を願い、沈む夕日を観想する、日想《にっそう》の修行に適した場所だ、というのである。

そこには、幻想的に美しい四季折々の情景が拡がっていた。春は藤の花房が風に揺れ、夏はホトトギスと語らう。そして秋はヒグラシの声が響き、冬は雪。特徴的なのは、春の景色が東ではなく西にあり、「紫雲《シウン》ノゴトクシテ西方《サイハウ》ニ匂《ニホ》フ」と仏教的世界観の中にあることだ。

この庵をめぐる四季の叙述には、典拠がある。慶滋保胤《よししげのやすたね》の『池亭記《ちていき》』という文章（『本朝文粋《ほんちょうもんずい》』所収）である。

> 隆《たか》きに就《つ》きては小山《せうさん》を為《つく》り、窪《くぼ》に遇《あ》ひては小池《せうち》を穿《ほ》る。池の西に小堂《せうたう》を置《お》きて弥陀《みだ》を安《あん》ず。池の東に小閣《せうかく》を開きて書籍を納《をさ》む。池の北に低屋《ていをく》を起《た》てて妻子を着《つ》けり。凡《およ》そ屋舎《をくしや》は十の四、池水は九の三、菜園は八の二、芹田《きんでん》は七の一なり。その外、緑松《りよくしよう》の島、白沙《はくさ》の汀《みぎは》、紅鯉《こうり》白鷺《はくろ》、小橋小船、平生《へいぜい》好む所、尽《ことごと》く中に在り。いはんや春は東岸の柳有り、細煙嫋娜《さいえんでうだ》たり。夏は北戸の竹有り、清風颯然《さつぜん》たり。秋は西窓の月有り、以て書を披《ひら》くべし。冬は南簷《なんえん》の日有り、以て背《せなか》を炙《あぶ》るべし。（原漢文、新日本古典文学大系の訓読）

春は、東側に柳がさやさやとそよぎ、夏は、北戸に竹が生えていて、涼しい風が入ってくる。秋は、西の窓に月が照り、冬は、南の軒で日向ぼっこができる。この『池亭記』では、五行説とは南北が異なるが、保胤の「池亭」は、快適な四方の四季に囲まれていた。

鴨長明は、この『池亭記』を徹底的に参照し依拠して、『方丈記』を書いた。それ故に「世に説をなすものありて方丈記を偽書とせり」（岩波文庫旧版『方丈記』山田孝雄解説）。偽書説まで生み出すこととなったのだが、この『池亭記』にも典拠があった。全体としては『池上篇幷序』（『白氏文集』巻六十）という白居易の詩文をもとにしつつ、傍線部の四季の風景は、白居易が自分の愛する草庵を描く『草堂記』（『白氏文集』巻二十六）の叙法に準拠している。

匡廬《きやうろ》（＝廬山）は奇秀《きしう》にして、天下の山に甲《すぐ》れたり。山の北の峯を香鑪《かうろ》と曰ひ、峯の北の寺を遺《ゐ》愛寺《あいじ》と曰ふ。峯の寺を介《はさ》める間、その境勝絶《さかひしようぜつ》にして、又廬山《ろさん》に甲《すぐ》れたり。元和十一年（＝八一六）の秋、太原《たいげん》の人白楽天《はくらくてん》、見て之《これ》を愛すること、遠行の客の故郷を過《よぎ》りて、恋恋として去ること能《あた》はざるが若し。因《よ》りて、峯を面《おもて》にし、寺を腋《わき》にして、草堂を作り為《な》せり。明くる年の春、草堂成れり。三間両柱《げんりやうちゆう》、二室四牖《じしつしいう》あり（＝三間間口、二部屋で、窓が四つある）。（以下、建物、庭の描写が種々あるが略す）其の四傍《しはう》、耳目杖屨《じぼくちやうく》の及ぶべきもの、春は錦繡《きんしう》の谷の花有り、夏は石《せき》門《もん》の澗《たに》の雲有り、秋は虎渓《こけい》の月有り、冬は鑪峯《ろほう》の雪有り。陰晴顕晦《いんせいけんくわい》、昏旦《こんたん》に含吐《かんと》す。千変万状《せんぺんばんじやう》、殫《ことごと》くに紀《しる》し、覼縷《らる》して言ふべからず。故《ゆゑ》に廬山に甲れたるものなりと云へり。（下略）（原漢文、『鴨長明全集』の訓読参照）

清少納言『枕草子』が「香炉峰の雪いかならむ」と記した（第Ⅰ章の11参照）、あの香炉峰である。少し注釈しておけば、『枕草子』の逸話の出典は、白居易『白氏文集』巻第十六の律詩「香鑪峯下新卜山居草堂初成偶題東壁」（香炉峰下、新たに山居を卜《ぼく》し、草堂初めて成り、偶《たまたま》東壁に題す）五首のうちの第四首である。白居易は、元和十年（八一五）三月に江州に左遷となり、失意の中で、慧遠《えおん》の浄土教（白蓮社）で有名な、廬山（現在の中国江西省、ユネスコ世界遺産）の地を訪ねる。香炉峰は廬山の北峰で、遺愛寺は香炉峰の北側にある。白居易はその「香鑪峯北面、遺愛寺西偏」（「香鑪峯下新置草堂即事詠懐題於石上」『白氏文集』巻七）に草堂を建てて愛し、多くの詩文を読んだ。藤原公任《きんとう》は、『和漢朗詠集』下・山家《さんか》に次のようにそれをまとめている。

遺愛寺鐘敧枕聴　香鑪峰雪撥簾看　〈香鑪峰下に新たに山居を卜す〉　白（五五四）
遺愛寺《ゐあいじ》の鐘《かね》は枕《まくら》を敧《そばだ》てて聴《き》く　香鑪峰《かうろほう》の雪《ゆき》は簾《すだれ》を撥《かか》げて看《み》る
蘭省花時錦帳下　廬山雨夜草庵中　〈夜雨独宿〉　同（五五五）
蘭省《らんせい》の花《はな》の時《とき》の錦帳《きんちやう》の下《もと》　廬山《ろざん》の雨《あめ》の夜《よ》の草庵《さうあん》の中《うち》

「蘭省花時…」の方は『白氏文集』巻十七「廬山草堂夜雨独宿寄牛二李七庾三十二員外」からの採択で、『枕草子』「頭中将のすずろなるそら言を聞きて」に、この句と「草の庵」をめぐる、有名なエピソードがある。

白居易はこの「草堂」に、信仰と心の休息地を見出す。草堂の四方（「四傍」）には、四季の美が展開している。春は、錦繡の谷の花が咲き、夏は、石門澗《せきもんかん》の雲が湧く。秋は、虎渓の月。そして冬は、香炉峰の白雪が美しい。ただしこれは『作庭記』が記すような、我が家の庭ではない。いわば借景だ。しかし借り物であるがゆえに、無限の四方に広がりを有する。

小さな隠者の住まいは、その無所有と引き換えに、四方四季の宇宙に包まれることができる。それが閑居の理想であった。

＊

若き日の長明は、巨大な空間の中に住んでいた。下鴨神社所蔵の「『泉亭旧図』山城国愛宕郡下粟田郷之図」(梨木祐之写、『鴨長明『方丈記』と賀茂御祖神社式年遷宮資料展』図録参照)という絵図を見ても、下鴨神社の社地は広大だ。かつて長明の四神相応・四方四季は、社域内で完結しえたことだろう。たとえば『うつほ物語』神南備種松《かんなびのたねまつ》の豪邸(吹上上巻)や『源氏物語』の六条院、あるいは藤原頼通の高陽院《かやのいん》のように(荒木「四方四季と三時殿」など参照)。

しかし長明は、鬱屈する外的事情の中で意志を固め、父方祖母の家を出て、河原近くに初めての庵を建てた(**序章の1**参照)。旧宅とは十分の一の小ささだという。そして「五十《イソヂ》ノ春ヲ迎《ムカ》ヘテ、家ヲ出《イデ》テ世ヲ背《ソム》ケリ」。その後「六十《ムソヂ》ノ露消《キ》エガタニ及ビテ」、ついに極小の方丈の庵を構える。「かけがね」だけで造った家で、掘立の柱もない。「土居《ツチヰ》」という土台を組み、いつでも移動ができるようにしてある。旅人が一晩の宿を造り、歳をとった蚕が繭を作るようなものだ。最初の庵と比べても、百分の一にも及ばない…という。

そう自虐的に語りつつ、長明は、「イヅレノ所ヲ占《シ》メテ、イカナルワザヲシテカ、暫《シバ》シモ此《コ》ノ身ヲ宿《ヤド》シ、タマユラモ心ヲヤスムベキ」と真摯に問い、結句「広《ヒロ》サハワヅカニ方丈、高《タカ》サハ七尺ガウチ也。所ヲ思ヒ定《サダ》メザルガ故ニ、地《ヂ》ヲ占《シ》メテツクラズ」と決め、方丈の庵に住む意義を述べる。

この「栖《スミカ》ハ、スナハチ浄名居士《ジヤウミヤウコジ》ノ跡《アト》ヲケガセリ」と、『方丈記』は、我が庵建立の意図を告白している。インドの浄名居士・維摩詰《ゆいまきつ》（ヴィマラ・キールティー）が住んだ方丈がモデルだというのだ。『今昔物語集』の説明によれば、維摩の「居《ゐ》給ヘル室ハ、広サ方丈」に過ぎないが、この小さな部屋には、何人でも入ることができる。「其ノ室ノ内ニ十方ノ諸仏来《きた》リ集リ給《たまひ》テ、為ニ法ヲ説キ給《たまへ》リ、各《おのおの》、無量無数ノ菩薩・聖衆ヲ引具《ひきぐ》シ給テ、彼《か》ノ方丈ノ室ノ内ニ各《おのおの》微妙《みめう》ニ荘厳セル床《ゆか》ヲ立テテ、三万二千ノ仏、各《おのおの》其ノ床ニ坐シ給テ法ヲ説キ給フ。無量無数ノ聖衆、各皆随ヘリ」。仏は、この「室ヲバ「十方ノ浄土ニ勝《すぐれ》タル甚深不思議ノ浄土也」ト説キ給ヒケリ」という（『今昔物語集』巻三「天竺毘舎離城浄名居士語第一」）。長明の憧れた「方丈」は、世界の全てを包み込む、宇宙のような無限であった。

維摩居士の方丈は、石室であったらしい。六世紀には、三蔵法師玄奘《げんじょう》や王玄策《おうげんさく》によって、インドのヴァイシャリー国に残る維摩方丈の遺跡が発見されている（『法苑珠林《ほうおんじゅりん》』、荒木「〈唐物〉としての「方丈草庵」」参照）。しかし長明の方丈の草庵は、その「浄名居士ノ跡」を承けながら、「跡」を遺さぬ組立式で、永遠の移動を本質とする。方丈の庵は、長明自身と、また彼の心と一体の空間であった。極限まで小さな点となった家に、一体的に居住する長明の心。それは、求心的に内向しつつ、同時に、外へ向かって庵を突き抜け、果てしない宇宙と交感することだろう。『徒然草』二三五段が語るように、家と心の比喩には、しかるべき伝統があった（荒木『徒然草への途』参照）。心の隠喩としての住まい、世界の譬喩としての住まい。そして宇宙の集約としての我が心。そのように交叉する精神性こそ、長明にとって、方丈の庵のもっとも大事な要素であった。

＊

本書の冒頭・**序章の1**で述べたように、『方丈記』には三回「フルサト」が出て来る。大福光寺本はすべて仮名書きである。初出は、福原遷都のところで、「誰カ一人フルサトニ残リ居ラム」と書いている。自分と一体だった「古京」の都が、強引に引き剝がされ、目の前が海の、条里も足らず、四神相応もない、西国へと移された。その悲痛の中で、京都を「フルサト」と呼んでいた。次は、文字どおり「故郷」としての京都である。長明は、出家して北の大原に住み、そして一転、南の宇治郡日野に移る。そこで、自らの意思で離れた都をながめ「ハルカニフルサトノ空ヲノゾミ」と誌す。これも、平安京を指している。

ところが最後の一例は違う。日野の住まいが「フルサト」と呼ばれていた。

オホカタ、コノ所ニ住ミハジメシ時ハ、アカラサマト思ヒシカドモ、今スデニ、五年《イツトセ》ヲ経《ヘ》タリ。仮《カリ》ノ菴《イホリ》モヤヤフルサトトナリテ、簷《ノキ》ニ朽葉《クチバ》フカク、土居《ツチヰ》ニ苔《コケ》ムセリ。自《オノ》ヅカラ事《コト》ノタヨリニ都《ミヤコ》ヲ聞ケバ、コノ山ニ籠《コモ》リ居《ヰ》テノチ、ヤムゴトナキ人ノカクレ給ヘルモ、アマタ聞コユ。

蠣崎波響《かきざきはきょう》筆『月下巨椋湖舟遊図』(重要文化財菅茶山関係資料，広島歴史博物館蔵)．文政元年(1818)の年記がある．往年の巨椋池の情景を伝える稀少な名画だ．ただし，秀吉が伏見城を築き，堤防を造って宇治川を改修した後の姿である．伏見から豊後橋(観月橋)，向島，巨椋池を望む．長明の頃の巨椋池は，水運の重要拠点であり，その豊かな水の流通は，宇治一帯を貴族達の避暑の地とする利便ともなっていた．

フルサトには、古びた家、馴染んで古くなった住まいという語義がある。日野の山に住んで「五年《イツトセ》ヲ経《ヘ》タリ」。土地を占めることなく、移動式だと自慢し、いつでも壊して運んでいけると思っていたこの仮の庵だが…。だんだんと故郷《フルサト》となり、根付いてしまったと長明は語る。五年には、それだけの重みがあった。「天《あま》離《ざか》る鄙《ひな》に五年《いつとせ》住まひつつ　都のてぶり忘らえにけり」という『万葉集』の古歌(巻五、八八〇番)がある。『方丈記』は、都遷《みやこうつ》りのところでこの歌を引き、「都《ミヤコ》ノ手振リタチマチニアラタマリテ、タダ鄙《ヒナ》タル武士《モノノフ》ニコトナラズ」と語っていた。ただし福原遷都は――本当に遷都なのか否か、ということについては、豊富な研究史の議論がある――わずか半年余りのことだ。この山での五年の時間こそ、長明にとって、「都のてぶりを忘」れる決定的な転機となった。

　四方四季／四神相応の充足こそ、平安京の理想的環境であった。自分が育ち、見聞した都。ところがいま、彼此反転して、この僻遠の地が、長明の「フルサト」

となる。西方浄土を幻想する四方四季もそなえた、世界の中心である。ここでついに、彼の心の遷都が行われた。誰にはばかることもなく、強制されることもない。本当の都は、他ならぬ今・ここにある。もはやあの平安京ではない…。こうして、いまや蓮胤《れんいん》と名乗る長明に、真の意味での出家がなされた。彼はようやく、本物の遁世者となったのである。

ここの「故郷」の用法には、白居易の影響もあるようだ。先に見た「香鑪峯下新卜山居草堂初成偶題東壁」詩の第四首は、「遺愛寺の鐘は枕を欹《そばだ》てて聴き、香鑪峯の雪は簾を撥《かか》げて看る。……心泰《やす》く身寧《やす》きは是れ帰する処、故郷独り長安に在るべけんや」と結ぶ。白居易のこの詩において、「叙情部分でもっとも重要な語が「故郷」であった」（加固理一郎「白居易の「遺愛寺鐘欹枕聴」について」）。白居易は、長安という都と廬山の草堂とを比べ、長安ばかりが「故郷」ではない。心がゆったりと解放され、我が身が安寧にくつろげるこの草堂こそ、故郷だ、と明言している。『方丈記』の言説と、そっくりではないか。先引した『草堂記』冒頭にも「白居易が廬山の景勝を看て心ひかれた様子を、旅人が故郷を訪れて立ち去り難いさまにたとえる」（加固同上論文）描写がある。『池亭記』をパクリと飲み込み吸収して『方丈記』の大枠ができたように、多くの先行する文学伝統をきっちり読み込み咀嚼して、先祖返りも縦横にこなし、独自の文章作法で思考を深化させていくエクリチュール（書きぶり）。これこそ、いかにも長明らしいやり方だ。

2　動物が運んだ幸福――北山山中（『うつほ物語』）

（母は）ここ（北山山中の杉の木の根元にできた空洞《うつお》）で暮らしていこうと決めて、子に言う。「今は閑暇《かんか》もあるようだから、私の父が、大切で尊いことだと考えて教えてくださった琴を習わせてあげよう。弾いてご覧なさい」と言って、（かつて父俊蔭《としかげ》が自分に与えた）「りうかく風《ふ》」という琴を、子の仲忠《なかただ》の琴にして、（俊蔭が弾いていた）「ほそを風《ふ》」という琴を自分で弾いて習わせたところ、とても覚えがよくて、なんとも上手《うま》く、霊妙に弾くのであった。

ここは人気《ひとけ》もなく、動物も、普段は熊や狼ぐらいしか姿を見せない山なのだが、このように素晴らしい演奏をすると、たまたま音を聞きつけた動物が、すぐさまこのあたりに集まって、母子の音楽に心を打たれて感歎し、生きとし生けるもの、草木さえもなびく。その中で、山の尾根を一つ越えて、がっしりと大きく威厳ありげな牝猿《めす》が、子猿をたくさん引き連れてやってきて、この琴の音を嘆賞して聞き入っている。それは、大きな木の「うつほ」を住まいとして占有して長年が経ち、山の幸を採り集めては糧《かて》として暮らしている猿なのであった。この琴の音に魅せられて、折々の木の実を持って土産とし、子猿と連れだってやって来る。そうして、この母子が琴を弾くのを聞く。

ここにて世《よ》を過《す》ぐさんと思ひて、子にいふ。「いまは暇《いとま》あめるを、おのがおやの賢《かし》こきことに思ひて、教へたまひし琴ならはし聞えん。弾《ひ》き見《み》給へ」といひて、りうかく風《ふ》をば、この子の琴にし、ほそを風をば、我ひきて習《なら》はすに、敏《さと》く、賢《かし》こく弾くことかぎりなし。

人けもせず、けだもの、熊、狼《おほかみ》ならぬは見えこぬ山にて、かうめでたきわざをするに、たままま聞きつくるけだもの、ただこのあたりにあつまりて、憐《あはれ》びの心をなして、草木もなびく中に、尾《を》ひとつを越えて、いかめしき牝猿《めざる》、子供おほく引き連れて来て、この物の音《ね》を賞《め》でて聞く。大《おほ》きなるうつほを、又領《らう》じて、年を経て、山に出で来る物をとりあつめて、棲《す》みける猿なりけり。この物の音《ね》にめでて、ときどきの木の実を持ち、子どももわれも引き連れて、持て来《く》。かくしつつ、この琴ひくを聞く。（『うつほ物語』俊蔭）

寺社への参籠がそうであるように、「籠もる」ことは、人が新しく生まれ変わる契機を内在する行為である。英語ではインキュベーションという。「鳥が卵を抱いて孵化すること、巣ごもることで、夢を得んと聖所に忌みこもって眠ることをも、ギリシャ以来こう呼んでいる」と西郷信綱の名著『古代人と夢』は説明している。聖徳太子の法隆寺夢殿がいい例だ。この「うつほ」も、籠もるという意味では、関連するキーワードである。

古典文学の「うつほ」について、少しここで見ておこう。物語で母子が籠もる「うつほ」は大木の根元の空洞だが、『平家物語』に興味深い「うつほ」の例がある。源頼政が退治した鵺《ぬえ》は、丸木をくりぬいた「うつほ舟」に入れて流されている（『平家物語』巻四「鵺」）。また理《り》一《いち》聖人は、足摺岬からうつほ船に乗り、南海の観音の浄土、補陀落《ふだらく》へと向かう（『長門本平家物語』巻四）。ちなみに理一は、益田勝実のいう「フダラク渡りの人々」（『火山列島の思想』所収）の一人である。那智勝浦の補《ふ》陀洛山寺《だらくさんじ》は、その名所であった。そういえば世阿弥『風姿花伝』の秦河勝《はたのかわかつ》も「うつほ舟」に乗り、難波から西海に旅立ち神となった。「うつほ」という空間の神秘性が、ほの見えるだろうか。

さて『うつほ物語』だが、この「うつほ」で暮らすのは、美しい二十代の母と、子の仲忠である。仲忠は数えで六歳だが、「変化の者」で、育ちも早い。まだ子どもの年頃ながら、すでに大人のようで、神秘的な才知に満ちていた。

仲忠の亡き祖父・清原俊蔭《としかげ》は、十六歳で遣唐使となった。しかし波斯国《はし》（通常ペルシャを表す文字だが、ここでは東南アジアあたりを指し示している）に漂流して、不思議な体験を積む。

俊蔭は「三人の人」から琴を伝授されて西に行き、阿修羅《あしゅら》の守る霊木を得た。それを用いて、天《あめ》稚御子《わかみこ》が、三十の琴を作る。天女が漆を塗り、織女《たなばた》は緒をすげた、という。俊蔭が弾くと、その霊妙な音楽に、七人の天人が降臨し、七人の仙人から琴の秘曲を伝承せよと指示する。そして三十の琴のうち、「声まさりたる」秘琴を「なん風《ふ》」「はし風《ふ》」と命名した。俊蔭は、さらに西へ進んで七仙人と出会い、琴を合奏すると、その妙音は、ついに仏の御国に届く。仏は文殊を連れて来訪し、仙人の因縁と、俊蔭の子孫の果報を告げた。俊蔭は、仏をはじめとして、菩薩に一つずつ琴を献上。そして帰国を決意して、七仙人に琴を一つずつ渡した。仙人は別れを惜しみ、俊蔭が日本に持ち帰るべき十の琴に、血の文字で、それぞれ名を書き付けた。

俊蔭は、秘琴二つと仙人が名付けた十の琴、それから白木の琴を旋風に載せて運び、「三人の人」のいる山へ帰り、白木の琴を一つずつ献じて喜ばれた。そして波斯国へ戻って貿易船に乗る。やがて二十三年ぶりに、三十九歳で祖国の地を踏むこととなった。父母はすでに亡《な》い。俊蔭は、三年喪に服した後、賜姓《しせい》源氏の皇女を娶《めと》り、一人娘をなした。父となった俊蔭は彼女に琴を仕込み、「りうかく風《ふ》」を娘に、「ほそを風《ふ》」を我が物とする。「なん風」「はし風」という二つの秘琴は人にも知らせず、「やどもり風《ふ》」という琴は手許に置いて、残りの七つの琴を持って参内し、天皇皇后以下に贈った。俊蔭が、帝に献上した「せた風《ふ》」を奏でると、内裏の瓦は砕けて、花のように散り、六月なのに、雪が降り積もる。感激した帝は、東宮の琴の師となって、その才を伝えよと命ずるのだが、俊蔭は、遣唐使派遣の苦労、父母も失ったつらさを口説いて、仕官を固辞。「三条の末、京極の大路」に豪邸を建て、娘の入内も多くの求婚も断って、蟄居することとなった。そして俊蔭は、娘が十五の歳に、あの秘琴「なん風」「はし風」を託し、この年の二月に死んだ妻を追うように没してしまう。

次いで乳母《めのと》も失い、身寄りの無くなってしまった娘の暮らしは、困窮した。昔の下仕え嫗《おうな》の助けで何とか過ごしていたが、ある日、賀茂詣での道中でふと立ち寄った、太政大臣四男の若小《わかこ》君《ぎみ》（兼雅）に見初められ、一夜のちぎりを結ぶこととなる。行方知らずの外泊を親に叱られた兼雅は、それっきり、再訪問も叶わない。しかし娘は、彼の子を宿していた。無垢な彼女は、妊娠に気付かずに九ヶ月も経ち、慌てて嫗が出産を導く。そして六月六日に仲忠が生まれた。

仲忠が五歳の秋、嫗も死に、父が丹精を凝らした家も零落する。仕方なく仲忠が山に入って、食べ物を調達する事態となった。彼は北山の山中で、広く整えられた、杉の木のうつほの住まいを見つける。これで住食安泰だと考えたのだが…。そこは山の王、熊の一家が住む場所であった。あわや食い殺されそうになった仲忠は、「しばし待ちたまへ。まろが命断《た》ちたまふな。まろは孝の子なり」と述べ、自分が死ねば、母の命も失われる。食われても死なない、耳たぶや鼻の頭を召しませ、と訴えた。

――このあたりは、東アジアで愛好された、孝子伝説の世界である。例えば、古代中国の『孝子伝』を出典として描かれた『今昔物語集』の説話に、楊威《ようい》という人物が登場する（巻九「会稽洲楊威、入山遁虎難語第五」）。薪を取りに入った山で、虎に出会った楊威。虎は、格好の獲物だと、すぐさま殺して食べようとする。しかし楊威は泣いてひざまずき、自分がいないと老母は死んでしまう、と命乞いをして、虎の感応を得た。まったく同じパターンの話である。当該部分の原文は、「楊威、山ニ入《いり》テ薪ヲ採《とり》テ母ニ孝《けう》セムト為《す》ルニ、山ニシテ忽《たちまち》ニ虎ニ値《あ》ヒヌ。虎、楊威ヲ見テ既ニ害シナムトス。其ノ時ニ、楊威、虎ノ前ニ跪《ひざまづき》テ泣キ悲《かなしみ》テ云《いは》ク、「我レガ家ニ老母有リ。我レ独《ひとり》ヲ以テ衣食ト怙《たの》メリ、亦、養フ子無シ。若シ、我レ無クハ、母必ズ餓ヱ死ナムトス。願クハ、虎、慈悲ヲ発《おこ》シテ我ヲ害シ給フ事無《なか》レ」ト。其ノ時ニ、虎、楊威ガ言ヲ聞テ、目ヲ閉ヂ頭ヲ低ケテ棄《すて》テ、去《さり》ニケリ。楊威、家ニ帰《かへり》テ思ハク、「今日ノ虎ノ難ヲ遁《のがれ》タル事、偏《ひとへ》ニ孝養ノ心ノ深キニ依《より》テ天ノ助ケヲ得タル也」ト思《おもひ》テ、弥《いよい》ヨ老母ニ孝養スル事不愚《おろかなら》ズ…」とある。

『うつほ物語』は、この前にも、仲忠が凍った鴨川を前にして、母への魚を求め、「まことにわれ孝の子ならば、氷解けて魚出で来《こ》。孝の子ならずは、な出で来《こ》そ」と、自分の親孝行の真実を懸けて、泣いて願う場面がある。すると「氷解けて、大いなる魚出で来たり」と、彼は魚を手にする。こちらの方は、生魚好きの母のために、凍った池の氷を叩いて泣き、氷を解かして魚を獲た、中国の『孝子伝』の王祥の故事（『孝子伝注解』参照。この逸話には、文献によって細部に微妙なバリエーションがあるが、今は問わない）にそっくりだ。

先に示した場面でも、仲忠の孝行の気持ちが通じ、熊は涙を流して「この木のうつほ」を譲り、母子は「ここ」で暮らしを始めることができたのだ。

この後、音楽好きの猿に養われるように、母と子は生き延びていく。すると、北野の行幸のお供で近くを通った兼雅が、琴の音に導かれ、北山の五つの尾根を越えてやって来る。本当に久しぶりで、妻子は再会を果たした。これが彼らの新生の転機となる。物語があえて設定した、「うつほ」という神秘的な籠もりの空間の効用がちらつく。そして兼雅は、多くの妻妾を棄て、三条堀川の邸宅に彼らを引き取って大事に守り、養った。このように『うつほ物語』俊蔭巻の仲忠と母をめぐる一連は、**第Ⅰ章の7**の勧修寺の藤原高藤《たかふじ》の話に、ところどころ、よく似ている。

＊

『源氏物語』絵合巻は、「物語の出《い》で来《き》はじめのおやなる竹取《たけとり》の翁《おきな》に、うつほの俊蔭《としかげ》を合《あ》はせて争《あらそ》ふ」と描き、物語絵の対決を設定した。物語の祖先『竹取物語』（**序章の2**参照）と並べられた『うつほ物語』俊蔭巻は、『源氏物語』に先行する、古代長編物語の始まりであった。内容は、見てきたようにSFファンタジー顔負けの荒唐無稽で、とりわけ俊蔭が、インドからやって来たブッダと会

『うつほ物語絵巻』(部分．九州大学附属図書館蔵)．「奈良絵本」と呼ばれる彩色の絵巻である．近世前期，寛文(1661-73)頃の制作といわれている．琴を弾く母子に聞き入り，木の実らしきものを捧げる2匹の猿．その他，鹿，狼，狐なども捧げ物を持って聞き入っている姿が描かれている．画像は，九州大学附属図書館 HP から閲覧可．

った、というのはお芝居のような夢幻だが、東南アジアからインドへ、という距離感は、「近くて遠き」(『枕草子』の言葉を借りた)、きわどいフィクションである。仏の国、インドへ。古代から平安時代に、それを望んだ人はあまたいたが、**序章の2**で見たように、現実に達成した日本人は、当時の日本に一人もいなかった。その一方で、八世紀前半に渡来して東大寺大仏の開眼供養《かいげんくよう》に参列したという、南天竺波羅門《ばらもん》僧正菩提僊那《ぼだいせんな》と林邑《りんぱ》(ベトナム説とインド説がある)僧仏哲《ぶってつ》という、伝説的外国僧の存在も、厳然と記憶されていたからである(『東大寺要録』他)。

ただし「俊蔭」という昔物語の「そらごと」(**第Ⅱ章の3**参照)には、孝子伝など東アジアの伝統が仕組まれ、勧修寺の高藤の一夜のごとき、古代人が夢見て、現実に羨望した、シンデレラストーリーも潜んでいた。『うつほ』の世界は、月から来たかぐや姫(『竹取物語』)や、美女に変じた亀と恋に落ちた浦島が、海中の「蓬萊山《ほうらいさん》」に行く古代物語(正史の『日本書紀』以下、**第Ⅱ章の2**参照)の奇想天外と、『源氏物語』のリアリティ――こちらも、理想のスーパーマン、光源氏が登場する――を接続する、しかるべき文学史の一コマだ。

しかし、だからこそ、違う。誰でも読めば、すぐにわかるが、とにかく別物なのだ。今日まで、そしてグローバルな読者まで惹き付ける『源氏物語』という天才のジャンプと洗練は、やはり圧倒的に大きい。そのことは、八百年以上も前に、女房のチャットを仮構した『無名草子《むみょうぞうし》』が「『源氏』作り出《い》でたることこそ、思へど思へど、この世一つならずめづらかに思《おぼ》ほゆれ」。「わづかに『うつほ』『竹取』『住吉』などばかりを、物語とて見けむ心地《ここち》に、さばかりに作り出でけむ、凡夫のしわざとも覚えぬことなり」と評論している。その通りだろう。

3　夢のお告げと未来——東寺と西寺（『古事談』）

伴大納言善男《ばんだいなごんよしお》は、かつて佐渡の国の郡司の従者であった。その佐渡の国において、善男は、西の大寺と東の大寺を跨いで立っている、と夢に見て、妻にそのことを語った。妻言わく、「それではあなたの股が割かれちゃうわね」と夢合わせをしたので、善男は驚いて、「つまらぬことを語ってしまったことよ」と恐ろしく思って、主人である郡司の家へとたずねて行った。すると…、郡司は、抜群の人相見であったのだが、普段はそんなこともしないのに、格別に丁重な扱いで、敷物を取り出して自ら出迎え、座敷に召し上げてくれたので、善男は不審の思いを抱き、「私をだまして家の中に昇らせ、妻が言ったように、股など裂こうというのだろうか」と懼れ思っていると、郡司言わく、「おまえは、勝れて高貴な相を表す夢を見たのである。それなのにつまらぬ人に語ってしまった。間違いなく高く立派な位にまでは昇り至るだろうけれども、夢を悪く合わせたその顕《あら》われとして必ずや不慮の事件が起こり、罪を被り罰せられることがあるのではないか」と占い語ったという。そうこうする内に、善男は、所縁ができて京都へ上り、予言のごとく、ついに大納言にまで上《のぼ》り詰めた。しかし、やはり（応天門《おうてんもん》の変で）罪を被り罰せられた。郡司の言葉の通りであった、という話である。

伴大納言善男は、佐渡国の郡司の従者なり。彼《か》の国において善男夢に見る様《やう》、西の大寺《おほてら》と東の大寺とを跨《また》げて立ちたりと見て、妻《め》の女に此《こ》の由《よし》を語る。妻の云はく、「そのまたこそはさかれんずらめ」と合はするに、善男驚きて、「由無《よしな》き事をも語りてけるかな」と恐れ思ひて、主の郡司の宅へ行き向ふ処《ところ》、郡司、極《きは》めたる相人《さうにん》にて有りけるが、日来《ひごろ》は其《そ》の儀もなきに、事《こと》の外《ほか》に饗《きやう》応《おう》して、円座《わらうだ》とりて出で向ひて召し昇《のぼ》せければ、善男恠《あや》しみを成して、「我をすかしのぼせて、妻の女のいひつるやうに、跨《また》などさかんずるやらん」と恐れ思ふ処、郡司云はく、「汝は止《や》むごと無き高相の夢みてけり。而《しか》るに由無《よしな》き人に語りてけり。必ず大位には至るとも、定めて其《そ》の徴に依りて、不慮の事出で来たりて、事に坐《ざ》すること有らむか」と云々。然《しか》る間、善男、縁に付きて京に上《のぼ》り、果《はた》して大納言に至る。然《しか》れども猶《な》ほ事に坐す。郡司の言に違はず、と云々。(『古事談』巻二臣節第四九)

『古事談《こじだん》』は、藤原定家(一一六二―一二四一)と同世代で親交もあった、源顕兼《あきかね》(一一六〇―一二一五)編纂の説話集である。貴族の日記や史書、記録類や言談録などをはじめとする、多様な文献から逸話や秘事を抜き書きして、全六巻に分類して成り立っている。基本は漢文体で記されており、ここに引いた本文は、それを訓《よ》み下《くだ》したものだ。男が観た夢の寺も、原文では「西大寺」「東大寺」と書いてある。『古事談』本話を出典として和文化した『宇治拾遺物語』第四話も同様だ。善男が夢見たのは、奈良なのだろうか。

しかし『古事談』の出典である『江談抄《ごうだんしょう》』の古写本・神田本は「西ノ大寺」「東ノ大寺」と誌している。『江談抄』は、院政期の碩儒《せきじゅ》（大学者）大江匡房《まさふさ》（一〇四一―一一一一）の談話録で、よく読まれた説話集であった。

古代や中世では、京都の東寺と西寺を「東大寺」「西大寺」と表記することがあったようだ（追塩千尋『中世南都仏教の展開』）。本話も、京都が舞台だとする理解（佐伯有清『人物叢書　伴善男』）が妥当だろう。東寺と西寺は、平安京の南端に在り、朱雀大路を挟んで、それぞれ東と西の大宮通に接している。寺院構造も対称的で、東西に正対して屹立《きつりつ》していた。近年の発掘研究もそのことを証明している（『史跡西寺跡発掘調査総括報告書』）。善男は、東寺と西寺を跨いで東西の大宮通あたりを両足で踏み、京の中心の朱雀大路を正面に見下して、北の大内裏を俯瞰することになる。朝廷支配の大夢だろう。平城京の東大寺・西大寺では、このシンメトリーは発生せず、伴大納言の野望も顕現しないことになってしまう。

よく似た類話があり、理解を助ける。藤原道長の祖父師輔《もろすけ》（九条殿）は、若き日に「朱雀門の前に、左右《さう》の足を西東《にしひんがし》の大宮にさしやりて、北向きにて内裏を抱《いだ》きて立てり」という夢を見た（『大鏡』）。朱雀門は朱雀大路の北端で、平安宮（大内裏）の入口である。門を入って南に進むと、その先には、大内裏の中枢である八省院《はっしょういん》（朝堂院《ちょうどういん》）の正門、応天門《おうてんもん》がある。善男因縁のトポスだ。ところが、夢を語る師輔の「御前になまさかしき女房」がいて、「いかに御股痛くおはしましつらん」と口を挟んだ。途端に師輔の「御夢たがひて」、子孫は栄えたが、自身は摂政・関白という出世を果たせなかった、という。師輔没後の後世に、曽孫の伊周《これちか》が大宰権帥《だざいのごんのそつ》に左遷されたり（長徳の変、**第Ⅱ章の6**参照)と、意想外のことも起きてしまう。「いみじき吉相の夢も、あしざまに合はせつれば、たがふ」とは、昔からの言い伝えだ。うかつに「心知らざらむ人の前に夢がたりな」と『大鏡』の語り手が付した教訓までが、響き合う。

本話の出典である『江談抄』の大江匡房は、聡明な聞き手で筆録者の藤原実兼《さねかね》を前に、伴大納言の先祖は知っているか、と問いかけている。すると実兼は、伴《とも》の氏文《うじぶみ》(系図資料)は大略覧《み》ましたと答えた。匡房は、氏文とは違う話を伝承している、と前置きして、この説話を語り出す。

かつて大伴を名乗った名門貴族の一員が、佐渡国の郡司の従者という下層の出自だと説く眉唾。それは、卑賤者出世譚の成り上がりの夢を纏《まと》いつつ、佐渡島が、善男の父の国道《くにみち》(七六八―八二八)の二十年間流罪された土地であることの連想か混同だろう(益田勝実「古事談鑑賞」)。そもそも善男は、佐渡の地を踏んでいない。

国道の罪は、長岡京遷都の立役者藤原種継《たねつぐ》の暗殺事件(七八五年)への連座《れんざ》(親族などにも罪が及ぶ刑罰)であった。事件の直前に陸奥で没していた大伴家持《やかもち》(『万葉集』の編者に擬せられる著名人)が首謀だとして、官位剥奪、埋葬も留められてしまう。氏族存立の重大危機であった。それを乗り越え、延暦二十四年(八〇五)、恩赦で国道は都に戻る。善男(八一一―八六八)は、その後の生まれである。淳和天皇の諱《いみな》を避けて伴《とも》氏となった直後、国道はついに参議となり、公卿に登った(八二三年)。

一方、善男は、大納言となった二年後の貞観八年(八六六)に、応天門の変の張本人だと告発される。最後まで無罪を主張するのだが、子や周囲の証言を固められて、罪を被り、伊豆配流となった。対照的な父子の人生である。

『伴大納言絵詞』(国文学研究資料館蔵). 出光美術館に所蔵される国宝『伴大納言絵巻』の模本である. 応天門の変の一連を描き出す. 『宇治拾遺物語』第114話にも同話がある. この場面の右手には朱雀門があり, それをくぐった人々が, 左手の煙の先に燃える, 応天門を仰ぎ眺める. 画像は, 国文学研究資料館の国書データベースから閲覧可.

匡房は、この話を「祖父」挙周《たかちか》(一〇四六年没)から聞いた、と語っている。挙周の父は、大江匡衡《まさひら》(九五二—一〇一二)である。匡衡は優れた学者であったが、さえない容貌で背が高く、指肩《さしかた》(怒り肩)で「見苦し」い(『今昔物語集』他)。出世にも取り残されて沈淪《ちんりん》し、女房達に馬鹿にされていたが、赤染衛門に惚れ込んで、夫婦となった。もともと「心ならず」結ばれた赤染衛門は、匡衡を嫌って遠ざけていた。しかし、夫が上国《じょうこく》の尾張の守になって羽振りが良くなると、「え厭《いと》ひも果《は》てず、挙周など生みてければ、幸《さいは》ひ人《びと》といはれけり」(『古本《こほん》説話集』上五「赤染衛門事」)。そして匡衡の浮気をめぐる、赤染衛門の歌の力の逸話も残る(**第Ⅱ章の1**参照)。そんな間柄であった。

だから赤染衛門は、息男の挙周を鍾愛《しょうあい》した。任官を願う我が子を思い、彼の中文《もうしぶみ》の奥に、鷹司《たかつかさ》殿(道長の妻倫子《りんし》)に宛てて「思《おも》へ君頭《きみかしら》の雪《ゆき》を払《はら》ひつつ　消《き》えぬ先《さき》にといそぐ心を」という和歌を添えたこともあった。それを目にした道長が、たいそう愛《め》でて、急ぎ和泉守に任じたと伝えられている(『古本説話集』同上)。これも、道長の歌話と言えるだろう。本書第Ⅱ章に見える、道長と和歌の説話群とともに、注意したい逸話である。

挙周の和泉国への赴任には、母の赤染も同行した。ところが挙周は、不慮の病に襲われて、危篤となる。母は歎き悲しみ、住吉明神に和歌を奉納すると、歌徳は神に通じて、病は即時快癒した、との説話がある(『古本説話集』同上他)。挙周は、和歌の言霊《ことだま》という不思議を、母の愛で、身にしみて悟ることになった。

本話の伝承経路が匡房の記憶通りなら、それなりに腑に落ちる。善男が見た夢の言葉を軽率に茶化す妻の愚かさを、挙周は、母の恩を思い出しながら、実感をこめて孫の匡房に語り諭したことだろう。

4　観音の救済とは——清水寺(『古本説話集』)

今は昔、忠明《ただあきら》という検非違使《けびいし》がいた。若輩であったころ、清水寺の舞台で、口さがなく血の気の多い京都の若者(京童部《きょうわらべ(わらんべ)》あるいは京童《きょうわらわ(わらべ)》という)と喧嘩になった。京童たちは、みなそれぞれ刀を抜いて、忠明を取り囲んで閉じ込め、殺そうとしたので、忠明も刀を抜いて秘仏観音のおわす御堂(本堂)の方へ抜け出たところ、本堂の東の端に、多くの京童が立ちふさがり向かってきたので、そちらへは逃げることができず、蔀戸《しとみど》(格子の板戸)の下の方を抜き取って脇にはさみ、舞台の前の谷に勢いよく飛び降りた。

蔀は風を受けて扇《あお》がれ、忠明は、谷の底へと、鳥が舞い降りるように、ゆったりと落ちて着地できたので、そこから逃げて行方をくらました。京童は、谷を見下ろして、あきれるやら口惜しいやら、呆然と立ち並んで、下方を眺めていた、という。

また、いつごろのことだったのだろうか、女が、小児を抱いて、本堂の前の谷をのぞいて立っていた時、どうしてしまったことか、抱き損なって、するりと手から抜け、その小児を谷に落とし入れてしまった。どうしようもなくて女は、仏の御前に向かって、「観音様、お助けください」と、狼狽しつつ、手をすって祈ると、小児は、まったく何の疵《きず》もなく、谷の底の木の葉が多く積もりたまっている上に、まあうまく落っこちて載り、伏せっていたので、人々はそれを見つけて抱き上げ、驚嘆して、観音の御利益の尊さをありがたがったという。

今《いま》は昔《むかし》、忠明《ただあきら》といふ検非違使《けびゐし》ありけり。若男《わかをとこ》にてありけるとき、清水《きよみず》の橋殿《はしどの》にて京童《わらべ》と諍《いさか》ひをしける。京童、手ごとに刀《かたな》を抜《ぬ》きて、忠明をたて籠《こ》めて、殺さんとしければ、忠明も刀を抜きて、御堂《だう》ざまに出《いで》たるに、御堂の東《ひんがし》の妻《つま》に、数多《あまた》立ちて向かひければ、そちはえ逃《に》げで、蔀《しとみ》の本《もと》を脇に挟《はさ》みて、前《まへ》の谷《たに》に躍《をど》り落《お》つ。

蔀に風《かぜ》しぶかれて、谷の底《そこ》に鳥の居《ゐ》るやうに、やをら落ち居《ゐ》ければ、それより逃げて往《い》にけり。

京童、谷を見下《おろ》して、あさましがりて、立《た》ち並《な》みてなん見下《おろ》しける。

又、いつごろのことにかありけん、女の、児《ちご》を抱《いだ》きて、御堂の前の谷をのぞきて立《た》てる程に、いかにしたるにかありけん、児を取《と》り外《はづ》して谷に落《おと》し入《い》れつ。すべきやうもなくて、仏の御前《まへ》に向《む》きて、「観音《くわんをん》、助《たす》け給《たま》へ」と、手をすりて惑《まど》ふに、つゆ疵《きず》なくて、谷の底の木の葉の多《おほ》くたまりたる上になん、落《お》ちかかりて臥《ふ》せりければ、人々見て抱《いだ》き上《あ》げて、あさましがり、貴《たふと》がりけり。

(『古本説話集』下四九「清水の利生に依りて谷底に落し入れたる少《をさな》き児《こ》を生《い》けしむる事」)

清水寺は、誰もが知る、観音信仰の聖地であった。古来、霊験や現世利益の逸話は数知れず。「妻観音《つまがんのん》」(狂言『伊文字』など)として、男女の縁も結ぶ。そして江戸時代には、「心願」を抱いて清水の舞台より飛び降りる「飛び落ち」がはやった。明暦二年(一六五六)刊の俳諧手引き書『世《せ》話《わ》焼《やき》草《ぐさ》(世話尽《づくし》)』にも「清水の舞台から後飛《うしろとび》」という諺《ことわざ》が載っている(巻二)。

元禄七年（一六九四）から元治元年（一八六四）に及ぶ『清水寺成就院《じょうじゅいん》日記』の現存百四十八年間の記事の中に、本堂舞台からの飛び落ち（未遂などを含む）は、二百件以上ある。文化十一年（一八一四）六月三日、翌年三月十七日と、二回も飛び落ちをした「少々乱心者」の娘もいた。「無事」「達者」また「正気」「気丈」の場合も多く、八割以上は命に別状なかったようだが、怪我を負ったり、「相《あい》果《はて》て」死骸《しがい》をさらされる悲劇もある。実行者は、十代から八十代までと幅広いが、やはり十代二十代の若気の過ちが目立つ（横山正幸『実録「清水の舞台より飛び落ちる」――江戸時代の『清水寺成就院日記』を読む』、加藤眞吾『清水寺の謎　なぜ「舞台」は造られたのか』など）。

京都府は、明治五年（一八七二）に、飛び落ちの禁止令を出している。同年八月の『京都新聞』（西京新聞社）三七号は、「この舞台飛びといふ事は、演劇者《やくしや》近松某なる者、劇場《しばい》歌舞伎の戯作《げさく》より」「妄説を伝へ」て広まった。影響された「愚夫愚婦」は「分外僥倖《さいわい》の福を祈り」、「不正の淫媒《いんばい》を願ふて」飛び落ち、死んだり、大けがをしたりする。「かかる文明日新の今日に至り」、「誠に口惜しき」「愚昧《ぐまい》」だと論説している（原文は漢字カタカナ交り。表記を改めて引用した）。

近松某の歌舞伎とは、近松門左衛門が浄瑠璃を歌舞伎に脚色して京都で上演した『一心二《いっしんに》河白《がびゃく》道《どう》』を指す。清水寺の僧清玄《せいげん》が、桜姫《さくらひめ》という高貴な美女を見初めたことが発端となるこの芝居は、清玄桜姫物《せいげんさくらひめもの》として人気を博した。寛政五年（一七九三）初演の『遇曽《さいかいそ》我《が》中村《なかむら》』では「桜姫が下駄と持物をそろえ、舞台から傘を開いて飛び下りる演出が工夫される」（横山正幸前掲書）名場面があった。その様子は浮世絵にも描かれ（タイモン・スクリーチ『江戸の思考空間』など）、流行に拍車をかけた。傘を持って飛び落ちをしたり（文政七年［一八二四］五月二十二日、天保四年［一八三三］七月二十七日）、舞

『清水寺境内図屏風』(17 世紀，部分，清水寺蔵)．舞台の右側が東の妻(端)である．石段から音羽の滝の方へ逃げようとした忠明は，行く手をふさがれ，舞台から飛び降りた．ちなみに清水寺は，寛永 6 年(1629)9 月 10 日の大火で，本堂以下の多くの堂塔伽藍が焼失．同 10 年に再建された．本図はそれ以降の成立で，現在の清水寺の姿につながる画像である．

台の廂《ひさし》の辺に「傘・提灯・下駄など」を残して飛び落ちたり(文政七年九月二十四日)する女が『成就院日記』に見える。

忠明も「若男」の時に喧嘩して窮地に陥り、舞台から飛び下りた。ただし平安時代の話である。この『古本説話集』という作品は、鎌倉時代・十三世紀の写本として伝わり、昭和に発見された。現在は東京国立博物館所蔵。重要文化財に指定されている(「e国宝」サイト参照)。『今昔物語集』や『宇治拾遺物語』とほぼ同文の説話を多く共有する、貴重な中世資料だ。そしてこの書も、源隆国《たかくに》の「宇治大納言物語」の末裔である。この二話は『今昔物語集』巻十九に同じ順序で載り(第四十、四十一)、『宇治拾遺物語』九五話は忠明説話のみを採っている。

本段に原文を引いた『古本説話集』所収の説話の中で、清水の舞台に相当するのは「清水の橋殿」という記述である。『今昔物語集』も同

古活字本『義経記』巻三（部分．京都大学附属図書館蔵）．元和・寛永（1615–44）ごろの刊行とされる．義経と弁慶が清水寺の舞台の上で争っている場面が，彩色の挿絵として描かれている．京都大学貴重資料デジタルアーカイブから閲覧可能．

様だ。橋殿とは、床を高くして、谷や川などに橋のように掛け渡した建造物で、清水の舞台そのものである。ところが『宇治拾遺』には「清水の橋のもとにて」「いさかひをしけり」とあり、「橋殿」が「橋」とのみ記されている。「清水の橋」なら、「清水橋」「清水寺橋」と呼ばれた五条橋（現在の松原橋）のことと解釈するのが自然だろう。当時の清水寺参詣路は、清水橋を渡り京洛を出て、旧五条通（現在の松原通）から清水坂、清水寺へと登る。

この「清水の橋」という記述は、単なる誤脱や誤解ではないだろう。なぜかといえば『宇治拾遺』の忠明は「太刀を抜《ぬき》て、御堂ざまにのぼる」と描かれているからだ。「御堂ざまに出《いで》たるに」（『古本説話集』）でも「御堂ノ方様《かたざま》ニ逃《にぐ》ルニ」（『今昔物語集』）でもない。本堂の方へ「のぼる」という。そして「前の谷へをどり落《お》つ」。伝承の再話が微妙に違っている。

このずれの理解に参考となるのは、弁慶と義経の戦いの場である。謡曲『橋弁慶』の弁慶は、五条天神社（**第Ⅰ章の4**参照）に参詣する途上の「五条の橋」で、女装の牛若に挑発され、長刀《なぎなた》を振るう。往年の唱歌で馴染みの場面である。しかし、より古い軍記『義経記《ぎけいき》』では状況が違っている。『義経記』巻三では、太刀千《ち》振《ふり》の収集にあと一本と迫った弁慶が、六月十七日、五條天神社で成就を祈る。夜も更け、「天神へ参る人の中《なか》に、よき太刀《たち》持ちたる人をぞ待ち懸《か》けたり。暁方《あかつきがた》になりて」、まだ暗い堀川小路を下って行くと、優雅に笛を吹き、「未《いま》だ若人のしろき直垂《ひたたれ》に胸板《むないた》をしろくしたる腹巻《はらまき》に、黄金造《こがねづく》りの太刀《たち》のこころも及ばぬを帯《は》かれた」牛若の姿を目にする。弁慶は、あの太刀がほしいと狙い、牛若も「彼奴《きやつ》は只者《ただもの》ならず、この頃都に人の太刀奪ひ取る者は彼奴にてあるよと思はれて」警戒した。弁慶は、これまで散々強者を破って太刀を奪ってきた。「ましてこれ程なる優男《やさをとこ》」、なんでもないことと「支度《したく》して」、太刀を奪おうとする。だが弁慶は、牛若の兵法の奥義に翻弄されてしまう。

思いを果たせなかった弁慶は、翌六月十八日の清水寺の縁日に「何ともあれ、昨夕《ゆふべ》の男、清水にこそあるらんに、参りて見ばやと思ひて参りける」。惣門で待ち伏せをした弁慶は、「観音に宿願あり」と清水坂を上《のぼ》ってきた牛若を「清水の正面」へと追い、御堂から「舞台へ引いて、下合《おりあ》ふて、戦ひける」。二人の戦いの詳細は、『義経記』の名場面をお読みいただければ、と思う。

謡曲の弁慶は、清水橋(「五条の橋」)で牛若と戦う。一方『義経記』の牛若は、前日の五條天神から、翌日は京を東へ過り、清水の橋から清水坂を登って、惣門で弁慶に遭った。そして弁慶は、牛若を清水の舞台へと追い、そこで戦ったことになる。『宇治拾遺』が語った「清水の橋」をめぐる、清水参詣の空間認識に示唆的であろう。なお清水の舞台の飛び落ちをめぐっては、荒木編『古典の未来学』所収の拙稿にも、関連することを書いている。

5　親知らず、子知らず――石清水八幡宮(『古今著聞集』)

あまり遠くない昔のこと、瑞々しく優美な女房がいた。夫とは疎遠で貧しい暮らしはしていたが、見目形麗しく、魅力的な娘をもっていた。十七、八歳の年頃になったので、女房は、この子だけは、なんとか幸せになってもらいたいと思っていた。

彼女は、娘への愛情が募るあまり、石清水八幡宮へ、娘とともに、つらい思いで泣く泣く参拝し、夜通し神の御前で、「私自身は、今となってはどのような状態でも生きていけます。この娘を安心できるような様子にしてお見せください」と数珠をすって、涙を流し泣きながらお祈り申したのに…、この娘は、八幡に到着するやいなや、母の膝を枕にして、起き上がることもなく寝てしまった…。日付も変わって暁方となった未明の暗がりの中で母が言うことには、「どれほど決意して、やむにやまれず心を奮い立たせて乗り物にも乗らず、徒歩でやっと参詣してきたというのに…。こうして夜通し、神の御心にも思いが通じて「あはれ」と思し召しなさるほど祈願申し上げなさるのが当たり前でしょ。なのにあなたは、考えなしにすやすやと寝てらっしゃる。ああいやだ、何なのよ」とくどくど嘆いて叱るので、娘ははっと目を覚まし、「…思うようにならず、私もなんだか苦しくて…」と言い、

身のうさをなかなかなにと石清水《いはしみづ》　おもふ心はくみてしるらむ

(この身のつらさを、生半可に口に出しては言うまいと思います。石清水の八幡さま。私が思い苦しむ心の内は、

とうに汲み取り、お見通しでいらっしゃいますよね。）
と詠んだので……

中比《なかごろ》、なまめきたる女房ありけり。世の中たえだえしかりけるが、みめかたち愛敬《あいぎやう》づきたりけるむすめをなんもたりける。十七、八ばかりなりければ、これを、いかにもしてめやすきさまならせむと思ひける。
かなしさのあまりに、八幡へむすめともに、なくなくまゐりて、夜もすがら御前にて、「我身《わが》は今はいかにても候《さぶら》ひなん。此《この》むすめを心やすきさまにてみせさせ給へ」と、ずずをすりて、うちなきうちなき申しけるに、此女《このむすめ》まゐりつくより、母のひざを枕にして、おきもあがらずねたりければ、暁《あかつき》がたに成りて母申すやう、「いかばかり思ひたちて、かなはぬ心にかちよりまゐりつるに、かやうに夜もすがら、神もあはれとおぼしめすばかり申したまふべきに、思ふことなげにねたまへる、うたてさよ」と、くどきければ、むすめおどろきて、「かなはぬ心ちにくるしくて」といひて、
身のうさをなかなかなにと石清水《いはしみづ》おもふ心はくみてしるらむ
とよみたりければ…（『古今著聞集』巻第五和歌第六　一七三「或女石清水に参籠詠歌して神徳を蒙る事」）

――こんなに苦労して、徒歩《かち》で参り着いたのに。あなたときたら…。石清水対岸の大山崎は、木津川、宇治川、桂川が合流し、淀川となる水陸交通の要衝であった。わざわざ徒歩での参詣を強調するの

は、たとえば橋本まで船便で訪れる簡便さと比べて、信心の深さを訴える意図がある。『徒然草』五二段の「仁和寺《にんなじ》にある法師」も「年寄《よ》るまで石清水を拝《をが》まざりければ、心憂《う》く覚えて、ある時思ひ立ちて、ただひとり、徒歩《かち》より詣《まう》でけり」という。

ところが法師は、男山の麓の「極楽寺、高良《かうら》などを拝みて、かばかりと心得て」、先へ行かずに帰ってしまった。「そも、参りたる人ごとに山へ登りしは、何事かありけん、ゆかしかりしかど、神へ参るこそ本意《ほい》なれと思ひて、山までは見ず」と法師は知人に語る。彼は、石清水八幡宮本殿が、山上にあることを知らなかったのだ。「少しのことにも、先達《せんだつ》はあらまほしきことなり」（本節の『徒然草』引用は通行の烏丸本《からすまるぼん》による）。石清水のツアーガイドとして、格好のキャッチコピーともなるような名文句である。

法師が見上げて踵《きびす》を返した男山は、都から歩いてきた女の脚にはこたえた。娘は、着くやいなや母の藤枕で熟睡して、夜が更ける。母は、腹に据えかね激高するが、娘はあながち、間違っていない。熱心な参籠者ほど、神前仏前で、ふと、うたた寝し、神仏は、参拝の人の眠りの夢の中に、高貴な姿を現前する慣わしだ（**第Ⅱ章の3**参照）。

人の気も知らないで、と母に叱られ、はっと目覚めた娘は、当意即妙の和歌を詠んだ。それは、和泉式部が「もの思《おも》へば沢《さは》の蛍《ほたる》もわが身よりあくがれいづるたまかとぞ見《み》る」と貴船明神に詠みかけて、「奥山《おくやま》にたぎりて落《お》つる滝《たき》つ瀬《せ》の　たま散《ち》るばかりものな思《おも》ひそ」という神詠を導き出したように（『後拾遺和歌集』他）、神を動かす絶唱であった。石清水八幡は、九世紀に大分の宇佐八幡宮から勧請された（行教《ぎょうきょう》和尚の袖にうつり、という伝えがある）。憂さと宇佐、石清水と「言はじ」が掛詞である。「くみて」は清水の縁語で、心を推し量る意を掛ける。

この説話には大事な続きがあった。娘の詠吟に「母もはづかしくなりて、ものもいはずして下向する程に」、奇蹟の出会いが待っていたのだ。「七条朱雀のへんにて、世の中にときめきたまふ雲客《うんかく》、桂《かつら》よりあそびて帰りたまふが、このむすめをとりて車にのせて、やがて北の方にして、始終いみじかりけり」。時めく殿上人が、桂から帰宅の途次に娘を見初め、さっと牛車に抱き上げて、そのまま妻とした、という。そして二人は末永く、幸せに暮らしましたとさ。

この話は、建長四年（一二五二）成立の『十訓抄《じっくんしょう》』十ノ十二に原話があり、その二年後に成立した橘成季《たちばなのなりすえ》――藤原定家と同時代人である――の『古今著聞集《ここんちょもんじゅう》』に書き入れられた。『著聞集』は『十訓抄』にはない「大菩薩、この歌を納受ありけるにや」と末尾のコメントを付して閉じている。神祇を「大菩薩」と呼ぶのは、八幡宮独自である。桓武天皇は、即位の奉告で、宇佐八幡に「護国霊験威力神通大菩薩」の尊号を奉っていた。ちなみに石清水には、古来、朝廷の勅使が派遣される勅祭として、石清水放生会《ほうじょうえ》（現石清水祭）があった（旧暦八月十五日、現在は九月十五日）。賀茂祭（葵祭）、春日祭と並んで、三勅祭と呼ばれる大祭である（**第Ⅰ章の9**参照）。

「納受」とは、神仏が人の祈願を受け止めて、叶えてくれることをいう。ここは和歌の納受である。『古今和歌集』仮名序に「力をも入れずして、天地《あめつち》を動かし、目に見えぬ鬼神《おにがみ》をも哀《あは》れと思はせ、男女《をとこをむな》の仲をも和《やは》らげ、猛《たけ》き武人《もののふ》の心をも慰《なぐさ》むるは、歌なり」という。「歌よみは下手こそよけれ　天地の動き出してたまるものかは」（宿屋飯盛《やどやのめしもり》『狂歌才蔵集』所収）という狂歌があるほど、よく知られた一節であった。

『洛中洛外図屏風』右隻(国立歴史民俗博物館蔵，歴博 E 本)．画面右の第一扇に，石清水八幡，大原野，山崎が，第二扇に伏見稲荷や東福寺，第三扇には方広寺，三十三間堂，などが見え，下には桂川が流れている．第四扇は清水寺や東寺，第五扇に八坂の塔，神泉苑，第六扇には，西行(1118-90)が庵住した双林寺や，松尾社他が描かれる．画像は，国立歴史民俗博物館の HP から閲覧可．

ところで、徒歩での参詣という説明には、他の含意もある。母娘はおそらく、市女笠《いちめがさ》を被った壺装束《つぼそうぞく》を身にまとい、人目に触れつつ陸路を行くことになったはずだ。「見目《みめ》は果報の基《もとい》」という諺がある。華やぐ貴公子は、朝方、「みめかたち愛敬《あいぎやう》づきたりける」容姿の娘を発見して、一日惚れ。天下の大路で、車に乗せて略奪した。それも、人目に触れる、徒歩なればこそであろう。**第Ⅱ章の1**に、類話を引いておいた。さらにいえば、母が「世の中たえだえしかりける」不遇であればこそ、でもある。立派な家柄の娘なら、かくも乱暴なシンデレラストーリーがあり得ただろうか。卑賤者出世は、庶民に共通の夢である。

ただしその母も、『伊勢物語』初段

の春日の里の姉妹のように（第Ⅰ章の7）、「なまめく」女だったと記されていた。なまめく・なまめかしは、古語では瑞々しい若さをいうが、中世の『徒然草』は「すべて神の社《やしろ》こそ、すてがたく、なまめかしきものなれや」（二四段）、「具覚房《ぐかくぼう》とて、なまめきたる遁世《とんせい》の僧」（八七段）などと、神を讃える表現や僧侶の形容にも用いている。彼女にも、神が愛《め》で、仏が慈《いつく》しむような、選ばれし資質があったものだろうか。

八幡は武神で、源氏の守護神であった。娘を娶《めと》った雲客は、源氏の血を引くどなたかも、などと想像を膨らますのも楽しい。語り手と聞き手のキャッチボールで磨きぬかれた伝承文芸は、いかようにも読める反面、その内実とディテールには、無駄がない。

6　栄華の果ての往生――大原(『平家物語』)

遠い山にかかる白い雲は、散ってしまった桜の面影を伝える形見である。青葉がちな梢を見ると、過ぎ去った春の名残が惜しまれる。時節は、四月二十日過ぎのことなので、後白河法皇は、茂る夏草の葉末を分け入らせなさっていらっしゃるが、こちらへは初めての御幸なので、お目になれたところもなく、どこを見ても物珍しい。人の往来が途絶えた時間の流れや、あたりの様子もしみじみとお感じになられて、哀愁がつのる。

西の山のふもとに、一軒の御堂がある。そう、これがかの寂光院《じゃっこういん》である。古めかしく作ってある庭の池水や木立など、由緒ある様子の場所だ。「瓦屋根が壊れ破れて、霧が入り込み、不断の香を焚くかのごとくであり、戸が朽ち落ちて、月の光が差し込み、あたかも常住《じょうじゅう》の灯火をかかげるかのようだ」との名句があるが、このようなところを表現するのにふさわしい物言いではないか。庭の若草は競って繁茂し、青々とした柳は、風に揺れて糸のような葉を絡ませ、池の浮き草は波にただよい、まるで錦を水にさらしているのかと感違いしそうだ。池の中島の松に掛かった藤の花房がたなびき、紫に咲き誇るその色は、古歌にもいうように、青葉まじりの遅桜、初咲きの桜花よりもめずらしい。岸の山吹は咲き乱れ、幾重にも重なって立ち上る雲の絶え間から、山ほととぎすが一声《ひとこえ》鳴く。その音《ね》もまた、法皇のお出ましを待ちこがれる様子である。

遠山《ゑんざん》にかかる白《しら》雲は、散《ちり》にし花のかたみなり。青葉に見ゆる梢《こずゑ》には、春の名残ぞをしまるる。比《ころ》は卯月《うづき》二十日《はつか》余《あまり》の事なれば、夏草のしげみが末を分入《わけい》らせ給ふに、はじめたる御幸《ごかう》なれば、御覧じなれたるかたもなし。人跡《じんせき》たえたる程もおぼしめし知られて哀《あはれ》なり。

西《にし》の山のふもとに、一宇《いちう》の御堂《みだう》あり。即《すなはち》寂光院是也《これなり》。ふるう作りなせる前水《せんずい》・木立《こだち》、よしあるさまの所なり。「甍《いらか》やぶれては、霧不断《きりふだん》の香《かう》をたき、枢《とぼそ》落ちては、月常住の灯《ともしび》をかかぐ」とも、かやうの所をや申すべき。庭《には》の若草しげりあひ、青柳糸《あをやぎいと》をみだりつつ、池の蘋《うきくさ》浪にただよひ、錦《にしき》をさらすかとあやまたる。中島の松にかかれる藤なみの、うら紫にさける色、青葉まじりの遅《おそ》桜《ざくら》、初《はつ》花よりもめづらしく、岸《きし》のやまぶき咲きみだれ、八《や》重《へ》たつ雲のたえまより、山郭公《やまほととぎす》の一《ひと》声《こゑ》も、君の御幸《みゆき》をまちがほなり。(『平家物語』灌頂巻「大原御幸」)

文治二年(一一八六)初夏の候。後白河法皇は、側近の貴紳たちと、大原の寂光院に女院を訪ねた。他の資料を参照すると、四月二十三日のことらしい(猪瀬千尋「文治二年大原御幸と平家物語」)。鞍馬街道の九十九折《つづらおり》(**第Ⅰ章の2**で触れた)を抜け、夏草をかき分けてたどり着く。洛北の春から夏へ。山寺のながめは、遠山の白い雲、青柳、松の藤波、青葉まじりの桜の残花、池の浮き草、咲き誇る山吹と、色とりどりの季節の推移が景色にたゆたい、艶やかなグラデーションを織りなしていた。ほととぎすの一声も、胸を打つ。

女院は、平清盛の娘、建礼門院徳子である。後白河の子高倉天皇の中宮で、安徳天皇を産んだ国母であった。母の二位の尼時子は、後白河の皇太后から女院・建春門院となった滋子の異母姉である。しかし幼い安徳は、平家の敗走に伴い、三種の神器を具して都落ちした。レガリアを欠落したまま、安徳の異母弟、後鳥羽天皇は、都で即位を強行。不思議な二帝並立が実現する。

『平家物語』によれば、二位の尼時子は、元暦二年(一一八五)三月二十四日の壇ノ浦の戦いで入水した。その時彼女は、三種の神器の「神璽《しんし》をわきにはさみ、宝剣を腰にさし」て、「わが身は女なりとも、かたきの手にはかかるまじ。君の御ともに参る也」。志を等しくする人々はいざ続け。尼は、舷《ふなばた》でそう叫び、数え八歳の孫・安徳天皇を抱いて、さあ極楽浄土へ、と誘《いざな》う。「浪のしたにも都のさぶらふぞ」と、幼帝をなぐさめ説いて、海に沈んでいったという(巻十一「先帝身投」)。慈円《じえん》(一一五五—一二二五)の『愚管抄』も事態を略述し、「内大臣宗盛以下数ヲツクシテ入海」したと記している(巻五)。建礼門院も入水したのだが、熊手で髪をたぐられて、船に乗せ上げ救済されたと『平家物語』は語っている(巻十一「能登殿最期」)。彼女は同年五月一日に出家。八月には文治と改元がなされ、建礼門院は九月末に寂光院に入った。

「宝剣」天叢雲剣《あまのむらくものつるぎ》は、慈円の兄で時の権力者である『玉葉』記主の九条兼実《かねざね》(一一四九—一二〇七)が懇切に指揮した、長期の捜索にもかかわらず、ついに発見されなかった。後鳥羽院らによる承久の乱(一二二一年)を予見するように書かれた『愚管抄』は、天皇の王法にとって、宝剣の喪失は「心ウキコト」だが、今になって思えば、「武士ノキミノ御マモリトナリタル世ニナレバ、ソレニカヘテウセタルニヤ」——武士が帝の守護となる代わりに、宝剣は消滅したのだろうかと、時代の転変を論じている(巻五)。

後白河が到着した時、女院は、山へ花摘みに行っていて、不在であった。花摘みは『法華経』提《だい》婆《ば》達《だっ》多《た》品《ぼん》（次節**Ⅲの7**参照）に説く成仏の営みである。庵室には、阿弥陀の三尊があり、極楽往生のしつらいが整っていた。やがて下山した女院と、涙の再会を果たした後白河は、女院から、平家の栄枯盛衰と壇ノ浦の最期を聞く。

平家滅亡を目の当たりにした女院は、壇ノ浦から船で都へ戻る途中、明石の浦でふとまどろんで夢を見た、というのだ。

その夢の中で、我が子の安徳帝をはじめとして、亡き平家の人々が、内裏より立派なところで威儀を正していらっしゃった、と女院は語る。懐かしい顔を見て、はて、ここはどこ？と女院が尋ねると、母の二位の尼とおぼしき人が、「竜宮城」と応えた。そして、詳しくは『竜《りゅう》畜《ちく》経《きょう》』に書いてある。くれぐれも、後世を弔いたまえと告げられた、と思うと夢から覚めました。それから私は、経を読み、念仏を唱えて、菩提を弔う毎日です…。女院はまさに『平家』の世界を自己語りしながら、うつつに輪廻の六道《ろくどう》（天上・人間・阿修羅・畜生・餓鬼・地獄）を見たと法皇に訴え、彼女のみが知る、歴史秘話の一連を打ち明けていた。

日暮れを知らせる寂光院の鐘が鳴り、夕陽は西に傾く。法皇は名残を惜しみつつ、都へと帰って行った。女院はそれからも、阿弥陀仏の御手に懸けた五色の糸を引きながら、祈りと念仏の歳月を重ねた、とのことだ。そしてある日、西に紫の雲がたなびき、芳しい香りと音楽が拡がって、女院は極楽往生を遂げる。『平家物語』という名作の大団円である。

建久二年（一一九一）二月中旬のことだと、本節に引く語り本の『平家物語』（覚一本《かくいちぼん》）は語っている。

『大原御幸絵巻』(寂光院蔵).後白河法皇が訪ねると,阿波の内侍という旧知の老尼が出迎えた(中央).折しも建礼門院は,故安徳天皇の乳母大納言佐と二人で山に入り(左上),花かごを下げて,岩躑躅などを摘みに出かけていた.

ただし、読み本系の『平家物語』(延慶《えんぎょう》本、四部《しぶ》合戦状《かっせんじょう》本、長門本)などは貞応二年(一二二三)の(晩)春、『源平盛衰記』は貞応三年の春に亡くなったと伝え、『女院小伝』他は、建保元年(一二一三)十二月十三日に崩じたと記している。

このように、建礼門院が亡くなった年は定かではないが、生年については、久寿二年(一一五五)にほぼ定まる(以上、建礼門院の生没年については、角田文衞『平家後抄』下、佐伯真一『建礼門院という悲劇』参照)。『愚管抄』の著者で、九条兼実の弟という貴顕の天台座主、慈円と同い年である。五十で出家後「ムナシク大原山ノ雲ニ臥《フ》シテ」五年を過ごしたと『方丈記』に書いた鴨長明(一一五五?—一二一六)も、同世代人ということになるが、大原での接点はあり得たか。しかし『方丈記』は、長明が若き日に見聞したはずの源平の争乱を表立っては描かないことで知られており、建礼門院についても触れていない。

沈淪していた長明を、一時、取り立ててくれたのは、安徳と建礼門院が平家とともに都を去ってから慌ただしく即位した、後鳥羽天皇であった。その後、後鳥羽は、承久の乱(一二二一年)に敗れ、隠岐の島へ流される。しかし彼は、『新古今和歌集』に執着して編纂を続け、隠岐本『新古今和歌集』という異本を遺した。皮肉なすれ違いがいくつか重なるが、激動の時代を、長明、慈円、建礼門院、そして後鳥羽院と、それぞれが対照的に直視して、描き出していく。戦乱の蔭に文学あり。建礼門院に仕えた女房の歌集である『建礼門院右京大夫集』も併せて、いま挙げた様々な文学世界を、比較しながら、ゆっくりと味読してみたいものだ。なお建礼門院の竜宮訪問の夢については、「明石における龍宮イメージの形成」という論文で詳論した。参照していただくと幸いである。

7　それでも私は物語！——広隆寺（『更級日記』）

このように鬱々と落ち込んでばかりいたのを気の毒に思い、私の心を慰めようと気遣って、母が、物語などを探して見せてくださったのだが、おかげで本当に、いつしか自然と癒やされていく。「紫のゆかり」——『源氏物語』の若紫の巻などを見て、続きを読みたいと思ったけれど、人に相談したり、頼んだりもできない。家中のだれもまだ京の都に慣れないころで、見つけることができない…。とてもじれったくて、読みたい気持ちが募るままに、「この『源氏物語』を最初の巻から、全部読ませてください」と心の中で祈る。親が太秦《うずまさ》に参籠なさった時に同行した折も、他のことはさておいて、この事ばかりをご祈念申して、太秦の寺を出たら、すぐさま『源氏』を手に入れて、きっと最後まで読み終えてしまおう、と思ったが、どこにもない…。

とても悔しくて、思い嘆いていたところ、田舎から上京したおば（系譜不明）が住む家を尋ねてみたら、「まあ、かわいらしく成長したのね！」などと、心から喜び愛おしみ、めったにないことだと大事にしてくれて、帰りに「お土産に何を差し上げようかしら。実用品なんかじゃつまんないわね、欲しがってらっしゃると噂に聞いているものをあげよう」と言って、『源氏物語』の五十数巻を、箱に入れたまま、また『在中将（伊勢物語）』『とをぎみ』『せり河』『しらら』『あさうづ』（『とをぎみ』［『とほぎみ』とも］以下は散佚して伝わらず、詳細不明）などという物語も一袋分詰め込んでくださった、それを手にして帰る時の嬉しさったらなかったわ！

かくのみ思《おも》ひくんじたるを、心もなぐさめむと、心ぐるしがりて、母、物語などもとめて見せ給ふに、げにおのづからなぐさみゆく。紫《むらさき》のゆかりを見て、つづきの見まほしくおぼゆれど、人かたらひなどもえせず。たれもいまだ都《みやこ》なれぬほどにて、え見つけず。いみじく心もとなく、ゆかしくおぼゆるままに、「この源氏の物語、一の巻《まき》よりして、みな見せ給へ」と心の内にいのる。親の、太秦《うづまさ》にこもり給へるにも、こと事なく、この事を申して、いでむままにこの物語見はてむとおもへど、見えず。
いとくちをしく、思ひなげかるるに、をばなる人のゐ中《なか》よりのぼりたる所にわたいたれば、「いとうつくしう生《お》ひなりにけり」など、あはれがり、めづらしがりて、かへるに「何をかたてまつらむ、まめまめしき物はまさなかりなむ、ゆかしくし給ふなるものをたてまつらむ」とて、源氏の五十余巻《よまき》、櫃《ひつ》に入《い》りながら、ざい中将、とをぎみ、せり河、しらら、あさうづなどいふ物語ども、一袋《ひとふくろ》とり入れて、えてかへる心地のうれしさぞいみじきや。（『更級日記』）

この前に『更級日記』は、「その春、世中《よのなか》いみじうさわがしうて」と記している。治安元年（一〇二一）のことだ。前年の疱瘡《もがさ》に続き、この年は疾疫《しつえき》（疫癘《えきれい》）が流行った。「死者甚《はなはだおほし》多」（『日本紀略《にほんきりゃく》』）、「世の中いと騒がしくて、皆人《みなひと》いみじう死ぬ」（『栄花物語』）などと史書に記されている。その中で、作者菅原孝標《たかすえのむすめ》女（一〇〇八年生）が東国で世話になった乳母《めのと》も「三月ついたちになくなりぬ」。泣き暮らしているうちに「桜《さくら》の花のこりなくちりみだる」。孝標女は、悲しみの中で「ちる花もまたこむ春は見もやせむ　やがてわかれし人ぞこひしき」と哀傷歌を詠んだ。「恋《こひ》し」とは、会えない人、失ったものへの哀惜である。落花は来年の春、また同じように眺めるだろうが…、あの人はもういない。年年歳歳花相似《あい》たり、歳歳年年人同じからず、との境地だろう。

「また聞けば、侍従《じじゅう》の大納言の御むすめ、なくなり給ひぬなり」と『更級日記』は続けている。侍従大納言とは、『枕草子』にも登場し、書道・世尊寺《せそんじ》流の祖としても知られる藤原行成《ゆきなり》のことである。行成の娘も達筆で、彼女の文字は、孝標女が上京したころの習字の教科書であった。「これ手本にせよとて、この姫君《ひめぎみ》の御手《て》をとらせたりし」。その書は、まだ手元に残っていた。『更級日記』作者は、「いひしらずをかしげに、めでたくかき給へるを見て、いとど涙《なみだ》をそへまさる」――美しく綴られた筆跡を手に取ってながめるたびに、悲嘆に暮れ、涙があふれて止まらない。この行成の娘は、病弱だったらしいのだが、姫君の夫の「殿《との》の中将」長家《ながいえ》の悲しみを思うと「いみじくあはれなり」と孝標女は綴る。長家は殿・藤原道長の六男で、その時は右中将だったので、こう呼ぶ。

物語は、女の心を慰めるもの、といわれていた。十世紀末に、冷泉天皇の皇女尊子内親王に向けて源為憲《ためのり》が書いた仏教指南書『三宝絵』の序に、「物《も》ノ語《がたり》ト云《いひ》テ、女ノ御心《みこころ》ヲヤル物《もの》」と記されている。心をやるとは、うさを晴らす、心を慰める、との意味である。『枕草子』は「つれづれなぐさむもの」として「碁。双六《すごろく》。物語。三つ四つのちごの、ものをかしういふ。また、いとちひさきちごの、ものがたりし、たがへなどいふわざしたる…」と挙げていた。読む物語と、子どものお話と、ともに消閑の物語として、掲出されている。とにかく、この子のグリーフケアには物語が一番だと、母は探し求めて、与えた。しかし娘は、『源氏物語』の真価を深く悟り、続きが読みたいと、母の参詣に同行して、太秦広隆寺に祈る。でも、思い通りにはいかない…。

　心底がっかりする彼女に、あにはからんや。思いもかけぬ、おばの計らいがあった。大逆転で、娘はついに、全てを手にする。やっぱりこれも、太秦の御利益かしら。まさに究極の「うれしきもの　まだ見ぬ物語の一《いち》（＝一の巻）を見て、いみじうゆかし（＝ああ続きが読みたい）とのみ思ふが、残り見いでたる」（『枕草子』）である。

　そして熟覧、熟読、一気読みだ。「はしるはしる、わづかに見つつ、心もえず、心もとなく思ふ源氏を、一の巻よりして、人もまじらず、木帳《きちやう》の内にうちふして、ひきいでつつ見る心地、后《きさき》のくらゐもなにかはせむ」。『更級日記』作者は、息せき切って部屋にこもり、一冊一冊『源氏』に読みふける。当時の女性が望みうる最高の位であった后に選ばれること――その喜びは、**第Ⅱ章の9**の道長を思い出してほしい――だって、関係ない。いま、この読書の時こそが最高なの！　この世は、物語でできている!!　とにかく一日中、「ひるは日《ひ》ぐらし、よるは目《め》のさめたるかぎり、火をちかくともして、これを見るよりほかの事なければ、おのづからなどは、そらにおぼえうかぶ」。もうすっかり諳《そら》んじてしまった。

　ところで物語を「見る」という。これについては、玉上琢彌に、「物語音読論」という学説がある。たとえば『源氏物語』東屋《あずまや》巻に「絵など取り出でさせて、右近に詞《ことば》読ませて見たまふ」とある。宇治の中の君が、異母妹の浮舟と灯火の光で絵をながめ、文字の物語本文は、女房に読ませて聞いている。国宝『源氏物語絵巻』(徳川黎明会蔵)にも描かれた、有名な場面だ。こんな読み方が、当時の普通の物語読みだったのではないか、というのが「物語音読論」の基本である。物語の本質も、こうした享受の方法を前提にしないと見失ってしまうだろう、という、大事な問いかけを含む論議であった。近代でも、ラジオやテレビの登場する前は、字の読める父が、家族に小説を読み聞かせていた時代がある(前田愛『近代読者の成立』)。

でも、この『更級日記』作者は、近代の文学少女のように黙読して文字を追いかけ、ひとりぼっちの悦楽に耽《ふけ》っている。彼女が特殊なのか、それとも…？

『更級日記』には描かれないが、長家は、妻を亡くした同じ年の十一月に、藤原斉信《ただのぶ》の娘と再婚している。ただし万寿二年(一〇二五)八月の末に、死産をしたこの妻とも死別。一家は悲嘆にくれた。その後、長元四年(一〇三一)に源高雅の娘懿子《いし》と結ばれる(『栄花物語』巻十六「もとのしづく」、二十七「ころものたま」、三十一「殿上の花見」など)。そして多くの子孫に恵まれ、今日の冷泉家へとつながる、御子左家《みこひだりけ》の祖となった。長家の伝記と歌歴については、井上宗雄の精緻な研究がある。子孫の藤原定家が『更級日記』の伝来に深く関わった(**第Ⅰ章の10**)のも、興味深いゆかりである。

そして翌年。桜が咲いて散る季節になると、作者は、亡き乳母が追懐されて哀しみ、また行成娘の筆跡を手にとって見れば、「すずろにあはれなる」。なんだか胸が痛むのだ。すると五月ころ「猫《ねこ》のいとなごう鳴《な》いたるを、おどろきて見れば、いみじうをかしげなる猫《ねこ》あり」。可愛いね。こっそり飼おうよ、と姉が言い、愛猫となった。ある日、病んで臥せった姉の夢に、この猫が出てきて「おのれは侍従の大納言殿の御むすめのかくなりたるなり」と告げたそうだ。猫は、あの侍従大納言行成の娘の生まれ変わりだ、というのである。猫と夢といえば『源氏物語』で、柏木と女三の宮の関係を深める重要な小道具である（若菜下巻）。物語好きには、たまらない設定だ。

姉は、その年の七月十三日の月の明るい寝静まった夜に、縁側で「空をつくづくとながめて」、ねえ、私が「ただいま、行方《ゆくへ》なく飛び失せなば」どう思う? と作者に問いかけている。そう、ちょっと変わったところのある人だった。まるで浮舟が、入水を決意して失踪した時のようでもある。『源氏物語』手習巻の回想によると、浮舟は、簀子の端に足をおろして、「行くべき方《かた》もまどはれて、帰《かへ》り入《い》らむも中空《なかぞら》にて」と思い悩み、もう死んでしまいたい。鬼でも何でもいいから私を食べてしまって、などと言いながら、思い詰めて座って居《い》た。すると「いときよげなる男《をとこ》の寄《よ》り来《き》て、「いざ給へ、おのがもとへ」と言ひて、抱くここちのせしを」、えっ匂宮様? と思ったあたりから、浮舟は「ここちまどひ」、自分を「知らぬ所に据《す》ゑ置《お》きて、この男消え失せぬ」との幻を見た。そしていつしか「多くの日ごろも経《へ》にけり」という。

あの猫も、どこか普通でないところがあった。「大納言殿の姫君」と呼ぶと「聞き知り顔に鳴きて、あゆみ」来たりして。父も、このことを大納言に教えてあげよう、などと親しんでいたのだが…。翌三年四月、夜中の家火事で、猫は焼死してしまう。さらに、その次の年の「五月のついたちに」、あの姉も、二人目の子を産んで、死んでしまった。

さて太秦広隆寺は、秦河勝《はたのかわかつ》建立で聖徳太子ゆかりの名刹だが、作者孝標女の祈りは、物語のことばかりだった、と書いている。しかしそれは、回想記『更級日記』にいくどか繰り返される、重要な信仰告白で、救済へとつながる伏線であった。この物語耽溺《たんでき》の直後にも「夢に、いときよげなる

『京名所《みやこめいしょ》』(部分．佛教大学図書館蔵)．『京名所絵巻』とも．江戸時代中期の作かと推定されている．上下二巻で，洛中・洛外の名所が描かれている．この絵の太秦広隆寺は，下巻のちょうど真ん中あたりの場面に見える．左上は嵯峨の清凉寺．右は妙心寺で，その上に仁和寺が描かれている．佛教大学図書館デジタルコレクション HP から閲覧可．

僧《そう》」が「黄《き》なる地《ぢ》の袈裟《けさ》」を着て現れ、「法華経五巻《ごのまき》をとくならへ」というのである。『法華経』の第五巻には、提婆達多品第十二があり、竜女成仏を説く。女性成道・救済の根幹経典として、深い尊崇の伝統がある巻であった。先に読んだ、建礼門院の説話(**本章の6**)の背景にも、この経典が響いている。

ところで『更級日記』には、後年にも「八月許《はづきばかり》に、太秦《うづまさ》にこもる」という記事がある。また「世中《よのなか》むつかしう覚ゆるころ、太秦に籠《こ》もりたるに」、心細く響く、入相《いりあい》の鐘(日没に鳴らす寺の晩鐘)の音を聞いた、などと広隆寺参拝の記事が見えている。

ただし、後者の「むつかし」い「世の中」は、疫病ではない。人間関係をめぐる、彼女自身の悩みで、わずらわしく「しげかりしうき世の事」を指している。とかくこの世は住みにくい…と、私などは、漱石の『草枕』の冒頭を思い出す。ちなみに、『草枕』のこの記述の出典は『方丈記』である(荒木「『方丈記』と『徒然草』」参照)。

8　戦争の災厄と餓鬼道――六波羅(『ひとりごと』)

(三十年ほど前から、内乱が続き、土一揆《つちいっき》など世情の不安もあって、世の中は落ち着かない日々が続いていた)それなのに、今から七年ほど前(寛正二年[一四六一])のことだ、長々と日照りが続き、見渡す限り、田畑から草木一本生えない大飢饉となった。都も田舎も、身分の上下を問わず、人々はみな疲れ、家や土地を離れてあてどなくさまよい、道ばたで物乞いをし、地面にごろりと体を投げ出して死んでいく、その人数は、一日で十万人はくだらない、という。もはやこの世は、六道《ろくどう》のうちの餓鬼道となっている。

昔、鴨長明の『方丈記』という本に、「安元年間(一一七五―七七)に旱魃《かんばつ》があって、都の中で二万人以上の死人が出ました。大風に火事までも発生し、樋口高倉《ひぐちたかくら》あたりを火元に、中御門京極《なかみかどきょうごく》まで飛び火して延焼し、都は焼け失せました」などと記し留められていたのを、浅はかにも、嘘だろう? 事実ではあるまい、とも思っていたが、またたく間にこのような世の惨状を観ることになったのは、世界が壊滅する世の末に起こるという、水・火・風の大三災が、とうとうまさにいま、ここに具現してしまったのだ。

乱れ衰えた世が積み重なった結果だろうか、(畠山義就が上洛した)文正元年(一四六六)の暮れから、細川京兆《けいちょう》家(代々右京大夫を世襲)の勝元と、金吾《きんご》(前右衛門督)山名宗全《そうぜん》(持豊)との争論は、すでに決定的に破綻して、天下は（勝元らの東軍と、宗全らの西軍と）真っ二つに分かれてしまった。

> さるに、この七年ばかりのさき、長々しく日照りて、天《あめ》が下《した》の田畑の毛一筋もなし。都鄙《とひ》万人上下疲れて浮かれ出《い》で、道のほとりに物を乞《こ》ひ、伏しまろび失せ侍る人数、一日のうちに十万人といふことを知らず。まのあたり世は餓鬼道《がきだう》となれり。
> 昔、鴨長明方丈記といへる双紙《さうし》に、「安元《あんげん》年中に日照りて、都のうちに二万余人ばかりは死人侍り。大風《おほかぜ》に火さへ出て、樋口高倉《ひぐちたかくら》の辺より始めて中御門《なかみかど》京極まで、火飛びありきて都焼け失せ侍る」など記し置けるをこそ、浅ましくも偽《いつは》りとも思ひしに、たちまちにかかる世を見ること、ひとへに壊《ゑ》劫末世《こふまつせ》の三災《さんさい》ここにきはまれり。
> 乱れ傾《かたぶ》きたる世の積もりにや、いにし年の暮れより、京兆《きやうてう》・金吾《きんご》の間の物云《ものい》ひ、すでに大破れとなりて、天《あめ》が下《した》二つに分かれてけり。（『ひとりごと』）

「毛」に「クサ」という古訓《こくん》がある（観智院本『類聚名義抄《るいじゅみょうぎしょう》』）。「毛《ケ》は草木を云」う（本居宣長『古事記伝』）。西郷信綱は、こうした古義解釈を持ち出して、つまり「木は大地の毛であった」と、面白い説明をしている（同『日本の古代語を探る』）。ところが、ここに描かれた時代は日照り続きで、「田畑の毛一筋もなし」。実もならず、食うものがない…。この世はまさに、餓鬼道のごとくであった。

この文章を書いた心敬《しんけい》（一四〇六―七五）は、紀伊国に生まれ、三歳で京に出て、比叡山の横川《よかわ》で修行した。そして「音羽山麓十住心院　心敬」（苔莚本『ささめごと』奥書）と署名するように、縁あって、京都の十住心院という寺の住持となっている。僧位は、権大僧都に昇る。歌人としては冷泉派で、東福寺出身の禅僧であった正徹《しょうてつ》に師事した。本書**第Ⅰ章の3**に書いたように、正徹は『徒然草』の最古写本を伝え、その真価に早く気づいた文人である。心敬もまた『徒然草』の愛読者であった。心敬は、連歌作者としての活動も著しく、あの宗祇《そうぎ》も親炙した。

　心敬は、応仁元年（一四六七）四月末に、念願の伊勢参宮を果たした後、富士・鎌倉を一見する船便を得て、そのまま東下り、となった。伊勢と鎌倉と。あえて言えば心敬は、鴨長明と同じ旅を経験したことになる（**序章の1**参照）。折しも都は、応仁の大乱で、武蔵国品川を拠点とする長い仮寓が始まる。そして心敬は、ついに京には戻らず、その死も、相模国大山《おおやま》山麓石蔵《いしくら》の地（現在の神奈川県伊勢原市の浄業寺《じょうごうじ》跡という）で迎えることとなった。

『ひとりごと』は、随筆風に綴られた連歌論の書で、応仁二年、東国での執筆である。「この世のことはみなまぼろしの内ながら」と前置きして、「かばかりつたなき時世の末に生まれ合ひぬる」運命を嘆きつつ、「五十年あまりのことは明らかに見聞き侍り。それよりこのかたは、天が下、片《かた》時《とき》も治まれること侍らず」と、自ら経験した世の騒擾《そうじょう》を語り出す。

　心敬が三十過ぎの年、「東《あづま》の乱れ」永享《えいきょう》の乱（一四三八）が起き、「幾《いく》千万の人、剣に身を破」る内戦となった。そして「赤松《あかまつ》の亭《てい》にての御事」――将軍足利義教暗殺の嘉吉《かきつ》の乱（一四四一）が出来《しゅったい》する。「年々歳々、天下」は戦闘に明け暮れ、「長閑《のどやか》なる所なし」。「あまさへ（＝加えて）」近ごろは「徳政などといへること」がおこり、年々、都近くの民が土一揆《つちいっき》として京に乱入する。「ひとへに白波（＝盗賊跋扈《ばっこ》）の世とな」ってしまった。そして、疲弊する都を旱魃が襲う。

幸若舞《こうわかまい》『敦盛《あつもり》』に「人間《にんげん》五十年、下天《げてん》の内をくらぶれば、夢幻《ゆめまぼろし》のごとくなり」という詞章がある。桶狭間の戦い（一五六〇年）の前夜、織田信長が清洲城で舞ったという一節である（『信長公記』）。原典は、世親《せしん》『倶舎論《くしゃろん》』の「人間五十年、下天一昼夜」という一節だが、世親は「人間の寿命が五十年しかない、と論じているのではない」。「下天」は「須弥山《しゅみせん》中腹の四方にある四王天で、ここの一昼夜は人間の五十年に相当すると述べているのである」（中村元編『仏教語源散策』「人間」の項）。これが正しい解説だ。ちなみに、新日本古典文学大系『舞の本』では「けてん」と仮名書きの原文に「化天」と漢字を宛てている。これだと「化楽天」「楽変化天」の略となり「六欲天の一。八千年の長寿を保つ楽土」の意となるが、「げてん」とする写本もあり、同じ幸若舞の『満仲《まんじゅう》』では「みな夢幻《ゆめまぼろし》の世の中なり。この娑婆《しゃば》の定命《ぢやうみやう》を思へば、僅《わづ》かに六十年。下天の暁《げう》、老少不定《ふぢやう》の夢なり」と語られる。こちらの方の原文は「下天」表記で、新日本古典文学大系も「下天」で本文を定めている。これは、中世の六十歳定命観に立脚する章句だ。六十という年齢を繰り返し持ち出す『方丈記』を考える時、大事な文言である。

さて、五十年前の心敬は、物心つく元服の年ごろであった。『方丈記』も「予《われ》、ものの心を知れりしより、四十《よそぢ》あまりの春秋を送れるあひだに、世の不思議を見る事、ややたびたびになりぬ」と回顧し、「去《いにし》安元三年四月二十八日」の「風はげしく吹」く夜の大火から、長明見聞の五大災厄を語り始めている。心敬は、今の現世と『方丈記』を重ね、大三災の破滅到来を実感した。なお本節の『方丈記』引用は、心敬の『ひとりごと』に合わせて、流布本の兼良本（新日本古典文学大系付載）

などを参照し、平仮名の解釈本文で示している。

ただし、心敬の引用する「日照り」は、「安元」とは言いながら、『方丈記』安元の大火の記述ではない。同じ『方丈記』が描く養和の飢饉（一一八一―八二）の「或《あるい》は春・夏ひでり、或は秋・冬大風・大水など…」という記述を承けている。「つたなき時世の末に生まれ合ひ」も、養和の惨状を「濁悪《ぢよくあく》の世《よ》にしも生《む》まれあひて」と嘆く、長明の本歌取りだろう。死者「二万余人」も養和二年との混同だろうか。『方丈記』では、その年「あまりさへ疫癘《えきれい》うちそひて」盗みも横行。「四五両月」で、道のほとりに「四万二千三百余り」の餓死者が転がっている悲惨だったと描出する。それは、仁和寺の隆暁法印が（兼良本他諸本によれば「聖をあまた語らひて」と続く）、供養のために死者の額に梵字《ぼんじ》の阿字《あじ》を書く、という結縁《けちえん》で勘定した「人数《ひとかず》」であった。

心敬が記す寛正二年も、三年越しの飢饉に加え「疾疫《しつえき》悉《ことごと》クハヤリ」（『新撰長禄寛正記』）、一月二月で京中は「死者八万二千人也」（『碧山日録』）。ある僧が、八万四千の木片の卒塔婆を造って一つ一つ屍《し》骸《がい》に置き、二千余って把握した数だという（同上）。あきれるほど『方丈記』とそっくりだ。このあと心敬は、応仁の乱の勃発を描き、「都のうち、目の前に修羅《しゆら》地獄となれり」と呻《うめ》いている。

心敬のいう「音羽山麓」は、音羽山清水寺のふもと、という意味だ。近世の地誌がこの「音羽山」を宇治に比定するのは誤伝だろう。それは、長明の隠居した「音羽山」の方である。ことほどさように、心敬の記述は『方丈記』と密接であったということだが、十住心院は、清水寺辺、清水坂の南、などと記録されている。まぎれようもなく清水寺の音羽山で、東山だ。そして十四世紀以降、十住心院は、近隣の六波羅蜜寺の領掌下にあったようだ（川崎龍性「六波羅蜜寺の歴史と信仰」）。

室町幕府の祈願寺ともなるが、義就《よしひろ(なり)》・政長の家督争いが応仁の乱の引き金となる、畠山氏と縁を深め、畠山寺とも呼ばれた。しかし、心敬が京を離れた後に焼亡し、廃絶したようだ。今となっては、むしろ、京都の繁華街、四条新京極にある染殿院《そめどのいん》がゆかりの寺である。染殿院は、近世には、その名を十住心院とも称した。

*

鴨長明（蓮胤《れんいん》）が『方丈記』を擱筆《かくひつ》したのは、建暦二年（一二一二）の春の終わりである（序章の1）。二〇一二年は、それからちょうど八百年で、そのことは当時、研究者に限らず、古典文化に関心を持つ多くの人々の間で話題になっており、数年前から、いくつかの企画が動き始めていた。

しかし『方丈記』は、別のことで、一足先に脚光を浴びることとなった。不幸にも、八百年アニバーサリー一年前の三月に、東日本大震災が起こったからだ。新聞各紙のコラムは、一斉に『方丈記』を引用して、震災の描写を試みた。「〈はじめての方丈記〉中世襲った災害 的確にルポ」（『朝日新聞』朝刊文化欄、二〇一一年六月二十日）という特集記事では、『方丈記』が「災害文学」であることを強調し、「ただ、長明はあくまで目に見える災害を描いた。我々は目に見えない災害にさらされている。今回の大震災は、「方丈記」が記録した惨状を超えている。流れの絶えない「ゆく河」自体が絶えかねない状況になっている。「フクシマ以前と以後」という表現が成り立つほどの事態を招いた」と語る五木寛之のコメントを載せている。

そして二〇一二年の元旦。ドナルド・キーンは、前年の災害を振り返り、自分の専門とする日本文学の「長い歴史の中で」、災害を記録して描いた「文学、小説」は、「『方丈記』しかないと思えるほど、とても少ない」と新聞に書いている（「叙情詩となって蘇る」『朝日新聞』二〇一二年一月一日朝刊文化欄「震災　わすれないために」）。キーンのこの記事は、いくつかの論文に引用され、私も当時「『方丈記』再読」という、下鴨神社での講演（二〇一二年十一月二十四日）で言及した。

『方丈記』は、一躍、時の古典になってしまった。

ちょうどそのころ『源氏物語』の千年紀を契機として、表立っては二〇〇八年から動いていた「古典の日」制定の活動が、二〇一二年に実を結ぶこととなる。当初の目論見とは違って、国民の祝日にはならなかったものの、八月二十九日に法制化された。

この二〇一二年は『古事記』

『保元平治合戦図屛風』左隻（部分．メトロポリタン美術館蔵）．六曲一双の右隻は『保元物語』を，左隻は『平治物語』の世界を描く．17 世紀成立という．図に大きく描かれるのは平家邸宅の六波羅第である．雲がかかる屋根の下，右手には平清盛と寵愛する常盤がおり，中央奥の間では，二条天皇が清盛を召し寄せる．左の離れは池殿で，池禅尼が頼朝と会う．一方，邸宅の下手から鴨川にかけては六波羅合戦が展開し，異時同図法となっている．六波羅蜜寺はすぐ側で，心敬の十住心院も，ほど近い距離である．画像はメトロポリタン美術館の HP から閲覧できる．

成立から千三百年でもあった。さらに奇遇だが、「国破れて山河在り」と詠んだ、中国の杜甫も、同じ七一二年の元旦に生まれているらしい。一方、法然没後、八百年。親鸞はその五十年後に亡くなっている。さらに『沙石集』の著者無住が亡くなってから七百年、ということでもあった。さまざまな事情が重なって、奇跡的な『方丈記』シンクロニシティが出現する(荒木前掲「『方丈記』と『徒然草』」参照)。

時が流れ、日本では二〇二〇年から深刻化したコロナ禍で、ふたたび『方丈記』が思い出される。時代と災厄と作品が、禍福ない交ぜに求め合う『方丈記』現象だろうか。本節では、心敬の『ひとりごと』もあらためて重層し、応仁の乱の勃発という、京都の劃期となったシンデミックを照らし出す。

参考文献

本書で言及したり参照したりした参考文献の書誌を、登場する順に挙げた。なお最終節『ひとりごと』の時代までの古典作品や歴史史料などの依拠本文などの情報は「京都文学年表」に掲げている。併せ参照されたい。

はじめに

吉川幸次郎「推移の悲哀——古詩十九首の主題」『吉川幸次郎全集 第六巻』筑摩書房、一九六八年、同決定版八四年所収

序章　京都の古典文学——二つのはじまり

小川環樹『中国小説史の研究』岩波書店、一九六八年
渡辺秀夫『かぐや姫と浦島——物語文学の誕生と神仙ワールド』塙選書、二〇一八年
佐竹昭広『閑居と乱世』平凡社選書、二〇〇五年、『佐竹昭広集第四巻』岩波書店、二〇〇九年
中山三柳『醍醐随筆』続日本随筆大成第十巻、吉川弘文館、二〇〇七年
『大日本史料』東京大学出版会、東京大学史料編纂所データベース
高橋秀城「方丈石と文人」歴史と文学の会編『新視点・徹底追跡　方丈記と鴨長明』勉誠出版、二〇一二年
渋澤龍彦『高丘親王航海記』文春文庫他
近藤ようこ『高丘親王航海記』Ⅰ～Ⅳ、ビームコミックス、二〇二〇～二一年
益田勝実「ブッダの国・天竺への欣求——その系譜」『国文学　解釈と教材の研究』一九八三年三月号
田島公「真如（高丘）親王一行の「入唐」の旅——「頭陀親王入唐略記」を読む」『歴史と地理　日本史の研究〔一七七〕』第五〇二号、一九九七年六月
佐伯有清『高丘親王入唐記——廃太子と虎害伝説の真相』吉川弘文館、二〇〇二年

高陽「仏伝の鉢説話考」同著『説話の東アジア──『今昔物語集』を中心に』勉誠出版、二〇二一年所収
田中大秀『竹取翁物語解』国文学註釈叢書、日本文学古註大成他
上垣外憲一『富士山──聖と美の山』中公新書、二〇〇九年
『方丈記流水抄』簗瀬一雄編『方丈記諸注集成』豊島書房、一九六九年他
佐竹昭広校注・新日本古典文学大系『方丈記』岩波書店、一九八九年
橋本義彦「〝薬子の変〟私考」『平安貴族』平凡社選書所収、一九八六年、平凡社ライブラリー、二〇二〇年
『賀茂皇太神宮記』『賀茂斎院記』群書類従
『国史大辞典』吉川弘文館、一九九七年完結、ジャパンナレッジ他
高橋和夫「朝顔斎院」『日本文学』一九五六年九月号（同『源氏物語の主題と構想』桜楓社、一九六六年再収）
坂本和子「「朝顔斎院」論──賀茂の伊都伎女」『國學院雑誌』一九七〇年七月号
三谷栄一編『鑑賞日本古典文学第6巻　竹取物語・宇津保物語』角川書店、一九七五年
片桐洋一編『日本文学研究大成　竹取物語・伊勢物語』国書刊行会、一九八八年

第Ⅰ章　都の四季のいろどり

橋本義彦「源氏物語の舞台」『平安貴族』（前掲）
無動寺蔵本『鞍馬縁起』（大津・法曼院所蔵、叡山文庫寄託）西口順子『平安時代の寺院と民衆』法藏館、二〇〇四年所収
荒木『かくして『源氏物語』が誕生する』第三章、笠間書院、二〇一四年
小山利彦『源氏物語　宮廷行事の展開』「紫上と朝顔斎院」他、桜楓社、一九九一年
荒木『日本文学　二重の顔──〈成る〉ことの詩学へ』大阪大学出版会、二〇〇七年
『新編国歌大観』角川書店、ジャパンナレッジ他
稲田利徳『徒然草論』笠間書院、二〇〇八年
木村敏『時間と自己』中公新書、一九八二年

芥川龍之介『道祖問答』『羅生門』『藪の中』など、芥川龍之介全集、ちくま文庫他
芥川「今昔物語鑑賞」『日本文学講座』第六巻、新潮社、昭和二年(一九二七)四月三〇日発行。芥川龍之介全集他。
柴佳代乃『読経道の研究』風間書房、二〇〇四年
橋本忍『複眼の映像——私と黒澤明』文藝春秋、二〇〇六年、文春文庫、二〇一〇年
荒木『古典の中の地球儀——海外から見た日本文学』第5章、NTT出版、二〇二二年
阪倉篤義『文章と表現』角川書店、一九七五年
山本登朗『伊勢物語の生成と展開』笠間書院、二〇一七年
池上洵一「説話の虚構と虚構の説話——藤原高藤説話をめぐって」『日本文学』一九八六年二月号、オープンアクセス、
　同『池上洵一著作集第一巻　今昔物語集の研究』和泉書院、二〇〇一年所収
岡野友彦『源氏と日本国王』講談社現代新書、二〇〇三年
渡辺実校注・日本古典集成『伊勢物語』新潮社、一九七六年
岩崎均史「河原院の塩竈」新日本古典文学大系94「月報71」、一九七六年
『御物本更級日記』武蔵野書院、一九五五年、解説・松尾聰
角田文衞『王朝の映像——平安時代史の研究』東京堂出版、一九七〇年
松尾聰校注・日本古典文学大系『浜松中納言物語』岩波書店、一九六四年
三島由紀夫「夢と人生」同右「月報」
三島『豊饒の海』(一九六五年—)、「豊饒の海について」『花ざかりの森』など、『決定版三島由紀夫全集』新潮社
『文藝文化』清水文雄他主宰、日本文学の会、一九三八—四四年
松尾聰『平安時代物語の研究　改訂増補版』武蔵野書院、一九六三年
竹原崇雄「三島由紀夫『春の雪』と『更級日記』——いま一つの「典拠」」『国語国文学研究』三二号、熊本大学文学部国語国文学会、一九九七年
豊島圭介『三島由紀夫VS.東大全共闘——50年目の真実』GAGA配給、二〇二〇年三月

国宝『寝覚物語絵巻』大和文華館蔵、文化遺産オンライン、『日本の絵巻』中央公論社他
橋本義彦「里内裏沿革考」前掲『平安貴族』所収
小川剛生『兼好法師——徒然草に記されなかった真実』中公新書、二〇一七年
荒木他「シンポジウム「徒然草の視界」」『中世文学』第六七号、二〇二二年

第Ⅱ章　移ろいゆく人生と季節

奥村恒哉『歌枕』平凡社選書、一九七七年
渡辺秀夫『平安朝文学と漢文世界』勉誠社、一九九一年
鈴木登美（大内和子、雲和子訳）『語られた自己——日本近代の私小説言説』岩波書店、二〇〇〇年、原題は *Narrating the Self: Fictions of Japanese Modernity.*
今西祐一郎『蜻蛉日記覚書』岩波書店、二〇〇七年
ハルオ・シラネ、鈴木登美、小峯和明、十重田裕一編『〈作者〉とは何か——継承・占有・共同性』岩波書店、二〇二一年
渡辺実『平安朝文章史』東京大学出版会、一九八一年、ちくま学芸文庫、二〇〇〇年
近藤みゆき訳注『和泉式部日記現代語訳付き』角川ソフィア文庫、二〇〇三年
荒木「〈国文学史〉の振幅と二つの戦後——西洋・「世界文学」・風巻景次郎をめぐって」井上章一編『学問をしばるもの』思文閣出版、二〇一七年所収
荒木「〈私〉の物語と同時代性——書くこと、読むこと、訳すこと」『アステイオン』90、二〇一九年
工藤重矩『平安朝の結婚制度と文学』風間書房、一九九四年
今井源衛「古注『大和物語鈔』考」同著『王朝文学の研究』角川書店、一九七〇年所収、同『今井源衛著作集　第14巻　平安朝文学文献考』笠間書院、二〇一九年
高橋貞一『大和物語抄〈賀茂季鷹文庫本〉』古典文庫394
柳田忠則「日本大学総合図書館蔵大和物語鈔について」『中古文学』第五〇号、一九九二年（同博士論文〔広島大学〕『大和

物語の研究』https://ir.lib.hiroshima-u.ac.jp/files/public/4/49329/20200721114811933332/o4399_3.pdf)
今井源衛『花山院の生涯　改訂版』桜楓社、一九七六年、『今井源衛著作集　第9巻　花山院と清少納言』笠間書院、二〇〇七年
倉本一宏『藤原伊周・隆家――禍福は糾へる纏のごとし』ミネルヴァ日本評伝選、二〇一七年
荒木「序〈キャラクター〉と〈世界〉の大衆文化史」荒木・前川志織・木場貴俊編『〈キャラクター〉の大衆文化 伝承・芸能・世界』KADOKAWA、二〇二一年所収
山田孝雄『源氏物語の音楽』寶文館、一九三四年
山本利達『中古文学攷』清文堂、二〇〇三年
荒木・近本謙介・李銘敬編『ひと・もの・知の往来――シルクロードの文化学』アジア遊学第二〇八号、勉誠出版、二〇一七年所収、後藤昭雄「小野篁の「輪台詠」」、同書荒木「あとがき」
芭蕉『嵯峨日記』岩波文庫他
山崎正和『演技する精神』中央公論社、一九八三年、中公文庫、一九八八年
目崎徳衛「円融上皇と宇多源氏」『貴族社会と古典文化』吉川弘文館、一九九五年
美川圭『院政　増補版――もうひとつの天皇制』中公新書、二〇二一年
『荒城の月』土井晩翠作詞、瀧廉太郎作曲、一九〇一年
向田邦子『眠る盃』講談社文庫、一九八二年他
工藤重矩『平安朝律令社会の文学』ぺりかん社、一九九三年
池田亀鑑「御堂関白私考」関西学院大学国文学科編『日本文藝論』昭森社、一九四四年所収
萩谷朴『紫式部日記全注釈』上下、角川書店、一九七三年完結
角田文衛「紫式部の居宅」『紫式部伝』法藏館、二〇〇七年他所収
玉上琢彌『源氏物語研究』角川書店、一九六六年
荒木「〈おほけなき心〉と『源氏物語』の構造――浮舟というオープンエンディングへ」寺田澄江他編『身と心の位相――

源氏物語を起点として』青簡舎、二〇一一年所収

第Ⅲ章　時空の境界を超える

佐竹昭広『閑居と乱世』（前掲）
オスカー・ワイルド『嘘の衰退』同『オスカー・ワイルド全集Ⅳ』西村孝次訳、青土社、一九八一年
和辻哲郎『巨椋池の蓮』一九五〇年、青空文庫他
『日本国語大辞典　第二版』小学館、二〇〇三年完結、ジャパンナレッジ他
太田静六『寝殿造の研究』第一章第二節、吉川弘文館、一九八七年初版
小林正明「蓬莱の島と六条院の庭園」『鶴見大学紀要』第二四号、第一部 国語・国文学編、一九八七年
三谷栄一『物語史の研究』有精堂出版、一九六七年
岩波文庫旧版『方丈記』山田孝雄解説、一九二八年
大曾根章介・久保田淳編『鴨長明全集』貴重本刊行会、二〇〇〇年
下鴨神社所蔵「『泉亭旧図』山城国愛宕郡下粟田郷之図」梨木祐之写、『方丈記』八〇〇年記念『鴨長明『方丈記』と賀茂御祖神社式年遷宮資料展』図録、二〇一二年参照
荒木「四方四季と三時殿」白幡洋三郎編『『作庭記』と日本の庭園』思文閣出版、二〇一四年所収
荒木「〈唐物〉としての「方丈草庵」――維摩詰・王玄策から鴨長明へ」『「唐物」とは何か――舶載品をめぐる文化形成と交流』アジア遊学二七五号、勉誠出版、二〇二二年
荒木『徒然草への途　中世びとの心とことば』勉誠出版、二〇一六年
加固理一郎「白居易の「遺愛寺鐘欹枕聴」について」『調布日本文化』第八号、一九九八年
西郷信綱『古代人と夢』平凡社選書、一九七二年、平凡社ライブラリー、一九九三年
益田勝実『火山列島の思想』筑摩書房、一九六八年、ちくま学芸文庫、講談社学術文庫など
幼学の会編『孝子伝注解』汲古書院、二〇〇六年

筒井英俊校訂『東大寺要録』国書刊行会、一九七一年
後藤昭雄『人物叢書　大江匡衡』吉川弘文館、二〇〇六年
追塩千尋『中世南都仏教の展開』吉川弘文館、二〇一一年
佐伯有清『人物叢書　伴善男』吉川弘文館、一九七〇年、新装版、一九八六年
『史跡西寺跡発掘調査総括報告書』京都市文化市民局、二〇二一年三月
益田勝実「古事談鑑賞」浅見和彦編『『古事談』を読み解く』笠間書院、二〇〇八年に再録
『世話《せわ》焼草《やきぐさ》(世話尽《づくし》)』国立国会図書館デジタルコレクション他。藤井乙男編『諺語大辞典』有朋堂、国立国会図書館デジタルコレクション参照
『清水寺成就院《じょうじゅいん》日記』法藏館、二〇一五年―(刊行継続中)
横山正幸編著・発行『実録「清水の舞台より飛び落ちる」――江戸時代の『清水寺成就院日記』を読む』二〇〇〇年
加藤眞吾『清水寺の謎　なぜ「舞台」は造られたのか』祥伝社黄金文庫、二〇一二年
『京都新聞』(西京新聞社)第三七号、京都府立京都学・歴彩館　デジタルアーカイブ
タイモン・スクリーチ『江戸の思考空間』村山和裕訳、青土社、一九九九年
荒木編『古典の未来学――Projecting Classicism』第七章・荒木「身を投げる／子を投げる――孝と捨身の投企性をめぐって」文学通信、二〇二〇年
大田南畝編『狂歌才蔵集』新日本古典文学大系、一九九三年
猪瀬千尋「文治二年大原御幸と平家物語」『中世文学』第六一号、二〇一六年
荒木「『続古事談』作者論の視界」伊井春樹先生御退官記念論集刊行会編『日本古典文学史の課題と方法――漢詩和歌物語から説話唱導へ』和泉書院、二〇〇四年所収
角田文衞『平家後抄』上下、朝日選書、一九八一年、講談社学術文庫、二〇〇〇年
佐伯真一『建礼門院という悲劇』角川選書、二〇〇九年
荒木「明石における龍宮イメージの形成――テクスト遺産としての『源氏物語』と『平家物語』をつなぐ夢」『古典は遺

産か？　日本文学におけるテクスト遺産の利用と再創造』アジア遊学第二六一号、勉誠出版、二〇二一年
玉上琢彌『源氏物語研究』（前掲）、同『源氏物語音読論』岩波現代文庫、二〇〇三年
前田愛『近代読者の成立』有精堂選書、一九七三年、岩波現代文庫、二〇〇一年他
井上宗雄『平安後期歌人伝の研究増補版』笠間書院、一九八八年
荒木「『方丈記』と『徒然草』――〈わたし〉と〈心〉の中世散文史」荒木編『中世の随筆――成立・展開と文体』竹林舎、
　二〇一四年所収
西郷信綱『日本の古代語を探る――詩学への道』集英社新書、二〇〇五年
島津忠夫『島津忠夫著作集　第四巻　心敬と宗祇』和泉書院、二〇〇四年
金子金治郎『心敬の生活と作品　金子金治郎連歌考叢I』桜楓社、一九八二年
中村元編『仏教語源散策』松本照敬執筆「人間」の項。東書選書、一九七七年、角川ソフィア文庫、二〇一八年
吾郷寅之進「人間五十年――幸若舞注」『武庫川国文』二〇号、一九八二年
荒木「「人間五十年、下天の内をくらぶれば」続貂」『小野随心院所蔵の文献・図像調査を基盤とする相関的・総合的研究
　とその展開――Vol.Ⅲ』科研基盤研究（B）課題番号17320039・研究報告書、二〇〇八年
川崎龍性「六波羅蜜寺の歴史と信仰」杉本苑子他『古寺巡礼京都25　六波羅蜜寺』淡交社、一九七八年
浅見和彦校訂・訳『方丈記　鴨長明』ちくま学芸文庫、二〇一一年
荒木「『方丈記』再読」（講演録）『京都学問所紀要』創刊号「鴨長明　方丈記　完成八〇〇年」賀茂御祖神社京都学問所、
　二〇一四年六月
川合康三『杜甫』岩波新書、二〇一二年

おわりに

国際的な文化都市・京都の「史跡などの歴史を物語でつなぎ、散策路を策定する」。そうした趣旨のもとで、公益財団法人京都文化交流コンベンションビューロー、古典の日推進委員会、京都新聞の主催で進められた「文遊回廊」というプロジェクトがある。その一環として、二〇一七年秋より、京都新聞朝刊で毎月一回の木曜日に、古典文学読解の連載が始まった。

教科書や一般書などを通じて高校生などにも馴染みのある、平安時代の文学作品を中心的に取り上げ、その舞台となった京都の多様な時空を紹介する。それが基本的な趣旨である。読者としての若い世代が古典に親しみ、そして実際に、平安京の歴史が重層するさまざまな場所に足を運ぶ契機となることを目指して企画された。機縁あって、この連載を私が担当することとなった。まず古典作品の「原文」を選び、その内容を解きほぐす「大意」を施して、私の視点から「解説」を付す。そして取り上げた古典世界と関連する絵巻の画像などを掲げ、舞台となった場所を紹介する、という流れだ。

京都新聞の辻恒人記者による現代の京都の舞台をめぐるルポと写真が併載され、紙面を飾った。後に、同紙のデジタル版にも公開されている。

＊

執筆開始の半年ほど前の春に、立案趣旨の連絡があり、関係する方々と、私の勤務先・国際日本文化研究センターでお会いして、打ち合わせをした。それが、本書すべての始まりである。京都新聞の担当は内田孝氏で、古典の日推進委員会のゼネラルプロデューサー山本壯太氏のご高配を得た（以下、肩書き等はすべて、当時のものである）。準備期間を経て、秋から、紙面掲載の運びとなった。一連の記念と初出の記録として、「文遊回廊」の対象作品と京都新聞の掲載日を、ここに掲げて一覧しておく。

二〇一七年…第一回『方丈記』十月二十六日、第二回『枕草子』十一月二十三日、第三回『徒然草』十二月二十八日

二〇一八年…第四回『続古事談』一月二十五日、第五回『竹取物語』二月二十二日、第六回『源氏物語』三月二十二日、第七回『平家物語』四月二十六日、第八回『徒然草』五月二十四日、第九回『大鏡』六月二十八日、第一〇回『宇治拾遺物語』七月二十六日、第一一回『今昔物語集』八月二十三日、第一二回『伊勢物語』九月二十七日、第一三回『紫式部日記』十月二五日、第一四回『うつほ物語』十一月二十二日、第一五回『源氏物語』十二月二十七日

二〇一九年…第十六回『古事談』一月二十四日、第一七回『蜻蛉日記』二月二十八日、第一八回『伊勢物語』三月二十八日、第一九回『万葉集』四月二十八日、第二〇回『和泉式部日記』五月二十三日、第二一回『古今和歌集』六月二十七日、第二二回『源氏物語』八月二十二日、第

二三回『方丈記』九月二十六日、第二四回『古今著聞集』十月二十四日、第二五回『大鏡』十一月二十八日
二〇二〇年…第二六回『古本説話集』一月二十三日、第二七回『枕草子』二月二十七日、第二八回『更級日記』三月二十六日、第二九回『今昔物語集』四月二十三日、第三〇回『大和物語』五月二十八日
二〇二一年…第三一回『更級日記』四月八日、第三二回『ひとりごと』七月八日

本書は、この連載を基盤として、「はじめに」で述べたような趣旨のもとに配列し、大幅に加筆しながら、新たに書き下ろしたものである。

＊

連載当初から、古典文学の引用本文は、原則として岩波書店の新日本古典文学大系に依拠しようと相談がまとまり、京都新聞から、書肆にも連絡してもらった。今回の書籍化についても、内田氏が岩波書店に慫慂してくださったことが、一つのきっかけとなっている。また「文遊回廊」というプロジェクトの一つである拙稿を、私の一書としてまとめる、ということの許諾については、京都文化交流コンベンションビューロー専務理事の村上圭子氏より、懇切な助言も賜った。そして岩波書店では、個人的に長い交流のある吉田裕氏の配慮を得て、福井幸氏が担当となり、本書が出版に向けて動き出

したのである。この本が成るにあたり、懇切な編集と校正に助けられたところも大きい。あらためて本書に関わったすべての方々に、心よりの謝意を述べたい。

*

月に一度、流れる季節を感じながら京都の風景を眺め、古典本文を選んで向き合い、解説の文章を書いていく。あの頃はいつも、それが習いだった。さいわいなことに一度の苦吟もなく、むしろ待ちわびる楽しみとして、プランニングと執筆を重ねることが出来た。幸福な四年間だったと、あらためて回顧する。

それが、ある時、コロナ禍という予想外の大災があって、すべてが変わった。「文遊回廊」は、観光やツーリズムと密接に関連する、京都の文化事業である。外出さえままならない緊急事態宣言の反復の中で、中断、再開、そして中断が重ねられ、私のささやかな古典散策も、いつしか終了することとなった。本文にも触れたが、一度目の中断が業平忌の掲載日で、二度目の中断そして終了が、応仁の乱と災厄の話題となっている。いずれも期せずして起こったシンクロニシティで、私自身も驚いた、時代の皮肉であった。

パンデミックの妨げがなければ、もっと書きたいこともあった……、気もする。コロナ前のメモを見ると、『堤中納言物語』「虫めづる姫君」についての書きかけや、『明恵上人歌集』、『平治物語』など、作品リストが記してある。結果的には、しかるべき天命――と言うと大げさだが、必然的な巡り合わせが連載を終わらせ、三十二回という、私なりに得心のいく数字（「はじめに」参照）をもたらしてくれたのかも知れない。年月の流れと年寄ることの不可避は、哀しみばかりではない。私のごときうかつな人間にも、時に都合のよいエンディングをもたらしてくれるものだ。そんな風にも思う、今日この頃である。

二〇二三年五月、葵祭の翌日に

荒木　浩

京都文学年表

古代から中世へ．京都を主な舞台とする文学作品の数々を取り上げ，読み進めてきた．最後に，本書で取り上げた古典作品をおおよそ時代順に掲げ，その道標《みちしるべ》としておきたい．解説の中で言及した関連文献なども，ここに掲げて説明を加え，文学史の１コマとする．追跡の便宜を考え，「凡例」の補いもかねて，各作品の依拠本文や注釈書，関連する研究書なども記したが，時に「他」と付したように，研究史や情報の網羅をめざすものではない．

日本の古典作品や歴史資料，また美術作品などについては，現在，そして未来に向けて，国立国会図書館をはじめとする，国内外の多くの研究機関や大学，図書館・博物館などから，デジタルアーカイブや各種データベースが公開され，ジャパンナレッジや古典ライブラリーなど，専門的なオンラインサイトの充実もめざましい．さらには個人の手による篤志まで，ネット上に膨大な情報が提供され続けている．その海や山に埋没することなく，的確に古典世界を参照・活用することができるように，手引きとして，この年表が役に立てば，とも考えている．

「年表」と銘打ったが，成立年代の特定が難しい作品や文献もたくさんある．厳密な時代順は目指さず，ジャンルなども考慮して並べてみた．おおよその目安として，ゆるやかに100年ごとに区切ってある．年代の参照にも資するように，一部に関連人物の生没年を付した．

700年〜

『古事記』……序によれば，和銅５年(712)，太安万侶(723年没)撰として元明天皇に献上された．全３巻．『方丈記』のちょうど500年前に出来た現存最古の史書で，天地開闢(「天地初発之時」)から推古天皇の代までを描き，宇治をめぐる古代伝承も載る．日本思想大系他．

『丹後国風土記』逸文……『風土記』は，和銅６年(713)に撰進の命が出された諸国の地誌(『続日本紀』同年５月２日条)で，伝説なども採集する．『丹後国風土記』は散佚し，逸文が残る．浦島の伝説は，卜部兼方『釈日本紀』(13世紀後半)に「丹後国風土記曰」として載る．逸文を含む『風土記』総体は，日本古典文学大系『風土記』，『釈日本紀』は新訂増補国史大系他．

『日本書紀』……舎人親王(676-735)を総裁として，勅を奉じて撰述．神代から持統天皇までの歴史を記す．全30巻．養老4年(720)成立で，六国史(『日本書紀』『続日本紀』『日本後紀』『続日本後紀』『日本文徳天皇実録』『日本三代実録』)の最初となる．『竹取物語』に登場する公卿名，浦島に関する記述なども載る．新訂増補国史大系，日本古典文学大系，新編日本古典文学全集他．

『万葉集』……現存する日本最古の和歌集．全20巻．奈良時代末期成立か．『古今和歌集』序文に「『万葉集』に入らぬ古き歌」という撰歌対象の記述があるが，万葉歌は，平安時代以降も訓読や注釈によって新たな姿と意味を持ち，影響を与え続けた．新日本古典文学大系，岩波文庫他．以下歌集類は，新編国歌大観，新編私家集大成を検索・参照する．

『律令』……禁制の法規で刑法に当たる律と，なすべきことを示す教令の法規である令とからなる．唐の律令を参照して日本古代に定められた．現在は『大宝律令』を修正して天平宝字元年(757)に施行された『養老律令』の部分と逸文が残る．日本思想大系．

『続日本紀』……『日本書紀』に続く正史で，菅野真道らによる撰．全40巻．文武天皇元年(697)から桓武天皇の延暦10年(791)までを描く．新日本古典文学大系他．

800年〜

『続日本後紀』……官撰史書の六国史の4番目．貞観11年(869)成立．藤原良房・春澄善縄等撰．仁明天皇の一代を描く．全20巻．新訂増補国史大系．

『宇多天皇御記(宸記)』……宇多天皇の日記．『寛平御記』とも呼ばれる．醍醐天皇の日記『醍醐天皇御記(宸記)』(『延喜御記』『延長御記』とも)，村上天皇の日記『村上天皇御記(宸記)』(『天暦御記』とも)とともに『三代御記』と総称される．現在は，残欠と逸文が集成される．『三代御記逸文集成』国書刊行会．

『類聚国史』……菅原道真(845-903)編，寛平4年(892)成立といわれる．六国史の記述を分類して整理した史書．史200巻，目録2巻，帝王系図3巻だったというが，現存は62巻分．六国史の逸文も残り(『日本三代実録』相当記事などについては，別人後補説もある)，本書自体が「国史云」として引かれることもあった．新訂増補国史大系．

『日本三代実録』……最後の六国史で，藤原時平，菅原道真，大蔵善行，三統理平らによる撰．延喜元年(901)成立．完成・奏進の直前に道真は失脚，左

遷された．清和・陽成・光孝天皇の3代を描く．全50巻．新訂増補国史大系．

900年前後〜

『竹取物語』……内容は本文に示した．成立年代未詳だが，『源氏物語』絵合巻に「物語の出で来はじめの祖《おや》」と誌される記念碑的作品で，後代の物語にも多くの影響を与えた．新日本古典文学大系，旺文社文庫他．

『伊勢物語』……在原業平(825-880)とおぼしき「男」が中心的な活躍をする，一代記的構成の歌物語．『業平集』との関連や『古今和歌集』との前後関係も含めて，作品総体の成立年代は未詳．後出の類似作品には，平貞文(923年没)を中心人物と設定する『平中物語』がある．新日本古典文学大系他．『平中物語』については日本古典文学大系他．

『業平集』……在原業平の私家集．業平没の元慶4年(880)以後の成立で，諸本あり．『伊勢物語』の成立と深く関連する．新編国歌大観，新編私家集大成．

『古今和歌集』……延喜5年(905)編纂の史上最初の勅撰和歌集．紀貫之，紀友則，凡河内躬恒，壬生忠岑撰．和歌の歴史に大きな影響を与え，その古注釈類も文学や文化の形成に大きな力を持った．本書以降『後撰和歌集』『拾遺和歌集』『後拾遺和歌集』『金葉和歌集』『詞花和歌集』『千載和歌集』『新古今和歌集』までの勅撰和歌集を八代集と呼び，和歌文化の精髄となる．新日本古典文学大系他．

『続浦島子伝記』……平安期成立の重要な浦島子伝の1つ．漢文体の作品である．本書の中で延喜20年(920)成立と記すが，冒頭には承平2年(932)に注す，ともあり，成立年代については疑義がある．重松明久『浦島子伝』(続日本古典全集，現代思潮社古典文庫など)に関連の浦島子伝が収集される．

『土佐日記』……承平5年(935年)ころ成立．土佐守であった紀貫之一行が土佐を出て，京都へ帰還する旅を描く．『古今集』仮名序作者の貫之が「男もすなる日記といふものを，女もしてみむとてするなり」と設定して書き出す，仮名文学史上，最重要作品の1つ．新日本古典文学大系他．

『古今和歌六帖』……10世紀後半の成立とされる，全6巻の私撰和歌集．編者未詳．古今の和歌を4000首ほど，歌題ごとに分類して収録する．新編国歌大観．

『拾遺和歌集』……花山天皇が退位後に編纂したとされる勅撰和歌集で，三代

集(古今・後撰・拾遺)の1つ．藤原公任撰『拾遺抄』を受けて成立した．「『拾遺抄』が長徳2-3年(996-997)頃，『拾遺集』は寛弘2年(1005)4月以後，同4年正月以前とされている」(岩波文庫解説)．ただ古くより『拾遺抄』との前後関係やその価値などについて，議論が分かれる．新編国歌大観，新日本古典文学大系，岩波文庫．

『大和物語』……さまざまな主人公の歌物語が，説話集のように配置される歌物語．10世紀半ば以降の成立か．『伊勢物語』との重なりもあり，猿沢の池の采女や姥捨山，蘆苅説話など，伝説的歌話も展開する．日本古典文学大系他．

『うつほ物語』……『源氏物語』に先行する長編物語．「宇津保物語」とも表記する．作者未詳．10世紀後半の成立か．海外を描き，音楽も重要な主題となる．日本古典文学大系に載るが，新編日本古典文学全集を参照した．

『交野少将物語』……色好みの主人公をめぐる散佚した物語だが，よく読まれたらしい．『源氏物語』帚木冒頭に，光源氏の色好みぶりを，「交野の少将には笑はれ給ひけむかし」との記述がある．

『住吉物語』……『落窪物語』とともに，よく知られた継子譚の物語．現存する同名の物語は，鎌倉時代初頭の改作本だといわれる．新日本古典文学大系『落窪物語 住吉物語』．

『とをぎみ』『せり河』『しらら』『あさうづ』……いずれも散佚した物語だが，『源氏物語』蜻蛉巻に「芹川の大将のとを君」が「女一の宮」を思う憂愁を描いた絵のことが記され，『更級日記』の『とをぎみ』と比定される．『源氏』の例には中世以来「遠君」や「十君」の文字が宛てられ，「とほ君」と解されることも多い．

『九条殿遺誡(九条右丞相遺誡)』……10世紀中頃の成立か．藤原兼家の父で道長には祖父にあたる，九条殿藤原師輔(908-960)が記した，公卿としての教訓書．貴族の1日のルーティンも記されており，参考になる．日本思想大系『古代政治社会思想』．

『西宮記』……醍醐天皇の子で源隆国の祖父・源高明(914-982)述の故実書．古来，高い評価があり，藤原公任『北山抄』，大江匡房『江家次第』と並び称される．新訂増補故実叢書，神道大系．

『蜻蛉日記』……現在に伝わる，女性の日記の嚆矢的存在である．作者藤原道綱母(995年没)は，道長の父藤原兼家との間に道綱を産んだ．『更級日記』作

者の伯母にあたる．上中下３巻で，天暦８年(954)-天延２年(974)の記事がある．新日本古典文学大系，岩波文庫他．

『安法法師集』……河原院を作った源融の曽孫で源適《かなう》の子であった安法《あんぼう》(俗名は源趁《したごう》，生没年未詳)の私家集．新日本古典文学大系『平安私家集』．

『往生要集』…比叡山横川の恵心僧都源信(942-1017)が著した浄土教・往生の指南書．後世，近代に至るまで，地獄の描写や往生をめぐって，大きな影響力を持った．寛和元年(985)擱筆(跋文)．源信は慶滋保胤の『日本往生極楽記』などとともに，この書を宋へ送っている．関連の詳細は荒木『『今昔物語集』の成立と対外観』(思文閣人文叢書，2021年)参照．鴨長明(1155?-1216)は方丈の庵にこの書の写本を持ち込み，座右の書とした．日本思想大系『源信』．

『三宝絵』……「三宝絵詞」とも．序によれば永観２年(984)11月，源為憲(1011年没)が天元５年(982)に落飾した冷泉皇女尊子内親王(966-985)に奉じた仏教の入門書．高貴な女性と「絵」の関わりについて言及した記述も重要だ．新日本古典文学大系．

『本朝法華験記』……「大日本国法華経験記」とも．比叡山延暦寺首楞厳院の沙門鎮源撰．序によれば，長久年間(1040-44)の成立．『法華経』の霊験譚を収集する．景戒『日本霊異記』，『三宝絵』『日本往生極楽記』などとともに『今昔物語集』の中心的出典の１つとなった．日本思想大系『往生伝 法華験記』．

『池亭記』……『日本往生極楽記』の著者でもある慶滋保胤(1002年没)が自分の邸宅・池亭を描いた天元５年(982)10月成立の「記」．鴨長明『方丈記』に絶大な影響を与えた．新日本古典文学大系『本朝文粋』．

『実方集』……藤原実方(998年没)の私家集．『徒然草』138段に一節が引かれているか，と推定される．新日本古典文学大系『平安私家集』．

『医心方』……日本に現存する最古の医学書．中国の多くの医書を引用する．永観２年(984)，丹波康頼(912-995)撰．国立国会図書館デジタルコレクション他．

1000年〜

『枕草子』……一条天皇中宮の定子(977〔976とも〕-1000)に仕えた清少納言の書．歌の本としても読まれた．父は梨壺の歌人として『後撰和歌集』の編者ともなった著名な歌人・清原元輔．新日本古典文学大系他．

『和泉式部日記』……大江雅致の娘，和泉式部の日記．詳細は本文に記した．新日本古典文学大系他．

『源時中横笛譜裏書』……源時中は龍笛(横笛)に優れ，父雅信から横笛譜3巻を相伝．時中は，円融法皇の大井河の御遊時にその笛譜を携帯し，その裏書にその御幸の儀を記したという．「その記を抄出し，かつその譜の相承を説いたもの」という(群書解題)．続群書類従・管絃部に『横笛譜裏書』として収録．春日神社所蔵『楽記』(『大日本史料』寛和2年10月10日条所引)にも引用される．大日本史料は，東京大学史料編纂所のデータベースで検索できる．

『小右記』……藤原氏小野宮実資(957-1046)の日記．逸文も残り，詳細で膨大な内容を持つ．大日本古記録．『小右記』をはじめとする貴族の漢文日記(古記録)類には，東京大学史料編纂所や国際日本文化研究センターのデータベースがある．

『御堂関白記』……藤原道長(966-1027)の日記．道長は関白にはなっていないが，こう伝称される．大日本古記録．

『和漢朗詠集』……藤原公任(966-1041)が和漢の詩文の名句と和歌を集めて分類し，朗詠の素材とした．後世よく読まれて古注釈書も多く生まれ，それらは教科書(幼学書)ともなり，和漢文化をめぐる教養の基盤となった．角川ソフィア文庫．

『源氏物語』……詳細は本文で言及した．新編日本古典文学全集，岩波文庫他．

『紫式部日記』……『紫式部日記』には，その書き手(日記作者)が『源氏物語』の作者であることが明記される．大事な文学史的事実である．詳細は本文で言及した．新日本古典文学大系他．なお古絵巻が残り，その「絵詞」は重要な本文を伝える．日本絵巻大成他．

『赤染衛門集』……大江匡衡(952-1012)の妻，赤染衛門の私家集．和歌文学大系他．

『後拾遺和歌集』……白河院の下命により藤原通俊撰．応徳3年(1086)奏覧．院政期初の4番目の勅撰和歌集．紫式部の世代の歌人たちが初めて登場する．新日本古典文学大系．

『更級日記』……『蜻蛉日記』作者の姪にあたる，菅原孝標女(1008年生)のメモワール的一代記．最終記事が康平2年(1059)なので，それ以降の成立．夢の記述が多く，作者の往生を暗示する構成を有する．新日本古典文学大系．

『夜の寝覚』……平安後期物語の代表的作品．菅原孝標女の作と伝える．ただ

し現行本は中間と巻末に大きな欠落がある.『寝覚物語絵巻』のような絵画資料,中村本『夜寝覚物語』,物語評論『無名草子』の言及や『拾遺百番歌合』,『風葉和歌集』など和歌資料を軸に復元が試みられている.日本古典文学大系,新編日本古典文学全集.

『浜松中納言物語』……平安後期物語.菅原孝標女の作という.現存本には,巻頭の欠損が想定されている.唐の国への転生という興味深い話柄がある.夢も重要な機能を果たし,同じ作者とされる『更級日記』の夢描写との比較も注目される.日本古典文学大系.

『みづからくゆる』『あさくら』……散佚した物語.菅原孝標女作という.

『狭衣物語』……平安後期物語の代表的作品.日本古典文学大系,日本古典集成他.

『作庭記』……日本最古とされる庭園の秘伝書.平安時代後期の成立か.日本思想大系『古代中世芸術論』.

『本朝文粋』……藤原明衡撰.康平年間(1058-65)成立か.嵯峨天皇の弘仁期から後一条朝の長元期まで,200年以上にわたる427編の漢詩文を集める.新日本古典文学大系.

「宇治大納言物語」……源隆国(1004-77)撰という散佚説話集.『今昔物語集』や『宇治拾遺物語』などが成立する重要な母胎的存在となった.

『江談抄』……大江匡房(1041-1111)の言談集.藤原実兼筆録.古本系と類聚本系があり,『今昔物語集』以下,以下諸書に引用される重要書.新日本古典文学大系.

『栄花物語』……歴史物語.全40巻中,正編30巻の作者は赤染衛門とされる.宇多天皇の時代から,堀河天皇代の寛治6年(1092)2月までを描く.『紫式部日記』など,先行書の影響を受けて成立.日本古典文学大系,新編日本古典文学全集.

『大鏡』……鏡物と呼ばれる歴史物語のさきがけで,『今鏡』『水鏡』『増鏡』とともに,四鏡と称される.詳細は本文で言及した.日本古典文学大系,新編日本古典文学全集.

『大鏡裏書』……『大鏡』の古注で,『大鏡』の記述の前提となる,散佚した史書や史料などを引用しており,独自の価値がある.日本古典文学大系.

『扶桑略記』……比叡山東塔の僧皇円撰とも伝える私撰史書で,神武天皇より堀河天皇の寛治8年(1094)までの歴史を記録し,仏教の視点からの記述も注

目される．全30巻だったというが(『本朝書籍目録』)，現在は，散佚して，16巻分が残り，神武から平城までの抄本も所存．古逸史料の引用など，資料性も高い．新訂増補国史大系.

『日本紀略』……平安時代末期ころ成立の史書．全34巻．六国史の抜粋と，六国史以後後一条天皇までの歴史を記す．新訂増補国史大系.

1100年〜

『周防内侍集』……平棟仲(およそ11世紀前・中期ころに活躍した和歌六人党と呼ばれる歌人の1人)の娘，周防内侍(1109年ころ没か)の私家集．『徒然草』138段に引用される．新編国歌大観他.

『袋草紙』……12世紀半ば成立．六条藤家の藤原清輔(1104〔1108とする異説あり〕-1177)作の歌学書．「このよをば」の歌話をはじめ，本文中でもいくどか話題となる．新日本古典文学大系.

『中外抄』『富家語』……ともに藤原忠実《ただざね》(1078-1162，藤原頼通の曽孫)の言談録．それぞれ中原師元，高階仲行筆録．勧修寺説話について，『今昔物語集』と同話を語り，忠実が「宇治大納言物語」の読者であることも証言される．新日本古典文学大系.

『今昔物語集』……12世紀成立，全31巻だが，8，18，21の3巻を欠き，28巻が現存する．編者未詳．天竺・震旦・本朝の各部から構成され，1000話以上を有する巨大な説話集である．新日本古典文学大系.

『古本説話集』……成立年代・編者未詳．鎌倉期の写本が残る仮名説話集．「宇治大納言物語」の系譜に連なると考えられ，『今昔物語集』や『宇治拾遺物語』などと同文的な同話を多数共有する．『打聞集《うちぎきしゅう》』という院政期写本の仏教説話集も関連する重要な存在だ．新日本古典文学大系.

『世継物語』……「小世継」とも．編者未詳．鎌倉時代成立の説話集だが，「宇治大納言物語」の系譜に連なるため，ここに掲げる．本文でも言及した．続群書類従，『世継物語注解』.

『勧修寺縁起』……勧修寺の縁起．成立年代未詳だが「宇治大納言物語」の内容に関わる．絵巻で伝わる縁起の詞書部分に相当する．群書類従.

顕昭『古今集注』……六条藤家の藤原清輔義弟の顕昭(1130年ころ生か)による『古今和歌集』注釈書．顕昭は鴨長明との交流もある．日本歌学大系.

『六百番歌合』……藤原良経(九条兼実の子)が主催し，建久4年(1193)に行われ

た歌合で，翌5年の完成か．本文でも引用した「源氏見ざる歌詠みは遺恨の事なり」という判辞(藤原俊成)などがよく知られ，後世への影響力も大きい．岩波文庫．

『殷富門院大輔集』……平安時代末期の歌人，殷富門院大輔(1200年ころ没か)の私家集．作者は藤原信成の娘で，母は菅原在良の娘．在良の叔母は『更級日記』作者の孝標女，という関係性にも注目される．新編国歌大観他．

『水鏡』……四鏡の1つ．12世紀終わりころの成立か．作者については中山忠親説他がある．『扶桑略記』の影響のもとに成立．新訂増補国史大系，新典社校注叢書7．

『源氏物語絵巻』……院政期成立の美しい絵巻．『源氏物語』の古写本としても重要である．五島美術館，徳川黎明会他に所蔵．日本絵巻大成他．

『類聚名義抄』……平安後期成立の漢和辞書．原撰本系統(図書寮本)と改編本系統(観智院本など)の2系統がある．観智院本は，正宗敦夫編『類聚名義抄』(索引あり)，天理図書館善本叢書他．

『建礼門院右京大夫集』……建礼門院徳子(1155-1213)に仕えた女房の歌集．作者は『源氏物語』の古注釈『源氏釈』を作った藤原伊行の娘．岩波文庫他．

1200年〜

『二中歴』……全13巻．百科全書(類書)．鎌倉時代初期成立か．『掌中歴』と『懐中歴』を合わせて編輯したのでこの名がある．改定史籍集覧，尊経閣善本影印集成，国立国会図書館デジタルコレクション．

『無名草子』……13世紀初頭の成立か．俊成女の作と伝えるが疑義がある．老尼が，最勝光院で女房たちの語り合うのを聞いて記したという構成をとり，物語や平安貴族を評論する．新編日本古典文学全集．

『新古今和歌集』……8番目の勅撰集．後鳥羽院が和歌所を復活させ，鴨長明も寄人として参加した．その和歌所から，源通具・藤原定家ら6人に撰進の院宣が下って成立した．実際は後鳥羽院の親撰に近いとされる．元久2年(1205)にひとまず成立．以後切継《きりつぎ》が繰り返され，承久の乱(1211年)後，後鳥羽の配流先の隠岐でも編集が続き，隠岐本が残る．新日本古典文学大系．

『古事談』……源顕兼(1160-1215)撰の説話集．王道后宮，臣節，僧行，勇士，神社仏寺，亭宅諸道の全6巻．新日本古典文学大系，ちくま学芸文庫他．

『玉葉』……後鳥羽の摂政・関白であった九条兼実(1149-1207)の日記．国書刊

行会，『吾妻鏡・玉葉データベース CD-ROM 版』，『訓読玉葉』.

『明月記』……藤原定家(1162-1241)の日記．国書刊行会，冷泉家時雨亭叢書，『訓読明月記』.

『新勅撰和歌集』……藤原定家撰の 9 番目の勅撰集．貞永元年(1232)の後堀河天皇の下命により撰集し，文暦 2 年(1235)完成．藤原道長と紫式部の贈答歌を載せる．岩波文庫.

『百人一首』……「小倉百人一首」とも．藤原定家撰の『百人秀歌』を受けて成立(その過程と編者同定には議論がある．中川博夫他編『百人一首の現在』など参照)．角川ソフィア文庫他.

『源家長日記』……鴨長明とは和歌所で同僚だった源家長(1234 年没．家長は，開闔《かいこう》という事務長相当)の日記．長明の後半生と出家に至る様子を描く長明伝の一級史料．本文の整定に諸本の参照も必要である．『源家長日記　校本・研究・総索引』，『源家長日記全註解』，冷泉家時雨亭叢書，中世日記紀行文学全評釈集成 3 など.

『無名抄』……鴨長明撰述の歌論書．建暦元年(1211)以後の成立とされる．日本古典文学大系，角川ソフィア文庫.

『発心集』……鴨長明が晩年に撰述したとされる仏教説話集．『方丈記』と通ずるような表現も見られる．角川ソフィア文庫他.

『方丈記』……本文で言及．新日本古典文学大系.

『四季物語』『歌林四季物語』……本文で言及．続群書類従，『鴨長明全集』.

『愚管抄』……九条兼実の弟で，天台座主に 4 度就任した，慈円(1155-1225)の史書．承久の乱(1221 年)以前に成立と考えられている．日本古典文学大系.

『続古事談』……建保 7 年(1219)の跋文を有する，鎌倉初期説話集．『古事談』の影響を受けて成立した，作者未詳．全 6 巻だが巻 3 を欠き，王道后宮，臣節，神社仏寺，諸道，漢朝の 5 巻が伝わる．新日本古典文学大系.

『閑居友』……九条家出身の天台宗の僧慶政(1189-1268)の撰述とされる仮名説話集．承久 4 年(1222)成立．鴨長明の『発心集』に批判的に言及．『撰集抄』に大きな影響を与えている．新日本古典文学大系.

『平家物語』……本文で引用した語り本系の覚一本は新日本古典文学大系．解説で引用した読み本系の長門本は国書刊行会，勉誠出版他.

『源平盛衰記』……『平家物語』の異本．有朋堂文庫，国民文庫，中世の文学他.

『教訓抄』……楽書．興福寺の楽人，狛近真《こまのちかざね》の著で，天福元年(1233)成立．日本思想大系『古代中世芸術論』．

『海道記』……貞応2年(1223)に京都と鎌倉を往復した紀行文．鴨長明作と仮託された歴史があるが，紀行自体が長明没後の年次であり，作者未詳．新日本古典文学大系『中世日記紀行集』．

『宇治拾遺物語』……13世紀半ば成立の説話集．本文で言及．新日本古典文学大系．

『十訓抄』……建長4年(1252)成立の説話集．編者未詳．10の教訓をたててその内容を説き，例話として説話を収集する．岩波文庫，新編日本古典文学全集．

『古今著聞集』……建長6年(1254)成立の百科全書的説話集．橘成季著．全20巻．30篇に分類される．日本古典文学大系，日本古典集成．

『文机談』……琵琶の名手藤原孝時の弟子で，「文机房」の異名を持つ僧・隆円の著．琵琶相承の次第を『大鏡』のような語りの形式で記した音楽史の物語である．文永9年(1272)以後に一旦成立し，弘安6年(1283)ころに一部補筆・完成か．『文机談全注釈』他．

『沙石集』……無住道暁(1226-1312)著の仏教説話集．弘安6年(1283)成立後も著者の手で斧鉞が加えられ，いくつかの異本がある．日本古典文学大系，新編日本古典文学全集．

『雑談集』……無住晩年の仏教説話集で，嘉元2年(1304)起稿，翌年成立．無住の自伝も載せる．中世の文学．

『吾妻鏡』……鎌倉幕府の史書．岩波文庫，新訂増補国史大系，『吾妻鏡・玉葉データベースCD-ROM版』他．

『百練抄』……「百錬抄」とも．鎌倉時代，13世紀後半の成立と考えられる編年体の通史．全17巻のうち初めの3巻が欠落．著者未詳．平安時代の冷泉天皇から鎌倉時代の後深草天皇までの歴史を記す．新訂増補国史大系．

『諸寺略記』……13世紀後半成立の台密(天台宗の密教)の図像集『阿娑縛抄《あさば》』に付された寺院の略縁起集．この書を含む重要な寺院の中世の縁起集の基本資料は，『校刊美術史料』全3巻など参照．

『本朝書籍目録』……建治3年(1277)から弘安2年(1279)の間に成ったかと推定される，鎌倉時代後期の書籍目録として貴重．和田英松『本朝書籍目録考証』国立国会図書館デジタルコレクション他．

『紫明抄』……13世紀終わり頃，鎌倉時代成立の代表的『源氏物語』注釈書．玉上琢彌編，角川書店刊に収録．

1300年〜

『石山寺縁起』……石山寺の縁起．本文で言及した．14世紀に作られたが，全7巻のうち，6，7巻は絵が欠けていたので，江戸時代に松平定信監修で，谷文晁(1763-1840)が補作・完成した．日本絵巻大成，『石山寺縁起絵巻の全貌』滋賀県立近代美術館．

『女院小伝』……東三条院(円融天皇女御藤原詮子)から陽禄門院(光厳天皇後宮藤原秀子)まで女院77人についての伝記を記す．14世紀後半成立か．群書類従．

『徒然草』……兼好法師著．詳細は本文で言及した．正徹本は笠間書院他の影印があり，新日本古典文学大系の底本，通行・流布する烏丸本は，岩波文庫，角川ソフィア文庫他．

『菟玖波集』……延文元年(1356)の序文．同2年3月までに成立．二条良基が救済《きゅうぜい》の協力を得て撰進．連歌の最初の撰集で，延文2年閏7月11日に勅撰に准ぜられる．日本古典全書他．

『河海抄』……四辻善成著．貞治年間(1362-68)に将軍足利義詮の命によって撰進．全20巻．『源氏物語』の代表的古注．上掲の『紫明抄』とともに，玉上琢彌編，角川書店刊に収録．

『帝王編年記』……年代記．全30巻のうち，27巻が現存．僧永祐(南北朝時代の人，伝未詳)の編と伝えられる．『歴代編年集成』『帝王編年集成』『歴代編年記』『扶桑編年録』などの別名がある．最後の3巻が散逸しているため，現存部分は，神武天皇から後伏見天皇(13世紀末)までを伝える．新訂増補国史大系．

『一代要記』……後宇多天皇の時代(在位1274-87)に成立し，およそ鎌倉時代末期ころまで書き継がれ，花園天皇の時代までを収める(欠脱あり)．神代から始まり，天皇ごとに，諡号あるいは追号を掲げ，略歴や在位中の出来事の摘要を編年体で記し，上皇・皇太子・後宮・斎宮・摂関・大臣・大納言・参議・蔵人頭・皇子女などの各項を設けて，該当する人名を記録する．改定史籍集覧，続神道大系．

『風姿花伝』『申楽談儀』……「花伝」とも略称される前者は，世阿弥元清の著で，父観阿弥の教えを伝え，『世子六十以後申楽談儀』が正式書名の後者は，

世阿弥二男の元能が筆録・整理した著作．ともに世阿弥の能楽論を伝える重要書．岩波文庫他．

謡曲『融』……能の１曲．世阿弥作．河原院を舞台とし，融の霊が出現する．日本古典文学大系『謡曲集』，日本古典集成『謡曲集』．

謡曲『橋弁慶』……能の１曲．作者未詳．五条橋での弁慶と義経の出会いなどを描く．謡曲大観他．

1400年〜

『正徹物語』……上下２巻．歌人正徹(1381-1459)の談話を記した聞書(上巻は正徹著という説もある)．自ら書写した『徒然草』と兼好法師についても重要な情報を提供する．日本古典文学大系，角川ソフィア文庫他．

『花鳥余情』……一条兼良(1402-81)の『源氏物語』注釈書．文明４年(1472)成立．『河海抄』の続貂として綴られる．源氏物語古註釈叢刊２．

『新撰長禄寛正記』……長禄・寛正年間(1457-66)の畠山氏の家督継承問題を中心とする記録．群書類従．

『碧山日録』……東福寺の僧太極(1421年生)の日記．長禄３年(1459)から応仁２年(1468)までの記事を誌す．大日本古記録．

『義経記』……源義経の生涯に焦点を当てた軍記物語．室町時代成立．後世の義経イメージの形成に大きな力を持った．日本古典文学大系，新編日本古典文学全集．

『ささめごと』……心敬(1406-75)の連歌論書．日本古典文学大系『連歌論集 俳論集』他．

『ひとりごと』……心敬の連歌論書．新編日本古典文学全集『連歌論集 能楽論集 俳論集』．

1500年以降

幸若舞『敦盛』『満仲』……『敦盛』は平敦盛を，『満仲』は多田満仲を中心に描く．幸若舞は，曲舞を伴う語り物で，室町時代に流行した．新日本古典文学大系『舞の本』．

狂言『伊文字』……清水寺観音をめぐる，妻乞いの逸話をテーマとする，代表的狂言の１つ．日本古典文学大系『狂言集』他．

御伽草子……中世から近世にかけて作られた物語草紙．本来は絵を伴っており，

奈良絵本なども呼ばれる．豊富なその内容については，徳田和夫編『お伽草子事典』など参照．室町時代物語大成，岩波文庫，新日本古典文学大系他．

『信長公記』……織田信長の伝記．側近の太田牛一(1527年生)により1600年頃成立．角川文庫他．

『尊卑分脈』……洞院公定《とういんきんさだ》(1340-99)原撰，14世紀後半成立の系譜集で，基礎史料だが，以後増補改訂が繰り返され，異本・異伝が多い．新訂増補国史大系．

『公卿補任』……「神武天皇御世」から明治元年(1868)まで書き継がれた公卿の職員録で，上記『尊卑分脈』と併せて，貴族の経歴について参照される基礎史料．新訂増補国史大系．

※以下，仏典や漢籍などを付記する．

『妙法蓮華経』(法華経)……日本の宗教文化に大きな影響を与えた大乗仏典．岩波文庫他．仏典類一般は，大正新脩大蔵経，またCBETA，SATなどのデータベースを参照した．

『維摩経』……大乗仏典．在家の維摩詰(浄名居士)の説法を描く．その小室は「方丈」の広さと理解され，『方丈記』の庵の起源となる．

『倶舎論』……世親『阿毘達磨倶舎論』．インド成立の論書で，三蔵法師玄奘訳の『倶舎論』30巻が広く用いられた．

『孝子伝』……中国で広く作られた孝子の伝記．古い孝子伝は日本に残存し，『今昔物語集』などに影響を与えた．『孝子伝注解』など参照．

段成式『酉陽雑俎』……唐代成立の随筆集．多様な拡がりを持つ内容が含まれる．中華書局他．平凡社東洋文庫に翻訳あり．

『長恨歌』『胡旋女』『琵琶行』『草堂記』……平安時代以降，日本で大きな影響を持った白居易(772-846)『白氏文集』収録の作品．『白氏文集』は新釈漢文大系他．

姚汝能『安禄山事迹』……唐代に撰述された，安禄山の伝記．曾貽芬校点『安禄山事迹』上海古籍出版社．

荒木 浩

1959年生まれ．京都大学大学院文学研究科国語学国文学専攻修士課程修了．博士(文学)．国際日本文化研究センター教授・総合研究大学院大学教授．専門は古代・中世日本文学．著書に『古典の中の地球儀』(NTT出版，2022年)，『「今昔物語集」の成立と対外観』(思文閣人文叢書，2021年)，『徒然草への途』(勉誠出版，2016年)，編著に『古典の未来学』(文学通信，2020年)など．

京都古典文学めぐり――都人の四季と暮らし

2023年6月29日　第1刷発行

著　者　荒《あら》木《き》 浩《ひろし》

発行者　坂本政謙

発行所　株式会社 岩波書店
〒101-8002 東京都千代田区一ツ橋 2-5-5
電話案内 03-5210-4000
https://www.iwanami.co.jp/

印刷・精興社　製本・牧製本

ISBN 978-4-00-061597-6　Printed in Japan

新日本古典文学大系
【オンデマンド版】
古事談　続古事談（上下）
川端善明・荒木浩 校注
A5版
上 六三〇頁 定価一〇、四五〇円
下 三八八頁 定価六四九〇円

〈作者〉とは何か
―継承・占有・共同性―
ハルオ・シラネ・鈴木登美・小峯和明・十重田裕一 編
A5判 五一二頁
定価七三七〇円

京都の歴史を歩く
小林丈広・高木博志・三枝暁子
岩波新書
定価一一二二円

京都〈千年の都〉の歴史
髙橋昌明
岩波新書
定価一〇三四円

国語をめぐる冒険
渡部泰明・平野多恵・出口智之・田中洋美・仲島ひとみ
岩波ジュニア新書
定価九六八円

岩波書店刊
定価は消費税 10% 込です
2023 年 6 月現在